Refugio Barragán de Toscano

I0651138

LA HIJA DEL BANDIDO

O

LOS SUBTERRÁNEOS DEL NEVADO

edición de
María Zalduondo

- STOCKCERO -

Published by Stockcero, Inc.
3785 N.W. 82nd Avenue
Doral, FL 33166
USA
stockcero@stockcero.com

www.stockcero.com

Refugio Barragán de Toscano

La hija del Bandido
o
los subterráneos
del Nevado

Agradezco a Mary Berg, Naomi Lindstrom y Arturo Arias los comentarios y recomendaciones que le hicieron en varias etapas y resurrecciones a este texto, y a la Fundación Carmen Toscano por facilitarme información sobre la escritora

Índice

Introducción

En el México decimonónico las mujeres todavía no resaltaban como no-velistas. Sus cuentos y poemas aparecían en periódicos locales, como es el caso de Esther Tapía de Castellanos (1842-1897) y Laura Méndez de Cuenca (1853-1928). Algunas estrenaban sus obras de teatro (Rita Cetina Gutiérrez, 1846-1908)[1], otras publicaban libros para niños como María Enriqueta (1872-1968), pero novelar (escribir novela) era todavía una novedad entre las escritoras. Refugio Barragán de Toscano (1843-1916) fue una verdadera pionera en este campo, al ser la primera mujer mexicana en publicar una novela. Aunque hoy es poco conocida a nivel nacional, todavía disfruta de reconocimiento local en Ciudad Guzmán, donde publicó sus primeros libros, y en Colima donde se educó. Maestra de vocación, la escritora también publicó poesía, ensayos, obras de teatro y cuentos.

La hija del bandido o los subterráneos del Nevado (1887), es su segunda novela. Se trata de una novela de aventuras, que exalta el paisaje mexicano como muchas obras nacionales de la época e incluye una figura muy conocida, el bandido. Pero en esta versión la presencia del bandido se disminuye para centrarse en su hija, María. A través de este personaje la autora explora el impacto que tiene sobre una hija la vida anti-social de su padre. *La hija* es una obra romántica que retrata la nación y capta sus preocupaciones desde la perspectiva de una autora que se une a los letrados (hombres de letras) mexicanos para imaginarla y proponer, desde los márgenes, su visión de la realidad nacional.

¿Por qué es importante leer hoy esta novela de una época lejana, ro-mántica, con rasgos históricos? Hay varias razones a considerar. Primero, Ba-rragán es cronológicamente la primera mujer mexicana en publicar una

---

1   Rita Cetina Gutiérrez es la famosa maestra, poeta, dramaturga y fundadora de la re-vista *La Siempreviva* en Mérida, Yucatán. Según la biografía de Rodolfo Menéndez (1909) «la compañía de don Leopoldo Burón» puso en escena la pieza dramática *Deudas del Co-razón* «la noche del 10 de enero de 1892, en el teatro Peon Contreras» (42).

novela. Ese esfuerzo creativo surge no sólo de la necesidad económica, sino de querer escribir sobre una región que fue muy especial para la autora y cuyo folklore ella quiso inmortalizar. Al escribir la autora se une a la voz de otras autoras de su época que intentaban darle espacio literario a la realidad de las mujeres. En la narrativa de Barragán la mujer no es una entidad débil a merced de su destino sino un sujeto capaz de actuar y decidir su propio futuro. Lo intrigante es que al imaginar la nación, resalta la importancia de los conventos al convertirlos en el único espacio donde María puede refugiarse. Esta clara desviación del proyecto liberal de disminuir la influencia de la iglesia en la vida de las mujeres y en la sociedad en general, muestra que las mujeres se preocupaban por causas de interés para su género y planteaban otras agendas nacionales. La novela de Barragán es testimonio de las posibles disyuntivas que surgen a pesar del esfuerzo homogenizador de crear una consciencia nacional a través de la literatura. Este fue el reto que quizo inculcar Ignacio Manuel Altamirano, el llamado «padre» de la literatura mexicana, en sus compatriotas letrados. Según este impulso modernizante el proyecto nacional debía de propagar los ideales liberales y la nueva sociedad democrática.

Pero el proyecto de Barragán es otro ya que aboga por la protección de un espacio que sirva como opción para la mujer que no puede o quiere casarse. La novela de Barragán señala que ella escribe en un momento históricamente importante para la literatura mexicana en el que la mujer estaba luchando por conservar su poder interpretativo en un foro mayoritariamente dirigido por hombres[2]. Estos letrados, cuyos proyectos nacionales encontraban su máxima expresión en la novela, llegaron a ser reconocidos porque sus narrativas se alineaban con los ideales liberales. La novela de Barragán, aunque patriótica, se aparta de las agendas positivistas y nacionalistas que rechazaban a la iglesia como voz imperativa del discurso social.

En el México colonial la iglesia católica se estableció como un poder social y económico importante. Los primeros frailes se dedicaron al adoctrinamiento indígena y, por consecuencia, a la propagación del poder de la corona española. Luego con la expansión de la población mestiza y la presencia de mujeres españolas los conventos sirvieron como eje espiritual y centro educacional ya que la iglesia ejercía un gran poder sobre las opiniones y vidas de las mujeres. La religión católica, a través de los ritos, fiestas patronales y educación, regía en la mente y el corazón del pueblo. Pero la jerarquía eclesiástica se nutría y alentaba del poder real de la corona española y consolidaba un sistema de jerarquías socialmente injusto. Por eso cuando México gana su independencia en 1821 los liberales consideran necesario disminuir el poder de la iglesia con la expropiación de sus terrenos, la clausura de los conventos y la introducción del matrimonio civil. Con la pérdida de poder de la iglesia la mujer pierde un importante aliado y defensor, y un espacio alternativo en los conventos, pero el país logra desvincularse del yugo opresivo de esa insti-

---

2   Ver Jean Franco, *Plotting Women: Gender and Representation in Mexico*. New York: Columbia UP, 1989.

tución. Es difícil para Barragán deshacerse de esos lazos religiosos porque para ella la iglesia todavía tiene una función importante en su vida.

Como muchas mujeres mexicanas de su época, Barragán se aferraba a la religión, y a sus creencias. Claramente esta postura no la haría muy popular frente la hegemonía cultural que se dirigía desde el Distrito Federal. Pero en Colima y Ciudad Guzmán, los dos pueblos que la vieron crecer y la honran, Barragán es celebrada como famosa docente y por su contribución literaria en novela y poesía. Y por último hay que resaltar que las colimenses y las damas de Zapotlán, el Grande se ven reflejadas en la protagonista de *La hija*, María Natividad. Esa tremenda «actividad» y «resolución» que se identifica en la heroína, dirían ellas, es el carácter actual y representativo de las mujeres de la región. La novela fue popular en su época por que el tema del bandidaje intrigaba al público lector. Hoy en día la novela conserva su popularidad porque capta los valores de una región y también entretiene.

Biografía

Refugio Barragán de Toscano nace en Tonila el 28 febrero de 1843, hija de Francisca Carillo Aguilar y Antonio Barragán. La temprana muerte de dos hermanitos convirtieron a la autora en hija única. Los Barragán eran de recursos modestos y sólo pudieron ofrecerle una educación limitada a «las primeras letras, la doctrina cristiana y los quehaceres domésticos» (Wright 360). La familia se instala para 1855 en Zapotlán el Grande –hoy Ciudad Guzmán– donde su padre encuentra trabajo como escribano (Miquel 9). Unos pocos años después se trasladan a Colima donde la joven estudia con la famosa docente Rafaela Suárez. La joven entra en la escuela para cursar estudios normales (en 1861) y asiste a clases de pedagogía, cálculo, gramática castellana, cosmografía, historia, urbanidad, religión, moralidad y otras ramas relevantes de la enseñanza. Por ser una de las primeras estudiantes de Rafaela Suárez, el nombre de Refugio Barragán aparece en un *Árbol Genealógico de Profesional (de) Rafaela Suárez* del 8 de Septiembre, 1877 ubicado en el Archivo General de Colima. Poeta desde su adolescencia, publica sus primeros trabajos en *La Aurora de Colima* entre 1870 y 1880. En este periódico oficial, según el historiador Romero Aceves, se puede encontrar su mejor obra poética (442).

Después de terminar sus estudios preparatorios, Refugio trabajó como maestra en Ciudad Guzmán. En 1869 se casó con Esteban Toscano Arreola, un profesor. Los recién casados se mudaron a Guadalajara para establecer su nueva vida. En esta gran ciudad tapatía los dos pudieron ejercer su profesión, él consigue un puesto en el Colegio Inglés y ella en la Sociedad Lancastariana (Miquel 10). La pareja tuvo cuatro niños pero sólo sobrevivieron dos a causa de enfermedades infantiles. Salvador (1872-1947) y Ricardo Toscano llegaron a ser profesionales en sus respectivos campos. La biógrafa Aurora Tovar Ramírez asegura que Ricardo fue reconocido por su contribución a la geografía y astronomía (61). Salvador es famoso por ser uno de los iniciadores del cine mexicano. Este último produjo importantes secuencias fílmicas sobre la Revolución Mexicana de 1910 (Miquel 116-117).

Aunque las obligaciones de madre y esposa la mantenían extremadamente ocupada, Barragán se esmeraba por escribir y publicar su producción literaria. En 1873 su obra de teatro, *Diadema de perlas, o los bastardos de Alfonso XI*, se presentó en el Teatro Apolo de Guadalajara. La tragedia personal de la autora se convierte en factor catalizador para el proceso creativo. Cuando muere su esposo en 1879, ella tiene que cuidar a sus dos hijos y es la escritura lo que la mantiene ocupada y económicamente a salvo[3]. En los años que siguen, la autora publica una serie de obras en prosa y poemas de tono religioso y moralizante. En Ciudad Guzmán publica: *La hija de Nazaret, poema religioso divido en dieciocho cantos* (1880), *Celajes de occidente: composiciones líricas y dramáticas* (1880), *Libertinaje y virtud o El verdugo del hogar* (drama, 1881) y *Cántigos y armonías sobre la Pasión: obra religiosa escrita en prosa y en verso y dedicada a la niñez* (1883). Barragán también vivió en Guadalajara y fundó (con la colaboración de su padre Antonio) una revista titulada *La Palmera del Valle* (febrero1888-noviembre 1889). La revista contaba con artículos sobre temas y eventos religiosos, filosofía, educación, ocio, la familia, y consejos para jóvenes. *La Palmera* salía cada quince días y en sus páginas encontramos un tono moralizador, didáctico y materno.

En 1890 Barragán se despide de Guadalajara para dictar clases en La Escuela Normal de Profesoras en la Ciudad de México. El historiador colimense Hernández Corona asegura que cuando Rafaela Suárez fue contratada por el gobierno porfiriano como directora de la Escuela Normal, a Barragán se le ofreció un puesto de docente. El traslado a la Ciudad de México parece haber terminado su carrera literaria, pues la escritora dejó de publicar novelas. Sin embargo, después de un largo descanso, publicó una colección de cuentos: *Luciérnagas: Lecturas amenas para niños* (1905).

Luciérnagas fue la última publicación de la autora en vida, pero no significa que permaneciera inactiva. A principios del siglo XX, justo antes de su muerte en 1916, Barragán participó en el campo de la cinematografía. La intrépida madre ayudó a su hijo Salvador a administrar un cinema en Puebla llamado Cine Pathé. La correspondencia entre madre e hijo durante los años 1910 a 1911 revela que Salvador tenía completa confianza en las habilidades de su madre. Hay evidencia de que le confió la gestión de diversas transacciones comerciales realizadas en su nombre cuando él viajaba como cineasta

---

3   La autora también se convierte en representante de la revista parisiense «La Violeta» en Ciudad Guzmán. Bajo un «Aviso» de la revista *La Bandera Liberal* del 22 de febrero de 1884 (Tomo 1, número 10, página 4) aparece una descripción de la revista «La Violeta» y el precio de la suscripción (4.00 pesos) con la siguiente información: «Se reciben suscriciones (sic) en esta ciudad, en la casa de mi habitación, calle de la Merced, núm. 15. *Refugio Barragán de Toscano*.» Agradezco al Cronista de Sayula, Federico Munguía Cárdenas, por facilitarme la consulta de varias revistas decimonónicas en su colección.

de Galveston a Nueva York y a lo largo de México. Al final, aunque nunca pudo postularse para un cargo público ni ejerció un puesto importante en el gobierno como hicieron muchos de los letrados en su época, Barragán tuvo un papel importante en la producción cultural del país, primero en la literatura y luego indirectamente en el cine. Sin duda a través de su poesía, cuentos y novelas Barragán concatenó su literatura con proyectos de nación, participando de esta manera en su elaboración, imaginación y articulación.

ESCRITORAS LATINOAMERICANAS DEL SIGLO XIX

Barragán de Toscano compartía la ansiedad de escribir y narrar la nación con otras mujeres latinoamericanas. Mercedes Cabello de Carbonera (1845-1909), Teresa González de Fanning (1819-92) y Clorinda Matto de Turner escriben novelas y ensayos en Perú. Juana Manuela Gorriti (1818-82), Eduarda Mansilla de García (1838-92) y Juana Manso de Noronha (1819-75) escriben cuentos, leyendas, ensayos y biografías en Argentina. Soledad Acosta de Sampér (1833-1913) y Josefa Acevedo de Gómez (1803-61) escriben novelas, ensayos y cuentos en Colombia. Rosario Orrego de Uribe (1834-79) escribe cuentos y novelas en Chile. Laurena Wright de Kleinhans (1846-96), Rita Cetina Gutiérrez, Cristina Farfán (1846-80) y Laura Méndez de Cuenca escriben ensayos, obras de teatro, cuentos y novelas en México. Y en el Caribe: Gertrudis Gómez de Avellaneda (1814-73) nacida en Cuba, escribe la novela más asociada con el movimiento anti-esclavista de la época. Lola Rodríguez de Tío (1843-1924), Ana Roque de Duprey (1853-1933), Carmela Eulate Sanjurjo (Dórida Mesenia 1871-1961) y Luisa Capetillo (1879-1922) de Puerto Rico también escriben todo género de expresión. Estas son sólo algunas de las escritoras mejor conocidas. Después de la independencia de sus respectivas naciones del yugo español estas escritoras, poetas, ensayistas, revolucionarias, dramaturgas y maestras obraron para dar a conocer la contribución de la mujer en la construcción de las nuevas repúblicas. A través de su participación literaria ellas también imaginaron la nación y se atrevieron de situar a la mujer en ella.

LA HIJA DEL BANDIDO O LOS SUBTERRÁNEOS DEL NEVADO

Las novelas sobre bandidos despertaron un insólito interés entre los mexicanos a finales del siglo XIX. *La hija (*1887) se publica en Guadalajara y se encuentra entre otras de tema similar como *El Zarco* (1901), *Los Bandidos de*

Río Frío (1888) y *Los plateados de la tierra caliente* (1891)[4]. En ellas los autores imaginan la nación y escriben sobre un problema que amenazaba la estabilidad política y económica del país, el bandidaje[5]. Los letrados mexicanos estaban respondiendo a un desafío literario iniciado por Ignacio Manuel Altamirano que recomendaba alejarse de modelos europeos para así mejor fomentar la literatura mexicana autóctona[6]. Estas novelas se esmeraban en representar las costumbres y el ambiente mexicano y ofrecían una mirada hacia lo que fue la sociedad mexicana y la vida cotidiana, la intra-história. Desafortunadamente, en la vida real los bandidos contribuían a una inestabilidad política, económica y social. Irradicarlos por completo, era el reto continuo del gobierno mexicano justo después de la independencia y en los años de las guerras de reforma (1858-1860). Por eso, en *El zarco*, el bandido es severamente castigado y despojado de sus derechos civiles.

Barragán publica *La hija* durante la segunda época del gobierno de Porfirio Díaz que empezó en 1884. El futuro dictador de México, que gobernó por casi treinta años, apenas asentaba sus bases para dominar el país y proclamar la erradicación de los bandidos. Para la fecha en que escribe la autora los bandidos ya no asaltaban las diligencias y pueblos indefensos, como durante los años de las guerras de reforma, cuando los militares fácilmente se podían confundir con bandidos, y ya formaban parte de un México lejano que reaparece como tema de interés en la literatura decimonónica con los héroes bandidos como Heraclio Bernal y Chucho el Roto (Jesús Arraiga 1858-1894)[7].

Lo novedoso de la novela de Barragán no es sólo que el bandido, Vicente

---

4   Otra novela, *Los bandidos republicanos o las víctimas inocentes* de Juan S. Castro fue publicada por entregas en la revista quincenal *La palmera del valle* (Guadalajara, 1888-1889)

5   Para un análisis del bandido como tropo en *La hija* y *Los bandidos republicanos* de Juan S. Castro, ver Zalduondo, María «(Des)orden en el porfiriato: la construcción del bandido en dos novelas desconocidas del siglo XIX mexicano» en www.decimononica.org.

6   Cito a Altamirano en una revista mexicana *La Iberia* que publica el ensayo entre el 30 de junio a 4 de agosto de 1868. La fecha es importante porque la publicación del ensayo ocurre casi un año después del fusilamiento de Maximiliano de Austria en Querétaro, el 19 de julio 1867. Después de tantas guerras intestinas y una invasión extranjera, México por fin puede comenzar a construirse como nación. Altamirano exhorta a sus compatriotas letrados, consciente del papel que tiene la literatura en la imaginación y creación colectiva de la nación:

> En cuanto a la novela nacional, a la novela mexicana, con su color americano propio, nacerá bella, interesante, maravillosa. Mientras que nos limitemos a imitar la novela francesa, cuya forma es inadaptable a nuestras costumbres y a nuestro modo de ser, no haremos sino pálidas y mezquinas imitaciones, así como no hemos producido más que cantos débiles imitando a los trovadores españoles y a los poetas ingleses y a los franceses. La poesía y la novela mexicanas deben ser vírgenes, vigorosas originales, como lo son nuestro suelo, nuestras montañas, nuestra vegetación (Altamirano1:13-14.)

Barragán retoma esta directiva escribiendo una novela autóctona que refleja no sólo la naturaleza de la región con sus volcanes y vegetación, sino que enfoca su narrativa en un arquetipo social, el bandido.

7   En un corrido archivado por Vicente T. Mendoza en *El romance español y el corrido mexicano* («De Heraclio Bernal»,) los primeros versos registran el hecho de que para fines del siglo XIX se admiraba la historia de este bandido: «Heraclio Bernal decía,// cuando encontraba un arriero,// que él no robaba a los pobres,// antes les daba dinero» (442). Jesús Arraiga más conocido como «Chucho el Roto» es víctima de la injusticia social y se convierte en bandido después de aprender cómo robar en la cárcel. Vea *Chucho el Roto: El Bandido Generoso, Una Vida de Nobles Hazañas* (1944).

Colombo, sea un padre preocupado por su hija sino que la nación imaginada por la autora emerge de la periferia, lo regional y provinciano, Zapotlán el Grande (Ciudad Guzmán), Colima y Sayula. Estos pueblos y las regiones que representan marcan su pertenencia a una identidad y subjetividad particular que Meyer y Sherman llaman la *patria chica* (360). La trama se desarrolla en un ambiente rural, lejos de la urbanidad de Guadalajara. La autora ubica la acción durante el periodo que incluye el final del siglo XVIII y comienzos del siglo XIX para abarcar las luchas de independencia. Es una sociedad donde los bandidos se confunden con hombres militares, los títulos de nobleza se compran, el indígena es representado como una figura noble, y la iglesia funciona como refugio para las jóvenes que no desean casarse o tienen que permanecer solteras por alguna condición social. Por esta última razón, se podría notar incluso una propensión feminista en la autora al querer asegurar un espacio socialmente aceptable donde la mujer soltera pueda vivir tranquila.

La estructura de *La hija del bandido*

Muchas novelas del siglo XIX latinoamericano se escriben desde la visión del narrador. El punto de vista, o lo que Gerard Genette (1972) llama la focalización, que en el caso de *La hija* se trata de «focalización cero», es una técnica de narración autorial omnisciente. La voz narrativa en *La hija*, es efectivamente omnipresente y omnisciente. Esta voz puede llevar a los lectores a diferentes espacios en la novela y puede ofrecerles detalles de los sentimientos y pensamientos íntimos de los personajes. Pero en el caso de *La hija*, la voz narrativa se identifica con la autora, dando la impresión que es la misma entidad. La voz narrativa, como muchos textos decimonónicos, se dirige a los lectores y comunica su punto de vista. En *La hija*, esta práctica es marcada por el género biológico porque la voz narrativa le pertenece a una escritora que se identifica como madre. El efecto que se crea en la novela es de una confusión entre autora y voz narrativa. Moran y Cázares la describen como una «novelista-narradora» y «un hada con vara mágica» (87).

En el texto hay momentos de *metalepsis* o transgresión de niveles narrativos. Esto ocurre cuando la voz narrativa se dirige a los lectores para corregir ciertas pautas en el texto. Esta situación crea momentos de revelación de parte de la narradora que también se identifica como lectora y crítica informal de otras novelas: «Nada me disgusta tanto, cuando leo una novela, como que el autor deje pendiente el hilo de los acontecimientos y me lleve a presenciar hechos retrasados, que vienen a entorpecer el pronto desenlace de aquellos» (85). El orden del tiempo constantemente se reconstruye en la novela como veremos en los episodios sobre el secuestro de Cecilia . Históricamente la novela tiene lugar entre los finales del siglo XVIII y principios del siglo XIX, justo a la víspera de las revoluciones de independencia en México.

La hija es un texto *metadiegético* en el sentido de que hay una narración dentro de otra que se manifiesta a través de la voz narrativa que se femeniza e identifica como una madre cristiana. Esta narradora nos cuenta detalles de su vida y opiniones que son independientes de la acción y trama principal. Esta técnica narrativa le da cierto corte intimista a la relación. Al secuestro de Cecilia, por ejemplo, la narradora simpatiza con la angustia de Doña Mercedes, su madre, que presiente el peligro de la hija ausente (72). La narradora se dirige a los lectores «¡Oh! los que ésto leáis, no lo toméis a exageración. De tal manera es el corazón de la madre, que, cerca de sus hijos, nada teme para ellos, porque le parece que su solo cariño, cariño inmenso, basta a cubrirlos...» (73). Se puede apreciar un nivel *extradiegético* en la novela, ya que la narradora en varias ocasiones se identifica con la voz materna, cristiana y católica. Consecuentemente, la narradora se revela como un personaje más, la cuentista, y de esta forma enfatiza el artificio de la novela. Un buen ejemplo de esta estrategia discursiva se encuentra en el capítulo VII del Libro III que la autora titula «Hilos sueltos» (120). Es significativo que ella mencione *Las mil y una noches* en su novela, otro ejemplo de una narración dentro de la narración (metanarración). Ese efecto comienza a tener lugar en la Introducción que firma la autora. En ella se evidencia una referencia a la tradición oral, que los libros habían de reemplazar. Según la autora, la imaginativa tía Mariana es la fuente de la historia que ella narrará sobre el notorio bandido Vicente Colombo. La autora dice sólo ser la mera portavoz de lo que su tía le transmitía cuando ella era niña. Con esta estrategia Barragán nos presenta una novela de naturaleza ambigua: una narrativa que declara ser verídica y es a la vez, ficción.

En cuanto a la estructura física de la novela, está dividida en seis libros. Cada uno de estos libros contiene de tres a siete capítulos. Después de la «Introducción», los libros, en secuencia, se titulan: «Los bandidos del Camino Real», «Amor y desgracia», «Los bandidos de salón», «La mano de Dios», «En poder de la justicia», y por último, «La sombra de la Religión». La manera descriptiva en que Barragán titula cada libro, creando así interés e intriga es una característica de la novela de folletín tan corriente en el siglo XIX. Por ejemplo, en el primer libro («Los bandidos del Camino Real») los subtítulos: «La víspera de un cumpleaños» seguido por «El manuscrito», «Entre dos tumbas», «El Vizconde de Tuneranda», «De ventana a ventana», y «En el Pico del Águila», acentúan la acción e introducen nuevos temas a explorar en los capítulos que siguen. Casi al terminar cada capítulo se introducen elementos dramáticos que se tienen que resolver en el próximo (los llamados *cliff-hangers*). Esta característica de la novela de folletín es muy bien empleada en *La hija*.

La novela de folletín nace en el ambiente urbano parisiense del siglo XIX como una estrategia para vender periódicos[8]. Los autores desarrollan una fórmula para mantener a los lectores interesados en la compra semanal de la nueva instalación de la novela. También llamada «novela por entregas» estos textos presentaban personajes de poca profundidad o complejidad: fácilmente se podía identificar a los personajes «malos» y a los «buenos». La suspensión del hilo narrativo se lograba al final de cada capítulo, manteniendo un alto nivel de intensidad dramática y acción. Barragán, que primero vendió *La hija* por entregas en Ciudad Guzmán, desarrolló esta formula con buenos resultados.

Varias ediciones de *La hija* han aparecido desde su primer debut en 1887[9]. La tercera edición de 1918 (Ciudad Guzmán) es la más conocida y utilizada por el Archivo de Zapotlán el Grande para publicar ediciones recientes (2006). Esta fue la edición utilizada por las investigadoras Diana Morán y Laura Cázares para su capítulo sobre Barragán en *Las voces olvidadas* (1991). La edición de 1918 también incluye las «palabras preliminares» del poeta tapatío Samuel Ruiz Cabañas quien asegura que «esta novela, de título romántico y fuera de moda, es una sucesión de escenarios genuinamente nacionales». Otras ediciones como las de 1934 y 1959 han circulado por Estados Unidos y se encuentran en bibliotecas universitarias.

ASPECTOS ROMÁNTICOS DE LA NOVELA

A través del texto la narradora se esmera en presentar una escenografía ambiental que dé la descripción más detallada posible. Este registro es muy característico de la tradición mexicana romántica, que tendía a exaltar la flora y fauna local. Esta reflexión festiva del paisaje local era ya una práctica entre los intelectuales como Ignacio M. Altamirano, cuya poesía exaltaba la belleza del paisaje mexicano (Girón, Paisajito 233-34). Publicada en 1871 en *El Federalista*, la poesía de Altamirano señaló una nueva sensibilidad hacia el medio ambiente nacional representado en la imprenta y el arte. José María Velasco, el artista del paisaje mexicano más reconocido, produjo imágenes inolvidables de vistas panorámicas en México. Famoso por sus representaciones en los 1870 del Valle de México desde diferentes perspectivas y lugares, Velasco pintó tesoros nacionales como las pirámides de Teotihuacan. Velasco también incluyó en sus cuadros, novedades como puentes de los ferrocarriles y trenes. El objeto del artista romántico nacional era representar la originalidad y belleza de la tierra autóctona. Siguiendo esta trayectoria de representación panorámica del ambiente natural mexicano, Barragán incorpora descripciones de los volcanes de Colima en *La hija*.

---

8   Ver Juan A. Epple, «Notas sobre la estructura del folletín», en *Cuadernos Hispanoamericanos* 1980. 358: 147-156.

9   La publicación original de 1887 se puede encontrar en las bibliotecas de la U de California (Los Angeles) y la U de Illinois en EEUU.

Teoría de la novela decimonónica

Partiendo de algunas de las ideas de Benedict Anderson sobre el imaginario nacional, Doris Sommer en *Foundational Fictions* (1991) arguye que las
novelas fundacionales de los países latinoamericanos planteaban proyectos
nacionales[10]. La novela fundacional es aquella que sirve como ejemplo de orgullo nacional y que de alguna manera representa el pasado glorioso del país.
Al nivel práctico es la lectura requerida en las escuelas superiores de la nación.
La novela decimonónica romántica desarrollaba un proyecto nacional muchas
veces a través de las relaciones amorosas que se presentaban. Los personajes
tomaban una función alegórica al representar ciertos grupos sociales o ideas
imperantes. Aún las iniciativas románticas frustradas entre personajes (como
el caso de Sab y Carlota en *Sab* 1842 de Gertrudis Gómez Avellaneda) proponían proyectos sociales. Y aunque la propuesta quizás no llegaba a convertirse en acción, los autores imaginaban el potencial de los cambios en la sociedad.

Pero la escritora latinoamericana es un reto a los intentos homogeniza-
dores de esta imaginación colectiva propuesta por muchos de los letrados de
la época. Como bien lo declara Pratt sobre la situación latinoamericana, «los
escritos de los intelectuales independentistas del siglo XIX revelan abiertamente el impulso para limitar la ciudadanía de las mujeres y renovar su su-
bordinación bajo la independencia nacional» (54)[11]. Al escribir sobre sus
propias preocupaciones la escritora muchas veces rompe con la trayectoria del
letrado que excluye la opinión de la mujer o no le daba importancia a sus inquietudes. Tal es el caso de Refugio Barragán de Toscano. La escritora jali-
cense se apartaba de la agenda nacional, adelantada por los letrados liberales,
al hacer de la religión una constante referencia y viable articulación para algunos de los personajes, que se revelan como creyentes católicos. El contexto
histórico en que se publica la novela coincide con la propagación del positivismo en México, y hace de esta insistencia religiosa una desviación de los proyectos progresistas del *porfiriato*[12]. La escritora le otorga un lugar legítimo a
la religión en su novela y es en este contexto en el que ella propone la importancia de los conventos como espacio social alternativo para la mujer soltera[13].
Esta propuesta no es bien vista por el gobierno liberal, progresista pero todavía alcanza alguna legitimidad en regiones como Ciudad Guzmán y

---

10 El estudio de Benedict Anderson *Imagined Communities* (1983) defiende la idea de una
    vinculación entre la literatura y la consolidación de la nación como consecuencia de la
    comunidad imaginaria sugerida en los periódicos decimonónicos. Los letrados e inte-
    lectuales del país utilizaban la imprenta para crear una sociedad y cultura homogénea
    que sirviera para asentar los límites políticos, económicos y sociales de la nación. A través
    de la imprenta se creaba una historia común y una interpretación colectiva de los sucesos
    del pasado. La comunidad fraternal imaginada por Anderson se consolidaba sin resis-
    tencia o desviación.

11 Ver Mary Louise Pratt, «Las mujeres y el imaginario nacional».

12 Ver Leopoldo Zea, *El positivismo en México: nacimiento, apogeo y decadencia* (1968).

13 Al mandar a las mujeres al convento la autora no toma una actitud progresista, pero
    habría que entender el contexto histórico: en esa época no había muchas opciones para
    la mujer en el ámbito laboral o social.

Colima. La autora escribe sobre su patria chica y al hacerlo une esa vivencia y devenir a la imaginación nacional.

La hija COMO LITERATURA NACIONAL

La novela de Barragán pretende unirse a las narrativas cuyo propósito fue crear una comunidad imaginaria nacional. Para lograr esa concatenación la autora se compromete con la historia y se adhiere a símbolos nacionales. Las Guerras de Independencia, que estallan al principio del siglo XIX, aparecen al final de la narración como contexto histórico para darle un final heroico al personaje romántico –Rafael– e iniciar el desarrollo narrativo inesperado del indígena Martín. Este personaje cuya presencia es mínima al principio del texto, se transforma en un símbolo de sacrificio y honor, valores que debe proyectar la nación. La acción gira entorno al huérfano Martín y la trayectoria de narración sobre la heroína –María– cae en un segundo plano. Rafael y María quedan al margen de la estructura de la narrativa y es Martín quien desempeña el papel de héroe.

Barragán sitúa a Rafael y Martín en un momento histórico justo después del famoso grito de Hidalgo, que inicia la independencia de México. La voz de la narración cambia por una de grandilocuencia patriótica:

> ¡Cada cerebro ardía, cada corazón palpitaba y cada brazo se preparaba a la lucha que más tarde o más temprano tenía que desencadenarse al impulso de una idea común. En el centro de las ciudades, en las humildes chozas y hasta en el campo, mientras el arado rompía la tierra y el grano caía en el surco abierto, se pensaba en una era de libertad, de gloria, en fin, para la cautiva México!
>
> … El árbol de la libertad se alzaba al parecer endeble; pero su crecimiento debía ser prodigioso, puesto que contaba en su antigua preponderancia, héroes como Cuauhtémoc; y en sus renuevos, caudillos tan gloriosos como Hidalgo y Morelos (196)

La conexión y el contacto que Barragán hace con la historia nacional la lanza desde un enfoque regional en su novela (Ciudad Guzmán y los problemas sociales vinculados a los bandidos) a vinculaciones que proyectan escenarios y ansiedades nacionales. La figura del último emperador azteca, Cuauhtémoc se integra a la de Hidalgo. Las identidades criollas y amerindias se unen para una causa de gran importancia nacional.

El personaje de Martín simboliza el pasado heroico indígena en México. El personaje amerindio llega a cobrar más y más importancia a través de la novela y especialmente en el Libro IV cuando rescata a María de las manos lascivas de Patiño. María depende de Martín para ayudarla a liberar a sus amigos y engañar a los bandidos, incluso a su padre. El «noble indio» con su «tostado rostro» llora al cerrar con una piedra gigante la cueva que antes llamaba su hogar (158). Martín, que como María también es huérfano, ha crecido con ella en los subterráneos del Nevado y la ama. Pero la naturaleza de ese amor es ambiguo ya que al final declara un amor fraternal por ella. En otras ocasiones su amor es «puro» comparado con el deseo incontrolable de Patiño, uno de los bandidos bajo el mando de Colombo. Los parámetros de su amor por María toman un curioso giro cuando Martín promete seguir a Rafael en las batallas contra el imperio español. Es Martín y no Rafael la figura clave que resalta como un guerrero noble y fiel en las guerras de independencia.

Martín emerge como una importante figura cultural a pesar de la misma ambivalencia de la autora. En la narración de Barragán, Martín es una figura histórica que debe ser honrada pero sus medios de integración en la sociedad mexicana todavía son ambiguos, como su amor por María. En el imaginario nacional construido por Barragán, Martín no puede ser el héroe romántico de María. El indígena como héroe romántico y posible esposo luego será representado en el protagonista Nicolás en *El Zarco* de Altamirano como un acto consciente y promocional del mestizaje. Martín es el precursor de Nicolás, los mismos escritores indígenas y mestizos celebrarán la unión de las razas sin reservación. Ellos también se servirán de la historia para crear interés en su ficción.

La historia en la ficción

Barragán funde la ficción con los hechos creando un espacio liminal entre los dos. Su estrategia no es crear un ambiente de verosimilitud para los lectores. Al contrario, ella abiertamente señala los recursos técnicos de la novela (especialmente en su uso del tiempo), y se esfuerza en recordarle a los lectores que hay una narradora-autora. Además, su uso de notas al pie de la página para comentar sobre casos verídicos de secuestros funcionan para darle un toque realista a la novela. Según Fernando Unzueta las novelas decimonónicas sentían cierto compromiso con una vertiente realista, «El "efecto de lo real", característico de la historiografía decimonónica, informa también la novela de la época. Es más, el "modelo" de la literatura "realista" es, precisamente, la historia» (52). Unzueta hace estas observaciones en su estudio sobre el romance nacional latinoamericano y su incorporación de la historia en la narración. Barragán subsume la historia y los hechos a su trama.[14]

---

14   Desde el estudio de Georg Lukacs, *The Historical Novel* (1937) se ha reconocido la interrelación entre historia y novela. La deuda que tiene la historiografía para con la ficción se ha desarrollado con los estudios post-estructuralistas: «Es a través de las tramas, precisamente, que se establece la estrecha relación entre la historia y la ficción» (Unzueta 60).

En la «Introducción» la autora declara que su narración deriva de «tradiciones puramente vulgares, **que si tienen un origen verdadero**, sólo las habré pasado al papel embellecidos con el lenguaje de la ficción y la poesía» (énfasis mío). Sin embargo, al final del capítulo uno en el primer libro, al lector se le ofrece una nota al pie de página que asocia la desaparición del personaje ficticio Coronel Miranda con un coronel que realmente desapareció cerca del Nevado de Colima. Otra nota al pie de la página se encuentra en el segundo capítulo (Libro I) donde la autora menciona la Guerra de Tres Años y cómo un cierto coronel encontró estatuas en las cuevas donde se creía vivían los bandidos. Las notas al pie de página le dan a la narrativa una cierta infusión histórica, como si la verdad fuera esencial para una narración ficticia. De esta manera el texto se convierte en una refundición híbrida de ficción y realidad.

La tercera y última nota en el Libro I expone la creencia de muchos en la región de que el tesoro de los bandidos todavía yace escondido en las cuevas y reporta el último intento en buscarlo (*Hija* 24). Es un tema que Barragán vuelve a tratar al final de la novela cuando ella, una vez más, declara la posibilidad de encontrar riquezas en las cuevas y añade un aire de misterio con el dicho «El tiempo descubre las cosas más secretas» (200). El lector se queda con la incertidumbre de si la referencia es sobre un tesoro escondido o si se alude al que se descubran otras cosas, como los bandidos de alto rango en la historia de la nación. El coronel Juan Yáñez es un buen ejemplo. Yáñez sirvió bajo el mando del General Santa Ana y fue ejecutado por bandidaje en 1839. Esta figura histórica fue ficcionalizada en *Los bandidos de Río Frío* de Manuel Payno (Flores 14). En su narración Barragán refleja una sociedad inestable donde los bandidos se pueden confundir con militares del gobierno y los condes fácilmente pueden ser criminales. Otra confusión ocurre a nivel de género, pues la heroína muestra una gran resolución y actividad no siempre asociados con la mujer mexicana.

María, la heroína activa

El personaje de María se revela como uno capaz de rescatar a su propio héroe romántico, Rafael Ordóñez. El Libro II comienza con una presentación sobre el joven Rafael. Éste ha conocido a María por su amistad con Adolfo Diéguez, el pretendiente de Cecilia. Rafael es un abogado de veinticinco años que recién se instala en el pueblo de Zapotlán. Morán y Cázares lo identifican como un tributo de Barragán a Alphonse Marie-Louis de Lamartine, a quien la autora menciona en el texto[15]. El apasionado Rafael conoce a María en casa de Cecilia y se enamora de la protagonista.

Como héroe Rafael tiene mucho potencial pero curiosamente, falla en su

---

15   Alphonse Marie-Louis de Lamartine (1790-1869) escritor romántico francés.

papel de pretendiente y amante. El «heroe» es capturado por los bandidos de Colombo y secuestrado en el Libro III. Colombo no quiere que su hija se case con un abogado que acaba de empezar su carrera y no tiene riquezas para ofrecerle a su hija. Barragán muestra como Colombo internaliza y adapta una ideología burguesa al preferir para María un matrimonio sin amor con el Vizconde antes que aceptar su unión con un hombre a quien ama (89). Cuando capturan a Rafael, es María quien lo rescata. Ella es quien literalmente quita la piedra que cubre la entrada a la cueva que esconde al Coronel Miranda (143).

María rescata al héroe Rafael, señalando así, una confusión de roles sexuales ya que normalmente ocurre lo opuesto. Sin embargo, esta heroína no se somete al poder de un hombre como Sommer sugiere es el destino de todas estas heroínas que son «remarkably principled and resourceful romantic heroines who stand up to police, conspire to escape oppression, and rescue their refined heroes» (16). Nuestra heroína María se somete a los principios de Dios y se convierte en una monja Capuchina. Se podría argüir que al hacerlo se está sometiendo al sistema patriarcal, pero ella toma esta decisión por si misma, mostrando su voluntad en hacer lo que estima honorable y necesario. A lo largo del texto su actividad y resolución la diferencian de otras heroínas burguesas, criollas[16]. El mismo Vizconde nota el ímpetus de María al aceptar casarse con él para obtener la libertad de Cecilia y el Coronel Miranda:

> El Vizconde fijó en María sus pequeños ojillos, arrugó el entrecejo y no pudo menos que manifestar la sorpresa que aquellas palabras le causaban, Jamás se había imaginado que aquella joven, arrullada por las brisas de la montaña, fuese capaz de tanta energía, como la que acababa de revelarle sus últimas palabras. (97)

Con diligencia, María invierte los crímenes de su padre para luego convertirse en una monja auto-sacrificada cuya satisfacción proviene de servir a Dios. Este final parece sumarse a agendas patriarcales para la mujer soltera pero hay que recordar que María actúa, decide y lo hace en sus propios términos[17]. La actividad y resolución de María se multiplican en los capítulos que siguen.

El hada madrina ordena

Cuando la voz narrativa vigorosamente explica y reorganiza la acción en

---

16   El personaje Carlota de *Sab* (Gómez de Avellaneda, 1842) es muy pasivo. En esta novela es la huérfana Teresa la que decididamente escoge ser monja [ver Naomi Lindstrom, «El convento y el jardín: La búsqueda de espacios alternativos en *Sab*», en Decimonónica 4.2 (2007): 49-60.]

17   En la actualidad muchas mujeres de Ciudad Guzmán se identifican con nuestra heroína María. En una conversación que sostuve con el Cronista de la Ciudad, el arquitecto Fernando G. Castolo, éste último me afirmó que las señoras lectoras de la ciudad se sentían representadas en el espíritu independiente y activo de María Colombo. (Comunicación personal, julio 2005).

el texto, teje su ficción hasta ahora no-linear para inculcarle orden. Al hacerlo, esta voz revela información sobre su vida, sus buenos amigos en Tamazula y la niñez dedicada a la lectura de cuentos de hadas (168). Para explicar la omnisciencia de la voz narrativa y su aparición de una escena a otra, la autora utiliza el arquetipo femenino del hada madrina que alza su varita mágica para transportarse de escena a escena en la narración (168-69). Estas intrusiones tipo hada madrina desconciertan a Morán y Cázares, quienes arguyen que la escritora no adquiere una conexión («complicidad») con sus lectores porque los trata como niños (87). Lo que estas estimables investigadoras no captan es que al ser una de las primeras escritoras mexicanas, Barragán tenía pocos modelos nacionales; el hada madrina es un avatar que la autora rescata de las leyendas y cuentos de hada. Para la sensibilidad moderna (siglo XX) esta estrategia parecería intolerante, pero en el siglo XIX un hada madrina era uno de los pocos personajes femeninos que ejercía algún poder.

Otra estrategia autorizante es la de utilizar referencias religiosas en el texto. En una sección titulada «A la sombra de la Religión», Barragán identifica su profesión no como la de novelista, un papel que obviamente ha desarrollado y asumido a través del texto, sino como la de madre religiosa.

> El mecánico se deleita en ademar ruedas, pulir ejes y estudiar movimientos; el comerciante en balancear los gananciales; el filósofo en buscar consecuencias... Yo me deleito en hojear el sencillo tratado de mis creencias y que no es otra cosa que la cartilla del hogar puesta por la madre católica en las manos de sus hijos. (185).

El sustentar su conocimiento y pericia en el ambiente religioso para atenuar su autoridad como un sujeto independiente que escribe, es una estrategia que se puede entender como un efecto de «ansiedad de autoría» o lo que se explica como «a radical fear that she cannot create, that because she can never become a "precursor" the act of writing will isolate or destroy her» (Gilbert y Gubar 49). La fuente de esta ansiedad es vinculada a la dominación histórica que el hombre ha tenido de la literatura, y cómo las mujeres disputan esta hegemonía al atreverse a escribir. Tal vez, el mejor ejemplo de esta tensión en la literatura mexicana es una precursora de Barragán, Sor Juana Inés de la Cruz, cuya *Carta Atenagórica* fue un reto para la autoridad patriarcal y eclesiástica. Jean Franco nota esta tensión en Sor Juana y establece que la monja tuvo «un problema de autoría» como lo confirma sus intentos de establecer un autor neutral en su poema alegórico «Primero Sueño» (32). Barragán pudo haber encontrado una espléndida precursora en Sor Juana pero la monja escritora se retiró del mundo y la literatura en un acto de penitencia. Con muy pocas precursoras para emular no hay que sorprenderse de que las primeras creaciones de Barragán fueran poemas religiosos y cuentos didácticos con tonos moralízantes ya que estos temas eran considerados apropiados para las mujeres.

El hada madrina y otros momentos en los que Barragán inserta una identidad biológica en la voz narrativa son actos performativos de género o *gender performances* para utilizar la terminología de Judith Butler. La filósofa norteamericana arguye que hay momentos en los que el género sexual (la construcción social de hombre y mujer) es sometido a una actuación («performance»). En la narrativa estos son momentos cuando las nociones de lo que es género son repetidas y reproducidas. Esta situación lleva a un cuestionamiento de la neutralidad que estos signos normalmente reclaman (Butler 174-75). Aunque el ejemplo de Butler se nutre del teatro, Barragán utiliza el texto para actuar su signo Mujer frente a su público lector. O sea, el género sexual es una actuación y es este aspecto de género que ahora se llena de nuevo significado cuando nos enfrentamos a la figura del hada madrina en el texto de Barragán. La autora se compromete a una actuación de género cuando la voz narrativa (siempre entendida como una entidad masculina) se auto-asigna una identidad sexual, identificándola como mujer y perteneciente a la autora. La referencia que hace de la voz narrativa como madre, instructora de valores religiosos para los niños, y la de hada madrina sirve este propósito de actuación genérica también.

Sin embargo, cuando Barragán establece su especificidad como mujer, ella debe limitar su conocimiento para reflejar su complicidad con lo que son expectativas de comportamiento para la mujer. Hay que recordar que en *La Hija*, Barragán escribe sobre el mundo nefasto de los criminales, un espacio no apto para las mujeres de buena familia como ella. Como observa Jean Franco, «Mexican women were slow to challenge the domestication of women and often fearful of taking a step into areas where their decency would be put into question» (93). Pero eso vemos la aplicación de la (ya mencionada) falsa modestia en la narrativa de Barragán.

Las mujeres del siglo XIX en México se enfrentaban a paradigmas binarios que las presentaban como el demonio (o la Malinche) o el ángel del hogar. Al escribir, las primeras autoras eran muy sensibles a estas caracterizaciones. Ahora bien, como creadoras ellas mismas de imágenes de la mujer en textos, ellas representan visiones más complejas como sujetos que actúan y tienen agencia, en vez de ser objetos dependientes, dominados por el hombre. Para el caso de la Inglaterra victoriana, Gilbert y Gubar identifican una gran aflicción en las escritoras con el tema de auto-representación. El origen de esta aflicción se encuentra en los estereotipos sobre la mujer que circulan en la literatura y «drastically conflict with her own sense of her self-that is, of her subjectivity, her autonomy, her creativity» (48). Para mitigar su propia ansiedad ante estos conflictos Barragán confía en arquetipos femeninos reconocidos como el hada madrina, la profeta bíblica Débora y la imagen del ángel doméstico que en el caso de María se convierte en otro arquetipo, la monja. Barragán incluye modelos femenino aceptables en un texto decididamente «masculino» o «viril» cuyo contexto es la criminalidad y los bandidos.

La religión, su uso, mención, y elaboración en la novela servirá para autorizar y legitimar a la autora. Aunque la novela logra sumarse a uno de los temas mas visitados por los escritores intelectuales de su época al abordar el nacionalismo, Barragán difiere con ellos en su constante mención a la religión. Al entrar en un círculo literario antes dominado por los hombres (la narrativa y la historia), Barragán mitiga su ansiedad al anclar su novela en el mundo religioso «femenino» de la Iglesia. De forma paralela, el Coronel Miranda, uno de los personajes, utiliza una referencia religiosa para entender las acciones poderosas de María, al confundirla con un ser celestial (**142**). Al asociarla con la Virgen el Coronel puede entonces aceptar su insólito rescate por ella, un acto usualmente fuera del alcance del papel de una mujer. La reacción del Coronel marca esta constante negociación en *La Hija* sobre los límites y desbordes de la identidad femenina.

Pero al final, aunque actúe como el ángel del hogar, la heroína romántica, María no podrá superar sus asociaciones criminales y ser aceptada en la altamente estratificada sociedad mexicana provinciana al final del siglo XVIII, principios del XIX. Aunque María sea excepcional (y no importa cuán puro sea su corazón), debe acceder a las normas impuestas y expectativas para una muchacha de esa época.

Al hacer que María tome esta postura, Barragán está proyectando una perspectiva conservadora de clase social. A María no se le permite movilidad social o económica, ni le es permitido entrar en la sociedad mexicana como una señorita decente aunque es pura de corazón y actúa como una «santa». María siempre llevará la marca de su padre, el bandido Vicente Colombo. El mundo patriarcal que la obliga a llevar su apellido no la deja despojarse de sus crímenes. La idea de auto-determinación y las expectativas de la sociedad se unen para crear una heroína romántica a quien es negada la realización de sus deseos de amar a un hombre decente. El convento será la única opción para la hija del bandido y allí logrará llevar una vida plena y gloriosa.

Conclusión

La novela de Barragán es más que una mera elaboración romántica sobre bandidos cuya meta es articular la nación. La autora religiosa presenta a la Iglesia como una institución importante y viable. Esta representación se hace en una época justo después de la Reforma, cuando a la Iglesia se le asociaba con políticas conservadoras. Iniciada por liberales, una de las metas de La Reforma fue disminuir el poder de la iglesia católica cerrando los conventos y expropiando los bienes y terrenos de la misma. La novela intenta rescatar la utilidad de la iglesia en la vida de las mujeres, especialmente las muchachas como María.

Este es el mensaje que emana de un texto de hilación intrincada, excluido del canon literario para luego ser rescatado para la memoria nacional por feministas mexicanas a finales del siglo XX. Es un texto que demuestra como la mujer mexicana sí deseó imaginar la nación y proyectar sus perspectivas a una consciencia nacional a través de la narración. No es sorprendente entonces que la novela sólo goce de fama en su (s) patria(s) chica (s), Colima y Ciudad Guzmán, donde la autora todavía es recordada y publicada. Escrita por una mujer que no llegó a gozar de los puestos políticos de sus compañeros letrados, la novela reta el proyecto unificador que se proponían crear un imaginario unitario de la nación.

Esta presente edición es una labor de recuperación literaria. Nuestras/os lectoras/es notarán y quizás criticarán los fallos en la ortografía (y la historia) en *La hija*. También percibirán el tono moralizante y falta de complejidad en representar a los personajes, pero hay que entender lo novedoso que fue ser escritora para Barragán de Toscano. La autora carecía de modelos autóctonos (salvo la décima musa Sor Juana Inés, que nunca escribió novela) y no tuvo la educación ni acceso a las relaciones de poder que muchos de los letrados contemporáneos de la época compartían. Se ha de admirar entonces que con los escasos recursos que tuvo esta viuda y madre de dos hijos, pudo escribir una novela de tema tan popular en la época. Su aportación a la literatura nacional de México es importante ya que sirve como testamento al empeño por parte de las mujeres de también crear e imaginar la nación en el siglo XIX.

María Zalduondo
Universidad de Louisiana, Lafayette - 2007

Bibliografía

I. Publicaciones.

Barragán de Toscano, Refugio. *Celajes de Occidente: Composiciones, líricas y dramáticas de Refugio Barragán de Toscano*. Ciudad Guzmán, México: Imprenta Agapito Ochoa, 1880.

_____. *Premio del bien y castigo del mal*. 1884. México, D.F.: Imprenta de J.F. Jens, 1891.

_____. *La hija del bandido o los subterráneos del Nevado*. Guadalajara, 1887. México, D.F.: Editorial México, 1934.

_____. «Prólogo». *Fray Antonio de la Concepción*. 1888. Juan S. Castro. Guadalajara: Fortuno Jaime, 1918.

_____. *La Palmera del Valle: periódico quincenal de carácter religioso, científico y literario*. Guadalajara, México. Febrero, 1888 - Noviembre, 1889.

_____. «Los ángeles». *Poetas Hispano-Americanos: México. Entrega Cuarta*. Lázaro M. Pérez y José Rivas Groot. Bogota, Colombia: J.J. Pérez, 1889. 229-31.

_____. «El 16 de septiembre». *Poetisas Mexicanas, Siglos XVI, XVII, XVIII y XIX. Antología formada por encargo de la junta de señoras correspondiente de la Exposición de Chicago*. Ed. José María Vigil. México, D.F.: Secretaria de Fomento, 1893. 139-141.

_____. *Las cuatro estaciones. Zarzuela de fantasía dividida en tres actos y en verso*. México, D.F.: n.p., 1933.

_____. *Luciérnagas: Lecturas amenas para los niños*. México, D.F.: Imp. de Murguía, 1905.

II. Ediciones

Barragán de Toscano, Refugio. *La hija del bandido o los subterráneos del Nevado*. Guadalajara, México: Tip. «El Católico»,1887.

_____. *La hija del bandido o los subterráneos del Nevado*. Ciudad Guzmán, México: Impr. R. Ramírez, 1918.

_____. *La hija del bandido o los subterráneos del Nevado*. México, D.F.: Editorial México, 1934.

_____. *La hija del bandido o los subterráneos del Nevado*. Guadalajara, México: Imp. Librería Rojas, 1947.

_____. *La hija del bandido o los subterráneos del Nevado*. Ciudad Guzmán, México: Zapotlán el Grande, Archivo Histórico Municipal, 1996. 2001. 2003. 2005.

III. Fuentes secundarias útiles para la lectura de La hija:

Altamirano, Ignacio. *La literatura nacional: Revistas, Ensayos, Biografías y Prólogos*. 3 vols. México, D.F.: Editorial Porrua, 1946.

Adams, Jerome R. *Notable Latin American Women: Twenty-nine Leaders, Rebels, Poets, Battlers and Spies*, 1500-1900. Jefferson, N.C.: McFarland & Co, 1995.

Agraz García de Alba, Gabriel. «Refugio Barragán de Toscano». *Biobibliografía de los Escritos de Jalisco*. México, D.F.: U Nacional Autónoma de México, 1980. 76-82.

El Album de la Mujer. México, D.F. (1883-1890). Ed. Concepción Gimeno de Flaquer.

Árbol Genealógico de Profesional Rafaela Suárez, September 8, 1877. Colima. Archivo Nacional de Colima.

La Aurora de Colima. Periódico Oficial. 1862.

La Bandera Liberal. Ciudad Guzmán, 1884.

Barcena, Mariano. «El volcán de Colima, en 1887». *Colima: textos de su historia 2*. Ed. Servando Ortoll. México, D.F.: Secretaría de Educación Pública, 1988. 190-202.

González Casillas, Magdalena. *Antología de letras románticas en Jalisco, siglo XIX narrativa*. Guadalajara, México: Conexión Gráfica, 2002.

_____. *Historia de la literatura Jalisciense en el siglo XIX*. Guadalajara: Gobierno de Jalisco/ Secretaría General Unidad Editorial, 1987.

Miquel Rendón, Ángel. *Salvador Toscano*. Guadalajara, México: U de Guadalajara, 1997.

Morán, Diana, y Laura Cázares. «Doña Refugio Barragán de Toscano: *Lu-ciérnagas* y *La hija del bandido*». Domenella y Pasternac 77-91.

Peregrina, Diego. «Prólogo». *Celajes de Occidente*. Refugio Barragán de Toscano. 3-12.

Romero Aceves, Ricardo. «Refugio Barragán de Toscano». *Colima: ensayo enciclopédico*. México, D.F.: Costa-Amic, 1984. 442.

Tovar Ramírez, Aurora. *Mil quinientas mujeres en nuestra conciencia colectiva: catálogo biográfico de mujeres de México*. México, D.F: Documentación y Estudio de Mujeres, 1996.

Vigil, José M. *Poetisas Mexicanas del sigo XVI, XVII, XVIII, XIX. Antología formada por encargo de la Junta de Señoras correspondiente de la Exposición de Chicago*. México, D.F.: Secretaría de Fomento, 1893.

Wright de Kleinhans, Laureana. *Mujeres notables mexicanas*. México, D.F.: Secretaría de Instrucción Pública y Bellas Artes, 1910.

Zalduondo, María. *Novel Women: Gender and Nation in Nineteenth-Century Novels by Two Spanish-American Women Writers*. Diss. U de Texas Austin, 2001. 40-134.

IV. Bibliografía General

Aldaraca, Bridget. «El ángel del hogar: the Cult of Domesticity in Nineteenth-Century Spain». *Theory and Practice of Feminist Literary Criticism*. Ed. Gabriela Mora y Karen S. Van Hooft. Ypsilanti, MI: Bilingual P, 1982. 62-87.

Allen y Álvarez, Francisco. «La Ciencia y La Mujer». *La Mujer: Semanario de la Escuela de Artes y Oficios para las Mujeres* [México, D.F.] 1.17 agosto 15, 1880.1-2.

Altamirano, Ignacio Manuel. *El Zarco*. 1901. Toluca: Clásicos del Estado de México, 1985.

Anderson, Benedict. *Imagined Communities: Reflections on the Origin and the Spread of Nationalism*. London: Routledge, 1983.

Arango-Keeth, Fanny. «Tradición narrativa de la escritora latinoamericana del siglo XIX: Escritura palimpséstica y subversión cultural». *Romance Languages Annual* 10.2 (1998): 432-39.

Arenal, Electa. «The Convent as Catalyst for Autonomy: Two Hispanic Nuns of the Seventeenth Century». Miller 147-83.

Avilés, René. *Juárez y la educación en México*. México, D.F.: Federación Editorial Mexicana, 1972.

Barthes, Roland. «The Death of the Author». *Image, Music , Text*. Stephen Heath, trad. New York: Hill y Wang, 1977. 142-48.

Bastian, Jean-Pierre. «La estructura social en México a fines del siglo XIX y principios del XX». *Revista Mexicana de Sociología.* 51.2 (1989): 413-29.

Bazant de Saldaña, Milada. *Historia de la educación durante el porfiriato.* México, D.F.: Colegio de México, Centro de Estudios Históricos, 1993.

Bhabha, Homi K. «Narrating the Nation». Introduction. *Nation and Narration.* Ed. Bhabha. London: Routledge, 1990. 1-7.

Blanco, Alda. «Domesticity, Education and the Woman Writer: Spain 1850-1880». *Cultural and Historical Grounding for Hispanic and Luso-Brazilian Feminist Literary Criticism.* Ed. Hernán Vidal. Minneapolis: Institute for the Study of Ideologies and Literature, 1989. 395-414.

Brushwood, John S. «Un proyecto de progreso 1855-1884». *Mexico en su novela: una nación en busca de su identidad.* Francisco González Aramburo, trad. México, D.F.: Fondo Cultura de Económica, 1973. 171-219.

Butler, Judith. *Gender Trouble: Feminism and the Subversion of Identity.* Rev. ed. New York: Routledge, 1999.

Carner, Françoise. «Estereotipos femeninos en el siglo XIX». *Presencia y transparencia: La mujer en la historia de México.* Ed. Carmen Ramos Escandón. México, D.F.: El Colegio de México, 1987. 95-110.

Castañeda Campos, Carmen Silvia. «Intelecto débil y corazón piadoso: la educacón femenina según Ramón R. de la Vega». *Los años de crisis de hace cien años: Colima, 1880-1889.* Colima: U de Colima, 1988. 163-73.

Castellanos, Rosario. *Mujer que sabe latín.* México, D.F.: Secretaría de Educación Pública, 1973.

Castro, Juan S. «Las víctimas inocentes o los bandidos republicanos». *La Palmera del Valle: periódico quincenal de carácter religioso, científico y literario.* Guadalajara, México. Febrero, 1888 - Noviembre, 1889.

Chartier, Roger. *The Order of Books: Readers, Authors, and Libraries in Europe between the Fourteenth and Eighteenth Centuries.* 1992. Lydia G. Cochrane, trad. Cambridge, UK: Polity Press, 1994.

Chatterjee, Partha. *The Nation and Its Fragments: Colonial and Postcolonial Histories.* Princeton: Princeton UP, 1993.

Cohen, Margaret. *The Sentimental Education of the Novel.* Princeton: Princeton UP, 1999.

Cosío Villegas, Daniel. *La república restaurada: La vida política.* México, D.F.: Clío, 1998.

Cubitt, Tessa, y Helen Greenslade. «The Public and Private Spheres: The End of Dichotomy». *Gender Politics in Latin America: Debates in Theory and Practice.* Ed. Elizabeth Dore. New York: Monthly Review P, 1997. 52-64.

Cypess, Sandra Messinger. *La Malinche in Mexican Literature from History to Myth*. Austin: U of Texas P, 1991.

Díaz y de Ovando, Clementina. *La Escuela Nacional Preparatoria: Los afanes y los días 1867-1910*. México, D.F.: U Nacional Autónoma de México, 1972. 9-77.

Domenella, Ana Rosa, y Nora Pasternac, Ed. *Las voces olvidadas: Antología crítica de narradoras mexicanas nacidas en el siglo XIX*. 1991. México D.F: El Colegio de México, 1997.

Dominguez, Nora. «Literary Constructions and Gender Performance in the Novels of Norah Lange». *Latin American Women's Writing: Feminist Readings in Theory and Crisis*. Ed. Amy Brooksbank Jones. New York: Oxford UP, 1996. 30-45.

El Eco de Ambos Mundos. México, D.F. 1873-1874.

Epple, John A. «Notas sobre la estructura del folletín». *Cuadernos Hispanoamericanos* 1980. 358: 147-156.

Fernando, Ferrari y Alfonso López Flores. *Chucho el roto: el bandido generoso*. México, D.F.: Editorial Amado Nervo, 1944.

Fiscal, María Rosa. «Reencuentro con María Enriqueta». Domenella y Pasternac 181-91.

Flores, Enrique. «Prólogo». Tomás de Castro. *Extracto de la causa formada al excoronel Juan Yáñez y socios, por varios asaltos y robos cometidos en poblado y despoblado*. 1839. México, D.F.: Instituto Nacional de Bellas Artes, 1988. 7-18.

Fox-Lockert, Lucía. *Women Novelists in Spain and Spanish America*. Metuchen, NJ: Scarecrow P, 1979. 127-55.

Franco, Jean. *Plotting Women: Gender and Representation in Mexico*. New York: Columbia UP, 1989.

Frederick, Bonnie. *Wily Modesty: Argentine Women Writers, 1860-1910*. Tempe, AZ: Center of Latin American Studies, Arizona State U, 1998.

García, Genaro. *La desigualdad de la mujer. Tésis presentada por el alumno Genaro García*. México, D.F.: Imprenta de Francisco Díaz de León, 1891.

_____. *La educación nacional en México*. México, D.F.: Tipografía Económica, 1903.

Genette, Girard. *Figures III*. París: Editions du Senil, 1972.

_____. *Narrative Discourse: an essay in method*. Ithaca: Cornell UP. 1980.

Gerassi-Navarro, Nina. «La mujer como cuidadana: desafíos de una coqueta en el siglo XIX». *Revista Iberoamericana* 63.178-79 (1997): 129-40.

Gilbert, Sandra M., y Susan Gubar. *The Madwoman in the Attic: The Woman Writer and the Nineteenth Century Literary Imagination*. New Haven: Yale UP, 1979.

Girón, Nicole. «El paisajismo de Ignacio Manuel Altamirano». *José María Velasco: Homenaje*. Ed. Elisa García Barragán. México, D.F.: U Nacional Autónoma de México, 1989. 233-263.

_____. «La idea de "cultura nacional" en el siglo XIX: Altamirano y Ramirez». Héctor Aguilar Camín, Joaquín Blanco, et al. *En torno a la cultura nacional*. México, D.F.: Instituto Nacional Indigenista y Secretaría de Educación Pública, 1976. 53-81.

Glantz, Margo. *Huérfanos y bandidos: Los bandidos de Río Frío*. Toluca: Instituto Mexiquense de Cultura, 1995.

Gonzáles Ascorra, Martha Irene. *La evolución de la conciencia femenina a través de las novelas de Gertrudis Gómez de Avellaneda, Soledad Acosta de Samper y Mercedes Cabello de Carbonera*. New York: Peter Lang, 1997.

Gutiérrez Grageda, Blanca E. «La oligarquía en el poder (1893-1911)». *Las caras del poder: Conflicto y sociedad en Colima, 1893-1950*. Colima, Gobierno del Estado de Colima, 1995. 1-63.

Gutiérrez Nájera, Manuel. «La señorita matemática». *Manuel Gutiérrez Nájera. Escritos inéditos de sabor satírico "Plato del Día"*. Ed. Boyd Carter y Mary Eileen Carter. Columbia: U of Missouri P, 1972. 228-29.

Hernández Carballido, Elvira Laura. «La prensa femenina en México durante el siglo XIX». *La Prensa en México: Momentos y figuras relevantes 1810-1915*. Ed. Laura Navarrete Maya y Blanca Aguilar Plata. México, D.F.: Addison Wesley Longman de México, 1998. 47-63.

Hernández Corona, Genaro. «Maestra Juana Ursúa Delgado: Insigne maestra colimense». *Histórica: Órgano de difusión de la sociedad colimense de estudios históricos* 2.8 Colima 1997. 1-56.

Hobsbawn, E. J. *Nations and Nationalism since 1790: Programme, Myth and Reality*. Cambridge, UK: Cambridge UP, 1990.

_____. *Bandits*. Rev. ed. New York: Pantheon, 1981.

Infante Vargas, Lucrecia. «Las mujeres y el amor en *Violetas del Anáhuac*. Periódico literario redactado por señoras (1887-1889)». *Secuencia* 36 (1996): 175-211.

Juana Inés de la Cruz. «Sátira filosófica 92. Hombres necios». *Obras Completas*. México, D.F.: Porrúa, 1999. 109.

Katz, Friedrich. «Las condiciones laborales antes del porfiriato». *La servidumbre agraria en México en la época porfiriana*. México, D.F.: Ediciones Era, 1980. 15-22.

Kristeva, Julia. «Stabat Mater». Arthur Goldhammer, trad. *Poetics Today* 6 (1985): 133-52.

Kirkpatrick, Susan. *Las Románticas: Women Writers and Subjectivity in Spain, 1835- 1850*. Berkeley: U of California P, 1989.

_____. «The Female Tradition in Nineteenth-Century Spanish Literature». Vidal 343-70.

LaGreca, Nancy. *Feminism and Identity in Three Spanish American Novels, 1887-1903*. Diss. U of Texas at Austin, 2004. 81-128.

Lindstrom, Naomi. «El convento y el jardín: La búsqueda de espacios alternativos en *Sab*». www.decimonónica.org. 4.2 (Verano 2007): 49-60

Ludmer, Josefina. «Tretas del débil». *La sartén por el mango*. Ed. Patricia Elena González y Eliana Ortega. Río Piedras, Puerto Rico: Ediciones Huracán, 1984. 47-54.

Lukacs, George. *The Historical Novel*. Harmondsworth: Penguin, 1981.

Martínez, José Luis. «Mexico en busca de su expresión». Ed. Daniel Cosío Villegas. *Historia General de México*. Vol. 2. México, D.F.: El Colegio de México, 1981. 1019-71.

Masiello, Francine. *Between Civilization and Barbarism: Women, Nation and Literary Culture in Modern Argentina*. Lincoln: U of Nebraska P, 1992.

McClintock, Anne. «"No Longer in a Future Heaven": Gender, Race and Nationalism». Ed. McClintock et al. *Dangerous Liaison: Gender, Nation and Post Colonial Perspectives*. Minneapolis: U of Minnesota P, 1997. 89-112.

McLean, Malcolm Dallas. *El contenido literario de El Siglo diez y nueve*. Thesis. Austin: U of Texas, 1938.

Meléndez, Monica. «La tertulia y el picholeo: La colonia y el cambio social resuenan en Martín Rivas». *Hispanófila*. Mayo (2005), 144: 61-73,

Mendoza, Vicente T. *El romance español y el corrido mexicano*. México, D.F.: UNAM- Imprenta Universitaria, 1939.

Menéndez, Rodolfo. *Boceto Biográfico. Magisterio Yucateco. Rita Cetina Gutiérrez 1846-1908*. Mérida, Yucatán: Imprenta Gamboa Guzmán, 1909.

Meyer, Michael C., y William L. Sherman. *The Course of Mexican History*. Oxford: Oxford UP, 1987. 355-448.

Millán, María del Carmen. «Tres mexicanas del siglo XX». *Cuadernos Americanos* 202 (1975): 163-86.

Miller, Beth, ed. *Women in Hispanic Literature: Icons and Fallen Idols*. Berkeley: U of California P, 1983.

_____. «Gertrude the Great: Avellaneda, Nineteenth-Century Feminist». Miller 201-214.

Miller, Nancy K. «Changing the Subject: Authorship, Writing, and the Reader». *Feminist Studies/Critical Studies*. Ed. Teresa de Lauretis. Bloomington: Indiana UP, 1986.

Molloy, Sylvia. «Introduction. Female Textual Identities: The Strategies of Self- Figuration». Ed. Sara Castro-Klarén, Molloy y Beatriz Sarlo. *Women's Writing in Latin America: Anthology*. Boulder: Westview P, 1991. 107-24.

Monasterio, José Ortíz. *Historia y ficción: Los dramas y novelas de Vicente Riva Palacio*. México, D.F.: U Iberoamericana, 1993.

Monges Nicolau, Graciela. «El género biográfico en *Mujeres notables mexicanas* de Laureana Wright de Kleinhans». Domenella y Pasternac 357-78.

Monroy, Guadalupe. «Instrucción Pública». *Historia Moderna de México: La República Restaurada. La vida social*. Luís González y González, Emma Cosío Villegas, y Monroy. México, D.F.: Editorial Hermes, 1956. 632-737.

Moskal, Jeanne. «Gender, Nationality, and Textual Authority in Lady Morgan's Travel Books». Ed. Paula R. Feldman y Theresa M. Kelley. *Romantic Women Writers: Voices and Countervoices*. Hanover: UP of New England, 1995. 171-93.

Moyssén, Xavier. *José María Velasco: el paisajista*. México, D.F.: Consejo Nacional para la Cultura y las Artes, 1997.

Muría, José María. «En busca de Salvador Toscano». *Correspondencia*. México, D.F.: Carmen Toscano Institute, 1996. 7-13.

Olveda, Jaime. Gordiano Guzmán: *Un cacique del siglo XIX*. México: Centro Regional Occidente SEPl INAH, 1980.

Orozco Linares, Fernándo. *Gobernantes de México*. México: Panorama Editorial, 1985.

Ortíz Vidales, Salvador. *Los bandidos en la literatura mexicana*. México, D.F.: Editorial Tehutle, 1949.

Ortner, Sherry B., y Harriet Whitehead. «Introduction: Accounting for Sexual Meanings». *Sexual Meanings: The Cultural Construction of Gender and Sexuality*. Ed. Ortner y Whitehead. Cambridge: Cambridge UP, 1981. 1-27.

Payno, Manuel. *Los bandidos de Río Frío*. 1888. México, D.F.: Porrúa, 1999.

Pratt, Mary Louise. «Las mujeres y el imaginario nacional en el siglo XIX». *Revista de Crítica Literaria Latinoamericana* 19.38 (1993): 51-62.

_____.«"Don't Interrupt Me." The Gender Essay as Conversation and Countercanon». Ed. Doris Meyer. *Reinterpreting the Spanish American Essay: Women Writers of the 19th and 20th Centuries*. Austin: U of Texas P, 1995. 10-26.

Rama, Angel. *La ciudad letrada*. Hanover, N.H.:Ediciones Norte, 1984.

Ramos, Carmen. *Gender Construction in a Progressive Society*: *Mexico 1870-1917*. Austin: U of Texas Institute of Latin American Studies Working Papers Series, 1990.

_____.«Mujeres de fin de siglo: Estereotipos femeninos en la literatura porfiriana». *Signos: Anuario de Humanidades, Historia y Filosofía 2*. México, D.F.: U Autónoma Metropolitana Iztapalapa, 1989. 51-83.

_____. *Historia y literatura: Encuentros y relaciones en el México porfiriano*. Cuaderno No. 28. Iztapalapa: U Autónoma Metropolitana, 1980.

Ramos, Julio. *Desencuentros de la modernidad en América Latina: Literatura y política en el siglo XIX*. México D.F.: Fondo de Cultura Económica, 1989.

Reynolds, Kimberly, y Nicola Humble. *Victorian Heroines*. New York: Harvester Wheatsheaf, 1993.

Rodríguez, Delfina C. *El ángel del hogar: Libro segundo de lectura para uso de las alumnas del tercer año de las escuelas primarias*. México, D.F.: Librería de la viuda de C. Bouret, 1922.

Serrano Álvarez, Pablo. *Colima en el camino de la literatura: Novela, cuento y poesía (1857-1992)*. México, D.F.: Consejo Nacional para la Cultura y las Artes, 1994.

Showalter, Elaine. «The Female Tradition». Ed. Robyn R. Warhol y Diane Price Herndl. *Feminisms: An Anthology of Literary Theory and Criticism*. New Brunswick, NJ: Rutgers UP, 1991. 269-88.

_____. *The Female Malady: Women, Madness and Culture in England 1830-1980*. New York: Pantheon, 1985.

_____.«Feminist Criticism in the Wilderness». *The New Feminist Criticism*. Ed. Showalter. New York: Pantheon, 1985. 243-270.

Sinués de Marco, María del Pilar. *El ángel del hogar: estudios morales acerca de la mujer*. Vol. 1. México, D.F.: J.R. Barbedillo y Co., 1876.

Sommer, Doris. *Foundational Fictions: the National Romances of Latin America*. Berkeley: U of California P, 1991.

Tenenbaum, Barbara. *Mexico and the Royal Indian: The Porfiriato and the National Past*. College Park, MD: U of Maryland Latin American Center Series No. 8, 1994.

Tenorio-Trillo, Mauricio. *Mexico at the World's Fair: Crafting a Modern Nation*. Berkeley: U of California P, 1996.

Torres, María Inés de. *¿La mujer tiene cara de nación? Mujeres y nación en el imaginario letrado del siglo XIX*. Montevideo: Arca, 1995.

Turner, John Kenneth. *Barbarous Mexico*. Austin: U of Texas P, 1969.

Unzueta, Fernándo. *La imaginación histórica y el romance nacional en Hispanoamérica*. Berkeley,CA: Latinoamericana Editores, 1996.

Valadés, José C. *El Porfirismo: Historia de un régimen. El Crecimiento II*. México, D.F.: U Nacional Autónoma de México, 1977. 286-91.

Vanderwood, Paul J. «Nineteenth-Century Mexico's Profiteering Bandits». Ed. Richard W. Slatta. *Bandidos: The Varieties of Latin American Banditry*. New York: Greenwood P, 1987. 11-31.

_____. *Disorder and Progress: Bandits, Police, and Mexican Development*. Rev. ed. Wilmington, DE: Scholarly Resources, 1992.

Vaughan, Mary K. «Women, Class and Education in Mexico 1880-1928». *Women in Latin America: An Anthology from Latin American Perspectives*. Ed. Eleanor Leacock, et al. Riverside, CA: Latin American Perspectives, 1979. 63-80.

Zalduondo, María. «(Des)orden en el porfiriato: La construcción del bandido en dos novelas desconocidas del siglo XIX mexicano». www.decimonónica.org. 4.2 (Verano 2007): 77-94.

Zea, Leopoldo. *El positivismo en México: nacimiento, apogeo y decadencia.* México, D.F.: Fondo de Cultura Económica, 1968.

LA HIJA DEL BANDIDO

BANDIDO

O

LOS SUBTERRÁNEOS
DEL NEVADO

INTRODUCCIÓN

Al Poniente de Ciudad Guzmán (antiguamente Zapotlán)[1], eleva su gallarda cumbre una bellísima montaña conocida con el nombre de «Nevado de Colima» por hallarse dentro de los límites del Estado de su nombre; y colocada ahí por la mano de Dios para acabarla de hermosear, haciendo aparecer su cúspide a la altura de 3,600 varas sobre el nivel del mar y rodeada en su falda de una vegetación rica y exuberante, como lo demuestran esos grandes bosques de palmeras y tanta multitud de árboles y plantas que hacen de Colima un pedazo de aquel paraíso encantado, que arrulló la inocencia de nuestros primeros padres.[2]

Esa azul montaña, dividida en dos altos picachos, el uno árido, consumido por la erupción de sus fuegos internos, ostentando su pavorosa melena de humo y fuego, bajo la cual se desgajan rocas calcinadas, lavas ardientes que vienen, por decirlo así, formando una muralla en torno del coloso que, con sus constantes erupciones, amenaza devorarlo todo y reducir a cenizas al atrevido que se le acerque; el otro esbelto y elevado, con su verdor eterno, sus pájaros, sus flores, sus aromas, sus vertientes de agua cristalina, remedando cintas azuladas, espejos claros, cuyo tenue rumor atrae a las palomas que gustan de mirarse en ellas y mojar sus plumas durante el calor; su cráter coronado de blanca nieve, remedando a los rayos del sol, la toca de una virgen,

---

1   Desde 1788 la ciudad se llama Zapotlán el Grande pero en 1856 se le reconoce como Ciudad Guzmán en memoria del Gral. Gordiano Guzmán Cano (1789-1854), primer mártir de las Guerras de Independencia en México. El Congreso del Estado en 1996 restituye el nombre de Zapotlán el Grande a la municipalidad, quedando Ciudad Guzmán como la cabecera municipal. Gordiano Guzmán es una figura controvertida ya que muchos en la época lo consideraban un bandido. Ver Jaime Olveda. *Gordiano Guzmán: Un cacique del siglo XIX*. México: Centro Regional Occidente, SEP, INAH, 1980.

2   El Nevado de Colima mide 4.330 metros de altura sobre el nivel del mar. El Volcán de Fuego es de 3.960 metros. Entre los dos conos hay una distancia de ocho kilómetros. Ahora pertenece al estado de Jalisco. agradezco al Cronista del Archivo Histórico de Zapotlán el Grande, Fernando G. Castolo, por ser tan amable de facilitarme la última edición de la novela.

o a la luz de la luna, el pálido sudario de un muerto; esa azul montaña, repito, ha tenido siempre para mi alma, un encanto desconocido, sublime y grandioso, que atrae y conmueve sus más secretas fibras.

Por espacio de largos años, cuando la juventud me sonreía y las ilusiones rebullían en mi cerebro como bandadas de alegres mariposas, la han contemplado mis ojos con alegría, con admiración, con entusiasmo. Y en esas horas de arrobamiento, ha vibrado mi lira bajo la opresión del sentimiento y he cantado su belleza agreste y poética.

Hoy la miro aún con la misma alegría; pero no con la misma idealidad que entonces.[3]

Ella, es cierto, no ha cambiado de verdor ni de forma; su belleza es la misma, pero mi corazón... ¡cuánto ha cambiado!

A su vista, mil recuerdos tristes se agolpan a mi memoria, mil fantasmas errantes asaltan mi imaginación y mis ojos creen mirar las terribles escenas que se agitaron en su seno durante más de 40 años y que hacen de ella, la montaña temible de las tradiciones, el testigo inquebrantable del vandalismo, que enseñoreado ahí, formó una época de recuerdos desagradables y terribles.

Porque esa montaña, huequeada en la mitad de su base por intrincados subterráneos, desconocidos hasta hoy en su mayor parte, fue guarida de bandidos; abrigo de pasiones bastardas y depósito impenetrable de tesoros incalculables, tesoros buscados hasta en épocas muy recientes, como lo atestiguan algunas fechas grabadas en la corteza de algunos árboles por la mano de esos expedicionarios, a muchos de los cuales conozco y que a fuerza de lucha y de trabajo constante, aunque infructuoso, pueden proporcionarnos datos verídicos sobre la construcción de esos subterráneos.

En ella se enseñorearon los bandidos por largo tiempo, bajo el mando de diversos capitanes, célebres por su rapiña, ferocidad y valor.

Uno de ellos y quizá de los más célebres por sus crímenes, fue sin duda Vicente Colombo[4], del que me ocuparé en el presente libro, sin hacer más que trasladar al papel, aunque ligeramente ataviada con el lenguaje de la ficción y de la novela, la relación que de sus hechos me hizo una tarde la tía Mariana.

La tía Mariana era una viejecita simpática, divertida y que solía contarme mil cosas que yo escuchaba siempre con gusto.

Era una de esas mujeres que todo lo inquieren, lo profundizan, lo cuentan y lo abultan con frases exageradas y agradables al mismo tiempo.

Cuando refería algún acontecimiento, revelaba en su acento, en sus palabras y hasta en sus ademanes, tal animación, que parecía que sus escenas se desarrollaban realmente a los ojos del que la escuchaba.

En una palabra; la tía Mariana interesaba la imaginación sin cansarla; divertía y amenizaba la monotonía de las horas con tal que se la pudiese escuchar.

---

3   La autora vivió por varios años en Colima y Ciudad Guzmán pero cuando escribe mora en Guadalajara.

4   El historiador colimense Genaro Hernández Corona asegura que no hay evidencia de la existencia de un bandido llamado Vicente Colombo (comunicación personal junio 2000).

Básteme esto, para que se me perdone que bajo la impresión de sus palabras, haya trazado mi mano los cuadros que forman la presente novela; cuyo argumento se adapta a las tradiciones vulgares o no, que se cuentan de esa montaña deliciosa, que la tía Mariana supo presentar a mis ojos como morada de vivientes y envuelta en el misterio del crimen; de esa montaña donde se cree existen inmensos tesoros y donde no puede negarse, se encuentran grandes y extensas cuevas subterráneas labradas a pico por la mano del hombre.

Termino esta introducción suplicando a mis lectores, me juzguen como simple novelista y no como narradora de hechos verídicos.

Lo que escribo no es más que una novela desarrollada, como dije antes, al influjo de tradiciones puramente vulgares, que si tienen un origen verdadero, sólo las habré pasado al papel, embellecidas con el lenguaje de la ficción y de la poesía.

LA AUTORA.

Libro I - Los bandidos de Camino Real

Capítulo I

La víspera de un cumpleaños

El toque de oración resonaba en las vecinas rocas, repercutiéndose pausadamente en cada uno de sus altos vericuetos y comunicando al último miraje del día, esa melancolía, mezclada de tristeza y de cansancio, en que tanta parte toman las fatigas y rumores que se alejan, como el reposo que se vislumbra ya cercano.

La ronca voz de la campana que despide el día, vibraba aún, ronca y clamorosa, cuando dos hombres, recatándose cuanto podían a las miradas curiosas de los transeúntes; montados en briosos caballos, que hacían saltar chispas de lumbre, bajo la presión de sus herraduras chocadas con las piedras, perfectamente embozados con grandes zarapes de Saltillo, y los sombreros de anchas alas, calados hasta los ojos, salían de Ciudad Guzmán, por la calle recta de San Pedro.[5]

A juzgar por las apariencias, aquellos hombres parecían ser dos buenos amigos, que se dirigían a la garita,

o simplemente se ocupaban de dar un paseo, gozando la frescura de una noche tibia, embalsamada y envuelta en los efluvios transparentes de la luna llena: de esa viajera incansable de los espacios, cuya redonda cara parece sonreír a la naturaleza, de esa lámpara de oro que surge entre las estrellas, con la misma altanería, que una reina entre sus damas.

Al llegar frente a la garita, se vieron detenidos por un guarda, que marcándoles el alto, les preguntó:

—¿Quiénes sois y a dónde vais?

—Pertenecemos a la policía secreta y vamos a Zapotiltic, donde sabemos que merodean unos pilletes, hijos de Caco, —contestó uno de ellos en voz baja.

—La contraseña, —insistió el guarda.

---

5   Hoy la calle se llama Primero de Mayo. (Archivo Histórico Municipal de Zapotlán el Grande, Jalisco)

—«Seguridad por la Corona de Castilla», —contestó el interpelado al oído del guarda, como si temiese que sus palabras fuesen escuchadas por algún extraño.

—¡Adelante y buen éxito! —exclamó el guarda, volviéndose a ocupar su puesto muy satisfecho de sus deberes.

Los jinetes desaparecieron entre una nube de polvo, oprimiendo con las espuelas, los hijares de sus corceles, y guardando silencio.

Al llegar al Pedregal, y ya en un punto en que los huizaches[6] formaban una sombra obscura y compacta, torcieron hacia la derecha, tomando una estrecha vereda, difícil y pedregosa, por la cual comenzaron a subir hacia la falda del Volcán.

Aquel estrecho camino, les era sin duda muy conocido, porque caminaban deprisa, y sin cuidarse mayor cosa de las grietas, rocas y aberturas, que tienen generalmente todas las montañas.

Habían andado así cosa de dos horas, y comenzaban a bordear una bellísima barranca, sombreada por altos y flexibles ocotillos[7], cuyas ramas movidas por el ambiente de la noche, formaban ese poético rumor que puede llamarse la armonía de la sierra, por la melancólica dulzura que infunde al corazón.

Uno de los nocturnos viajeros, y que era el mismo que había contestado al guarda, dirigió entonces una mirada recelosa en torno suyo; y cerciorado sin duda de que nadie podría escucharle, dijo a su compañero:

—Nos hallamos en la barranca del «Arroyo Seco», los peligros disminuyen; podemos hablar algo, porque ya la boca se nos apesta a cobre.

—Es verdad mi Capitán, contestó el que marchaba a su lado; rato hace que la sin hueso no hace su oficio.

—¡Qué diablos! Si los guardas no fueran tan caballos como todos los gobierneros, esta noche nos hubieran atrapado; porque la luna no deja de ser una mala compañera para los de nuestra calaña.

—Tu ves, Teodoro, el lado malo, pero no el bueno. También pudimos nosotros volarle al maldito guarda la tapa de los sesos, maniobra que me hubiera encargado con todo gusto y sin trabajo, por aquello de...

—«Quien roba o mata ladrón tiene...»

—¡Cien años de perdón! —exclamó el Capitán completando la frase y riendo socarronamente. Has acertado. Pero volviendo al mal percance que pudiera habernos sucedido, ya vez que la suerte nos fue favorable como siempre. Me envanezco de tener 17 años reinando en esta montaña, sin que todo este tiempo haya fracasado ninguna de mis empresas. Tú eres un testigo de ello.

—Sí, mi Capitán; pero lo que no cabe en la mollera, es que hayamos ido

---

6   *Huizache*: (Acacia farnesiana). «Árbol o arbusto de la familia de las leguminosas, de hasta nueve metros de altura, de ramas espinosas, corteza delgada, vainas de color morado negruzco y flores amarillas muy olorosas. De su vaina se extrae una sustancia llamada tanino que sirve para hacer tinta negra: el tronco produce un tipo de goma; de sus flores se obtiene la esencia de acacia que se utiliza en perfumería y sus hojas se usan como alimento para el ganado». *Diccionario del Español Usual en México* ver http://mezcal.colmex. mx/Scripts/Dem/

7   De ocote, árbol de pino de ocote.

a Zapotlán en pleno día, hoy que la policía nos sigue la pista con tanto ardor, deseosa de echarnos garra. Por más que me devano los sesos, no hallo...

—No hallas el motivo; pero yo te lo explicaré, –dijo el Capitán encendiendo un cigarro. Mañana cumple mi María 15 años: es ya una señorita. Y deseando hacerle un regalo que no se debiera a la rapiña sino a mi dinero, he ido allá tomándote a tí por compañero, que eres de mi cuadrilla, el más adicto, intrépido y valiente.

Teodoro se irguió sobre la silla diciendo:

—Esa confianza, me honra mucho, mi Capitán.

—¿Y habéis comprado...?

—Un regalo, del que forman parte un libro místico y un Santo Cristo de marfil.

—¡Si pensareis hacerla monja, mi Capitán!

—Casi, casi, lo es ya, contestó éste melancólicamente. La pobre niña vive siempre guardada, si no por espesas rejas de hierro, si por rocas impenetrables, donde sólo el águila anida, y donde habrán de estrellarse siempre, todas las pesquisas de la policía.

—¡Vaya un regalo! Tornó a exclamar Teodoro.

—¡Que ella estimará mucho, porque es buena como un ángel! –dijo el Capitán suspirando.

Al terminar estas palabras, llegaban a una explanada angosta, cubierta de árboles y breñales; tupidas guías de challotillo, sandía cimarrona y yedras silvestres, impedían a cada paso, que las cabalgaduras de los jinetes continuasen su camino sin desvío, por lo que a cada momento, torcían la vereda que llevaban; pero esto sin fatiga ni inquietud, pues parecían familiarizados de mucho tiempo, con aquellos parajes ocultos.

Continuando su camino, llegaron al fin de la explanada, que semejante a un cono dibujado terminaba en punta; desde allá siguieron culebreando un sendero angosto, en el cual muy apenas podían dar el paso los caballos. A los lados de este sendero, se elevaban inmensas rocas que hacían imposible, la sagacidad de una mirada que desde fuera quisiese penetrarle.

De cuando en cuando saltaban sobre aquellos atletas de la ruda naturaleza, esbeltos venados y ligeras ardillas, que hacían volver la cabeza de nuestros hombres, y que huían, perseguidas por algún lobo hambriento.

Al final de aquella barranquilla profunda y lóbrega, los caballos se detuvieron por costumbre, y también porque de allí no habrían podido pasar.

El Capitán aplicó a sus labios un cuerno de caza, despidiendo un sonido hueco y prolongado; y acto continuo, aquel sonido fue contestado por otro, que más bien parecía graznido de lechuza, que sonido humano.

Y casi al mismo tiempo apareció por entre las malezas y rocas otro hombre de mala catadura, vestido sucio, harapiento, y con una ancha cicatriz en la mejilla izquierda.

—¿Qué hay de nuevo? –preguntó el capitán al aparecido.

—Nada mi Capitán, –respondió serenamente el hombre.

—Pues mete los caballos y échales rastrojo, porque lo que hoy han andado no es muy poco que digamos.

El Capitán y su compañero echaron pié a tierra. Y nuestro hombre tomando los caballos por la brida, se adelantó por una barranquilla montuosa que partía del sitio donde estaban, hacia la derecha.

Acercóse a un alto paredón, examinando antes el sitio; y colocando la mano en un borde saliente que la maleza cubría y que él apartó con cuidado; separó un grueso tablón tan perfectamente cubierto por el barro, que aún se veían nacidos en él, algunos mechones de zacate.[8]

Entonces pudo verse una oquedad bastante amplia en dimensiones, y tan profunda, que no se habría podido determinar su grandor a la simple mirada. Básteme añadir[9], que su entrada era bastante amplia para dar paso a cualquier caballo o mula cargada.

Aún existen al pie de este volcán, y en distintas direcciones, algunas bocas de estas cuevas subterráneas, que son frecuentemente visitadas, aunque nadie se atreve a penetrar en ellas. Dícese que estaban destinadas a hacer desaparecer las mulas cargadas, secuestradas por los ladrones en aquellos contornos.

El hombre alargó la rienda de un caballo, hasta colocarlo uno tras otro, y estirándolos, comenzó a andar por aquel extraño pasillo, cuyo declive casi tendido le condujo bien pronto a un pequeño patio perdido en aquel laberinto de rocas, y que apenas daban entrada, por ignoradas grietas, a una luz débil y opaca. En aquella extraña pesebrera había una pileta de piedra llena de agua, y dos o tres montones de paja y rastrojo.

Desensilló los caballos; colocó las sillas en una alta roca, saliente hacia dentro; y tornó a salir, asegurando bien por medio de un resorte, aquel gran tablón adherido a la roca.

Ya fuera otra vez, retrocedió doce pasos; levantó una piedra, y desapareció por una hendidura que ésta guardaba, dejando caer la piedra tras sí. Encendió una linterna, y casi arrastrándose, porque no podía ser de otra manera, atravesó un subterráneo, a cuyo término, la oquedad ensanchándose tenía la figura de un cuadrado perfecto.

Aquella cueva, labrada a pico por la mano del hombre, era digna de estudio, por lo bien pulido de sus paredes, altas e iguales. En el centro de cada una de éstas, sobresalía, de la misma roca, una especie de nariz como de una nueve pulgadas de espesor, y atravesada de lado a lado horizontalmente por un taladro.

---

8   *Zacate*: «planta gramínea de distintas especies que se caracterizan por tener tallos rastreros o erectos generalmente verdes. Crece en los jardines y cubre los campos donde sirve como alimento para el ganado, las semillas son consumidas por ratones y diversas aves; pasto.» Ver *Diccionario del Español Usual en México* en http://mezcal.colmex.mx /Scripts/Dem/

9   Esta es la primera vez en la que la narradora hace sentir su presencia. De ahora en adelante vamos a encontrar varias interrupciones de la narradora para explicar, corregir o disculparse.

Por cada uno de estos taladros, pasaba una soga, cuyos extremos, unidos unos y otros, formaban hacia el centro de la cueva, un grueso calabrote, que iba a perderse en un agujero abierto en el centro de aquella, y que tenía las dimensiones de una boca de noria.

Asido nuestro hombre de aquel macizo calabrote, descendió tan rápidamente como un cubo de noria, encontrándose luego en una cueva cuadrilonga, en cuyo centro, otros hombres mal vestidos y sentados en el suelo formaban rueda, jugaban albures, sobre un zarape sucio y raído, que extendido en el suelo, servía de carpeta a aquellos discípulos de Birján.[10]

Al ver al viajero del calabrote, uno de aquellos hombres, y que parecía ser el más joven, porque a lo sumo contaría 25 años, exclamó:

—¡El Pinacate en tierra! Ea, muchachos! bien podemos pelarle algunas cuartillas. Campo y que entre a la rueda.

—¡Sí, sí; campo al Pinacate! –gritaron a un tiempo todos aquellos hombres con acento vinoso y cara repugnante.

El Pinacate, como sus compañeros le llamaban, no se hizo del rogar; y doblando las piernas fue a sentarse en un claro, que los otros replegándose, habían dejado.

—Mucho has estado fuera, ¿qué traes de nuevo? – preguntó uno.

—Lo que siempre, –dijo el Pinacate con énfasis–, que el señor gobierno pela el ojo y nos sigue la pista.

—¡Bah! ese señor no dará con nosotros por más que se desnarice, –dijo otro con desprecio.

—No hay que fiar, valecito, –exclamó el más viejo– ; tarde o temprano se pagan las deudas; y nosotros tenemos algunas.

—Mientras tengamos un Capitán tan valiente como el que tenemos, creo que no pagaremos las tales deudas, – contestó el que se hallaba a la derecha del viejo.

Y codeando al que estaba a su lado, añadió:

—Y tú Patiño, ¿qué diablos tienes que no hablas hoy? ¿En qué piensas?

El interpelado le miró; y con acento socarrón le contestó:

—Pensaba, en que si el Capitán es muy valiente, su hija es muy hermosa.

—¡Cuidado que está muy alta para ti! –Murmuró otro de la rueda.

—No tanto como crees, –dijo Patiño con altanería.

—Es que... –insistió otro.

—Lo bello no puede dejar de admirarse con los ojos y de amarse con el corazón, –contestó Patiño.

—¡Chist! El Capitán llega, –murmuró el Pinacate colocando un dedo sobre la boca y aguzando el oído.

Efectivamente, como si las anteriores palabras fuesen una contraseña, vióse aparecer tras ellos al Capitán, llevando a la cintura un ancho puñal y un par de pistolas bien montadas y finas.

---

10   La referencia no es muy conocida pero por el contexto Birján es un jugador de renombre. Interesantemente en Siria hay una ciudad del mismo nombre.

Pero echemos una mirada rápida sobre su persona, para tener una idea del famoso bandido, que entonces aterrorizaba todos aquellos contornos.

Su estatura era más que mediana, y de regular complexión. Su rostro, demasiado tostado por el sol, era ligeramente redondeado, pudiendo notarse en él la dureza del alma que le animaba. Sus ojos poseían una mirada sagaz y penetrante, chispa del alma depositada a la sombra de una espesa ceja, que dilatando sus extremos sobre la abultada nariz, parecía un hilo levemente arqueado. Una patilla negra abundante y larga caía sobre su pecho, y sus labios que eran gruesos rara vez dejaban asomar una sonrisa.

Hombre de valor y de resolución, no se arredraba ante el peligro; y jamás sus compañeros le habían visto volver la espalda al enemigo.

En el campo de honor, defendiendo los sagrados derechos del ciudadano; sosteniendo una causa justa o peleando por su patria, Colombo habría sido un héroe; en el campo del crimen y del vandalismo, a cuya carrera se había dedicado desde muy joven, dirigiendo el asalto de despojo; atropellando todo derecho, sólo era un bandido terrible cuyo nombre se recitaba con pavor, cuya crueldad y dureza eran comentadas en grado superlativo.

Adelantándose con aire de rey hacia la rueda de jugadores, y alisando con una mano la barba, un tanto crespa, exclamó:

—¡Hola, muchachos! Veo que estáis muy descansados, ganándoos las pesetas como si ningún trabajo os diese adquirirlas.

—¡Ay, mi Capitán! —exclamó el Pinacate–, y mucho que nos da. Nos cuesta más trabajo que a sus dueños legítimos, porque ellos ni exponen la pelleja[11], ni corren el peligro de balacearse en lo alto de un palo, sirviendo de banquete a los zopilotes, como nosotros.

—¡Bah! ¿con que no tienen ese peligro? ¿pues a qué están expuestos cuando caen en nuestras manos? – preguntó otro, mirando con sorna al Pinacate.

—Hasta ahí, valecito, ni mosca que se te pare enfrente, porque has dicho la mera verdá, –dijo el más viejo.

—¡Bien, bien! —exclamó el Capitán, poniendo término al diálogo de sus camaradas, dejad a un lado las balacas. ¿Sabéis borricos que mañana tendremos un gran día?

—¿Alguna conducta como la que quitamos hace dos años, custodiada por el Coronel Miranda...? –dijo Patiño.

—Mejor que eso todavía, –murmuró el Capitán riéndose–; para la conducta necesitaríamos plomazos y puñaladas; pero para lo que habrá mañana, ni arremeteremos soldados, ni emprenderemos asalto, ni nos arrastraremos por entre las rocas y matorrales como los lagartijos; sólo tendremos que vaciar algunas botellas de buen vino, comer bien y hablar mucho, brindando a la salud de María que ajusta los 15 abriles, como dicen los poetas.

—¡Viva nuestro capitán y su hermosa hija!, – gritaron en coro los bandidos.

---

11   Debiera decir «el pellejo» palabra vulgar para «piel». La autora muestra la falta de educación de los bandidos.

—Con que a dormir, muchachos, –añadió el Capitán–, con eso os levantareis más temprano.

—A dormir, a dormir, –repitieron en coro.

El Capitán se alejó de allí. Y los bandidos obedientes a su jefe, disolvieron la rueda; y envolviéndose cada cual en su frazada, se tiraron en el suelo, hablando de la fiesta del día siguiente.

Sólo uno de ellos, Andrés Patiño, quedó largo rato en pié, fumándose un puro, y viendo distraídamente hacia la puerta de comunicación por donde el Capitán había desaparecido.

Era probable que aquel hombre meditaba algo, porque al ir a tenderse en su jergón, murmuró entre dientes:

—Mi plan está trazado: los engañaré a todos para que no desconfíen, y después... ¡oh! Yo veré cómo, pero ella será mía.

Entre tanto el Capitán, siguiendo por un estrecho subterráneo, se encontró bien pronto en otra cueva que, aunque más pequeña en dimensiones que la anterior, revelaba ser su habitación por los objetos que en ella se veían.

Consistían estos, en un catre de lona, a cuya cabecera había colgadas, sin orden ninguno, armas blancas y de fuego, de todas clases, una gran mesa de nogal, dos cajas y media docena de sillas de tule.

En Capitán se sentó en una silla cerca de la mesa, sobre la cual se veían, cercanas a la pared, algunas botellas de vino a medio destapar, y al centro una gran caja de cartón atada con un listón de raso encarnado.

Apoyó la frente en el borde de la mesa y cerró los ojos como si durmiese; aunque en realidad no dormía.

Era indudable que aquel hombre agobiado con el peso de una conciencia criminal, no habría podido conciliar el sueño tan fácilmente; y sólo por dar a su espíritu fatigado un descanso efímero, apoyaba la dura frente preñada de pensamientos obscuros como su conciencia y cerraba los ojos acostumbrados a ver casi siempre imágenes sombrías.

De pronto un reloj que colgaba de una de aquellas frías paredes, dejó escuchar once campanadas, tan tristes como aquellos subterráneos en que el vicio se enseñoreaba protegido por rocas inaccesibles.

Colombo levantó lentamente la cabeza, como si volviese de un vértigo terrible, y murmuró con acento ronco:

—¡Oh!, si yo pudiese mañana dar a mi hija un nombre limpio que la protegiera contra toda sospecha! ¡Si pudiera presentarla ante esa sociedad que me aborrece y pone precio a mi cabeza, no como la hija de un bandido miserable, sino como la hija de un Coronel honrado...! Pero imposible, imposible... mi deseo se estrella siempre contra la voluntad de ese hombre de hierro, que no vence ni la obscuridad de su calabozo, ni el hambre, ni la miseria que le hago sentir hace dos años!

El Capitán guardó silencio un breve rato, dando vueltas a lo largo de la cueva, con las manos enlazadas por la espalda hacia la cintura, y luego prosiguió:

—¡Ah! ¿Por qué amo tanto a María? Sin ella, la muerte me sería indiferente, también la vida que llevo; pero ella!, ella!... es el lazo precioso que me une a la vida; la idea fija y constante en mi cerebro para intranquilizar mi corazón!... Porque todo, todo lo quisiera para ella; riqueza, honores, felicidad!

¡Pero bah! ¿No puede lograrse hoy, lo que ayer parecía imposible? Probemos. El Coronel tiene una hija, una esposa y... cederá al fin, como cede la gruesa encina a la tenacidad del hacha que la derrumba!

Colombo tomó la linterna y salió con paso precipitado.

Sigámosle por uno de aquellos impenetrables subterráneos, tan conocidos de él; y penetramos a su lado, a otra cueva pequeña, húmeda y hedionda, desconocida aún para nosotros, y cuyas paredes parecían desmoronarse sobre su cabeza.

¡Nada más lóbrego ni triste que aquel obscuro rincón donde Colombo acababa de penetrar! Podría decirse con propiedad que era una tumba, donde el sepulturero aún no arrojaba la tierra que debía cubrirla. Una escasa luz iluminaba sus ángulos, con un reflejo tan débil, como el que despide el moribundo de su apagada pupila; y nada ahí denunciara la existencia de algún ser viviente, si al oído no llegase el eco débil y vago de una respiración cortada y afanosa.

Colombo giró la vista en torno suyo, y una sonrisa de soberano desprecio se dibujó en sus labios.

Al frente de él, sobre una sucia manta, un hombre pálido y demacrado, acababa de incorporarse, dejando brillar en sus ojos esa chispa terrible y abrumadora de un odio reconcentrado. Mirada que no pasó desapercibida para el Capitán, quien adelantándose algunos pasos, al que parecía provocarle, exclamó:

—El oso tiene garras; pero de nada le sirve cuando se le tiene sujeto.

¡Ay! del que le sujeta, si el oso llega a romper la mordaza, y el opresor está a su alcance, contestó el aludido; que no era más que un prisionero, una víctima del terrible Colombo.

El Capitán lanzó una carcajada burlesca, cuyo eco reprodujeron aquellas huecas paredes, y preguntó enseguida con sarcástico acento y refinada ironía:

—Es decir ¿qué tiene usted esperanza de traspasar estas impenetrables rocas, que más fuertes que una muralla de hierro, se levanta en derredor, y de burlar una vigilancia que no fío a nadie, fugándose por una de las salidas que le harían devanar inútilmente los sesos, sin conseguir el objeto?

Una risa burlona siguió a estas palabras.

El prisionero se mordió los labios hasta hacerse sangre. No era necesario que su antagonista le burlase de aquella manera. Demasiado comprendía, que de aquel profundo sepulcro, sólo la Providencia podía salvarle; y como buen cristiano, esperaba en ella.

¡Es tan dulce esperar!

Hay un adagio que dice: «La esperanza, es la última que muere».

Este adagio se confirma diariamente en cada uno de los hijos de Adán, que son innumerables como las estrellas, si desde el paraíso, los contamos, sujetándolos a la Aritmética.

La esperanza, ese fanal bellísimo de blanca luz, está en todas partes, iluminando con sus benéficos rayos, los más negros calabozos y las tumbas más desiertas.

Donde hay lágrimas que enjugar; allí está ella, para recogerlas en su orlado manto. Si hay suspiros, los alivia; si dolores, los suaviza; si infortunios, los endulza con mano pródiga, dejando escuchar esta conciliadora frase: «Espera».

Cuando el Señor mandó a la tierra el bello séquito de sus virtudes, viendo a las tres primeras exclamó:

—La Fe, será la luz que guíe al hombre en las tinieblas de la vida: la Caridad le abrigará en su seno, y la Esperanza le detendrá al borde del abismo, abierto por las amargas decepciones de la vida.

¡Dulce y consoladora misión de la esperanza!

Pero volvamos a nuestros personajes.

El Capitán contempló al preso por unos breves momentos, y luego prosiguió:

—Desengañaos; estáis en poder de un hombre que os necesita y que ha puesto ya todos los medios necesarios para vuestra seguridad. La menor tentativa de evasión por vuestra parte, será una sentencia de muerte.

—¡La muerte! No la temo; ella me libraría de veros, –interrumpió el preso con acento resuelto.

—Y sin embargo, –prosiguió el Capitán, con un tono de voz en que se revelaba la convicción del sentimiento–; cuando se tiene una buena esposa y una hija tan bella como la que Ud. tiene, debe ser muy doloroso bajar al sepulcro, dejándolas en la miseria; y más cuando, como Ud. posee los medios, no sólo de aliviar esa miseria, sino de volver a verlas para vivir siempre a su lado.

El prisionero sonrió amargamente; –murmurando:

—Vamos, ¿habéis discurrido otros, o son los mismos medios que me proponéis todos los días?

—Los mismos; –observó el Capitán, mordiéndose los labios con ira.

El prisionero guardó silencio, y el Capitán continuó, como alentando una esperanza.

—Ese silencio augura en mi favor; y como creo que estaréis aburrido de esta soledad que sólo yo interrumpo de vez en cuando...

—¡Estáis engañado! No es soledad la me cansa, sino el tener que veros; esa soledad que me acusáis, es preferible por mí, a la compañía de un bandido miserable! –exclamó el prisionero con odio.

—¡Imponed silencio a vuestra lengua si no queréis...! –dijo el Capitán temblando de cólera; y dando enseguida un fuerte golpe con el pie, en el suelo, añadió:

—Por última vez, ¿aceptáis?

—¡No! —contestó el desconocido con acento firme.

—¡Está bien, os haré matar como a un perro!

—Os he dicho que no me arredra la muerte; ¡dádmela! El frío puñal del asesino herirá mi pecho sin hacerle temblar.

El bandido apretó los puños lívido de cólera.

—Sea, ya que lo queréis, —añadió el bandido respondiéndose: el asesino como me llamáis, no os matará, por que fuera poco a su sed de venganza. Tenéis una hija... ¿sabéis lo que será de ella?...

El prisionero como si presintiese lo horrible de esta amenaza apenas indicada, exclamó con angustia:

—¡Oh! Callad, callad...!

El bandido aparentando no escucharle, prosiguió:

—El milano, cayendo sobre esa inocente paloma, afilará sus garras; y se cebará en ella, destrozando su inocencia, su virtud, su honra...

—¡Miserable! ¡Miserable! —exclamó el prisionero con exaltación y cerrando los puños con fuerza.

El Capitán continuó con estoica calma, sin fijarse en aquel ademán amenazador:

—Su nombre resonará en estos obscuros subterráneos, entre las risotadas insolentes y burlescas de esos hombres que me acompañan acaudillados por el crimen!... En una palabra: ¡Cecilia Miranda está sentenciada, por el temible Capitán de los Subterráneos del Nevado, que llevará su venganza aún más allá de lo que podáis imaginaros!

Al terminar amenaza tan horrible, volvió la espada al preso, en ademán de irse.

Pero éste, dando un paso hacia adelante, con la vista extraviada y convulso agitado, exclamó en tono suplicante:

—¡Esperad, esperad!... ¿seréis capaz de tan grande infamia? ¿Qué os ha hecho mi hija para que así la aborrezcáis? ¡Oh!...

—¿Os ha dicho alguien que la aborrezco? No; pero está sentenciada a pagar los caprichos de su padre, quien fácilmente la salvaría, si la amase como yo amo a mi hija.

—Pues bien, —exclamó el preso con desesperación: ¡matadme! ¡hacedme pedazos, ya que estoy en vuestro poder; pero respetad la familia de un infortunado, que no tiene más delito que parecerse a vos físicamente!...

El Capitán le contempló largo rato con los brazos cruzados, y dijo enseguida, con calma estudiada:

—No tengo necesidad de perder el tiempo: un papel firmado por esa mano; o Cecilia. Escojéd.

—¡Dios mío! –exclamó entonces el prisionero, con extraviados ojos.

—Veo que estáis por lo último; buenas noches, – dijo el Capitán, haciendo ademán de irse.

Un vértigo horrible se apoderó del infeliz preso: en un momento creyó ver a su hija en poder de los bandidos; desgreñada, delirante, y hecha un juguete vil de sus desenfrenadas pasiones. Saltó de la manta e interceptando el paso del bandido, tomó una de esas resoluciones extremas, que cuando tienen paso por nuestros labios, es porque han hecho trizas el corazón, causando el extravío del cerebro, si puede explicarse así, puesto que entonces, no tenemos ya conciencia de lo que hacemos, ofuscados por el terrible vértigo del sufrimiento.

—¡Ah! –exclamó: ¡El papel, el papel!... La muerte de mi honra, por la vida y la honra de mi hija!

—Al fin sois razonable; –dijo el Capitán abriendo su cartera y entregando al preso un pliego de papel limpio. Sacó enseguida un pequeño tintero de bolsa, y lo colocó sobre una piedra lisa que sobresalía de una de aquellas negras paredes.

—Podéis escribir; voy a dictar.

El pobre hombre arrimó una silla que se había destinado como gracia especial, en aquella horrible prisión; y sentándose, se dispuso a escribir.

Un terror convulsivo agitaba todo su cuerpo y gruesas gotas de sudor inundaban su frente.

—Podéis comenzar, –dijo el bandido con alegría salvaje; y comenzó a dictar de esta manera:

—«Yo, Vicente Colombo, hallándome cercano al sepulcro declaro: que hace 17 años tengo secuestrado al Coronel Pedro Miranda, cuyo nombre, apellido y título, llevo desde entonces, aprovechando el parecido que tenemos. Declaro así mismo, que hace dos años, durante la refriega que precedió al robo de la última conducta, confiada a mi custodia y asaltada por empresa mía...»

—¡Imposible! ¡Imposible! –exclamó el preso parándose con la exaltación de un demente, que se ve asediado. ¡Imposible!... ¡Yo traidor!... ¡Yo bandido!... y mi hija... mi hija... la hija de un bandido!... No, mil veces no!... El coronel Miranda nunca se ha vendido!

Al decir estas palabras y antes que Colombo pudiera evitarlo, rompió con mano crispada el pliego que tenía delante.

Colombo dio un fuerte golpe con el pie sobre la roca, después de intentar en vano impedírselo; y enseguida gritó–, con estentórea voz:

—¡Desgraciado! ¿Con que elige Ud. la deshonra de su hija? Sea como lo queréis.

—Por ventura ¿no arrojo la deshonra sobre su frente firmando este miserable papel? ¿Quién podría verla sin murmurar, señalándola con el dedo:

«Es la hija de un bandido»?

—¿La abandonáis, entonces...?

—Sí; la Providencia velará por ella –exclamó el coronel Miranda con resignación.

—¿Es vuestra última resolución? –preguntó Colombo con ira.

—Sí; –contestó secamente el coronel.

El Capitán apretó con rabia los puños, dirigió al preso una mirada de hiena y salió de allí, murmurando palabras de venganza.

El preso, a quien en adelante llamaremos el coronel Pedro Miranda, permaneció largo rato dando vueltas en su prisión, hasta que fatigado sin duda, fue a recostarse en la sucia manta que le servía de lecho.[12]

¿Cuál era el fin que se proponía Colombo al arrancar al coronel, escrita de su puño y letra, aquella falsa y horrible confesión?

Por una de esas casualidades tan frecuentes de la Naturaleza, el coronel Miranda y Colombo tenían la misma estatura, el mismo color y una, casi idéntica fisonomía.

Tal parecido hizo que concibiese éste la satánica idea de apoderarse de aquél; y atormentarle, hasta conseguir que firmara el documento, que sellado con su muerte, cosa que entraba en su plan, le abriera a él, las puertas de la sociedad, como el verdadero coronel Miranda, secuestrado hacía 17 años, y libre por la muerte y arrepentimiento del supuesto Colombo.

Todo estaba perfectamente combinado por Colombo, que obrando así, no veía más que el bienestar de su hija; cuyo amor grande, parecía encendido en su alma por la mano de Satán, para atormentarle con él y castigar sus crímenes.

---

12   Se cuenta la desaparición de un coronel, durante el vandalismo enseñoreado en el Volcán, y aunque la opinión general sobre ella fue variada, se consideró siempre al coronel como una víctima de un crimen oculto. *(N.del A.)*

Capítulo II

El manuscrito

En la mañana del día 8 de septiembre de 17...[13] es decir, al día siguiente de los sucesos ya referidos, una joven hermosa como la ilusión del amor, o como el ensueño de un poeta acariciaba su falda, y sobre sus rosados dedos, una blanca paloma de sedosa pluma. El inocente y precioso animalillo levantaba de vez en cuando su encorvado pico para acariciar con suaves picoteos las pequeñas manos de su joven ama. Llamábase ésta María Natividad, y acababa de cumplir 15 años. Su tez poseía ese color perla claro, que tanto embellece a la mujer de los Trópicos; sus ojos grandes y negros como la noche, estaban velados por una abundante y rizada pestaña, sobre la que se dibujaba con admirable maestría, una ceja ligeramente arqueada; dos ángulos perfectamente cortados, formaban su boca nacarada como las fresas, a través de la cual, se distinguían dos hileras de dientes finos y blancos como las perlas. Vestía una enagua de gasa de Italia, blanca, adornada con encajes, y una basquiña de raso encarnado con manga corta, un tanto escotada, por lo que podían admirarse los suaves contornos de sus brazos, hombros y garganta.

Pero si la joven llamaba la atención por la belleza que la distinguía, no la llamaba menos, el lugar en que se encontraba. Era éste, una sala subterránea, sostenida en sus lados por gruesas pilastras de roca, cuyo pedestal representaba el busto mal tallado de una momia[14]. Penetraban en ella algunos escasos rayos de sol por unas ligeras hendiduras, hecha sobre la elevación intransitable de las rocas; despeñaderos informes, a donde ninguna planta humana habría osado llegar.

---

13 La autora sitúa la acción al final del siglo dieciocho, en los años justo antes de la Independencia mexicana.

14 El teniente coronel D. José Gómez Humarán, durante la guerra de tres años, perseguido por el enemigo, se refugió con su pequeña fuerza en la montaña del Nevado, donde permaneció algunos días. Extraviado y acosado por la necesidad y el hambre, penetró a una oquedad que tenía la forma de un salón, de cuyos arcos medio derruidos, extrajo unos pedazos de piedra que representaban unos bustos tallados o momias. *(N.del A.)*

Una alfombra encarnada cubría el piso, donde se veían algunas sillas de bejuco, un catre de metal, cubierto con un blanco pabellón de crespón, y colgados en las paredes, varios espejos y cuadros hermosos, representando paisajes y episodios históricos.

Todo lo que el lujo puede amontonar en un rico salón, se encontraba allí, aunque en desorden, porque la habitación no se prestaba para arreglo exquisito. De aquella sala, seguía otra más pequeña, que servía de comedor; en ella dormía Juana, la aya de María, que era una mujer de cincuenta años, cuerpo obeso, cara achatada y cabeza cana.

Juana amaba a María, con esa idolatría propia sólo de una madre, y se hubiera sacrificado por ella, siempre que hubiera sido necesario.

A más de Juana, solía entrar a la habitación de María, un joven de veinte años, e hijo de un bandido, que había muerto en una refriega propia de su oficio.

Este joven se llamaba Martín. Era indio, y como desde muy pequeño había visto a María muy de cerca, pues era el que barría y hacía todos los oficios de criado, se había acostumbrado a querer, respetar, y cuidar a su ama, como un fiel perro.

Fuera de estas dos personas y el Capitán, nadie penetraba nunca a aquel santuario de recato, como todos los bandidos le llamaban

Hecha esta ligera reseña, volvamos a María.

Cuando más entretenida se hallaba con su hermosa paloma, vio aparecer a su padre con una gran caja de cartón debajo del brazo.

—¿Quién te ha regalado esa hermosa paloma? – preguntó a su hija, con tono receloso.

—Martín me la ha traído, –dijo la joven, mostrándosela a su padre, como es día de mi cumpleaños...

—Te ha hecho un bonito regalo, pero yo voy a hacerte otro. Abre esa caja, –dijo, dándole la que llevaba y que María colocó sobre su falda.

Su padre la contemplaba embelesado, mientras ella con esa ligereza que presta la curiosidad, sacó de la caja un corte de gró rosa, un pequeño libro y un Santo Cristo de marfil.

—¡Padre, padre! Que hermoso es todo esto; pero sobre todo, ese Crucifijo ¿verdad que infunde mucho respeto?

Hoy mismo le pondré un altar, al pie de esa Virgen que tengo ahí, y que parece verme con tanto amor, – exclamó María, con alegría infantil.

El capitán la miró asombrado, ¿era su hija, la que hablaba de aquella manera?

—Vamos, le dijo echándole un abrazo al cuello, ¿quién te ha enseñado a expresarte así?

—Mi buena Juana, –contestó la joven, a quien mi madre me recomendó antes de morir.

—Bien, hija mía; ahora diviértete más que otros días, porque acabas de

cumplir 15 años; hoy debe ser para todos nosotros un día festivo, nadie tra-
bajará y todos se alegrarán.

—Haré lo que me ordenes, y voy a divertirme leyendo este libro.

El capitán salió murmurando: –¡Pobrecilla, no sabe quien es su padre, si
lo supiera, tal vez me aborrecería!

En la tarde de ese mismo día, poco después de las tres, Juana se acercó
misteriosamente a la joven, que saboreaba distraída la lectura de su precioso
libro.

El Capitán dormía en su asistencia un tanto ebrio, lo que hacía que sus
ronquidos fuesen desiguales y descompasados.

Inútil es decir que sus compañeros se encontraban en igual o peor estado.

Juana tomó una silla, y sentándose a su lado, le dijo con acento lacrimoso:

—María, hoy has cumplido 15 años.

—¡Oh, sí! Pero, ¿qué cuento tiene todos con esos quince años, que desde
que amaneció están resonando a mis oídos? ¿Acaso desde ahora cambiará mi
vida? –preguntó la joven con acento triste y curioso a la vez.

—Puede ser... –tartamudeó Juana.

Y levantándose fue a la puerta de comunicación a observar el sueño del
Capitán.

Este movimiento fue seguido por los ojos de María, con una ansiedad indescriptible; a la que había dado lugar las últimas palabras de su criada.

Juana volvió a colocarse cerca de ella, diciéndole casi al oído y en voz muy
baja:

—Tu padre duerme: voy a poner en tus manos un sagrado depósito, que
ha estado en las mías hasta hoy, hace más de catorce años.

María la miró con asombro, sin osar interrumpirla, tal era la sorpresa que
la dominaba en aquellos momentos.

Juana sacó de debajo del brazo un cofrecito de lináloe[15], y alargándolo a
María, le dijo:

—¡Esta caja te la entrego a nombre de tu madre!

—¡De mi madre! ¡de mi madre! –repitió la joven levantando la voz.

—¡Silencio, María, silencio! –murmuró Juana, dirigiendo una mirada recelosa a la puerta que comunicaba con la alcoba del Capitán; y luego continuó:

—A la noche, cuando todos duerman, y nadie pueda verte, ni oírte,
abrirás esa caja y leerás el manuscrito que hay dentro escrito para ti por la
mano de la infortunada Paula.

—¿Porqué no me habías dado antes prenda tan preciosa? –exclamó la
joven con voz entrecortada por las lágrimas.

—Es que ella me dijo al entregármela: «El día que María cumpla 15 años,
pondrás en sus manos este cofre, que hoy fío a tu lealtad. Si mueres antes,
deposítalo a tu vez, en la persona que te inspire más confianza, para que ella
cumpla mi última voluntad».

---

15   *Lináloe*: *Bursera aloexylon*, árbol típico cuya madera se utiliza para confeccionar arte-
     sanías como baúles y cajas, típicas del municipio de Olinalá en Guerrero.

—¡Gracias, Juana, gracias! No olvidaré nunca el servicio que nos has prestado a mi desgraciada madre y a mí; —dijo la joven arrojándose al cuello de Juana, y estrechando el cofre contra su corazón.

—Oculta ese cofre, María; nadie debe verle, mucho menos tu padre.

María se acercó a una caja en que guardaba parte de su ropa y ocultó en ella aquel precioso regalo de su madre, cerrándola enseguida con una llave que echó en su bolsillo.

Juana había salido; y ella tomando de nuevo el libro se puso a leer, procurando recobrar su tranquilidad.

Después de ver dos o tres páginas, se arrodilló ante el Santo Cristo de marfil, diciendo: —¡Tú, Dios mío, has permitido que cayera en mis manos este bello libro; reconozco tu bondad y la adoro; tengo fe en tu amor; tengo fe en tu misericordia; tengo fe en ti que me has protegido siempre, y que hoy velarás por mí, para que nadie pueda arrebatarme ese tesoro, que me ha sido entregado a nombre de mi madre!

Como la oración tiene tan gran poder para el alma que a ella se acoge, María se sintió con ella más tranquila, y poco a poco recobró—, aunque sólo en apariencia, la jovialidad propia de su carácter.

El resto de la tarde, hasta las 10 de la noche, hora en que acostumbraba acostarse, le pareció más largo que otros días; y era que ansiaba la hora de poder leer aquel manuscrito.

Afortunadamente se había acostumbrado a dormir siempre con luz, cosa que favorecía su ansiedad, sin temor de que su padre sospechase nada.

Cuando iba a acostarse, sacó la pequeña caja, y sentado junto a su lecho, la abrió silenciosamente encontrando en ella un pequeño manuscrito.

Largo rato le contempló—, sin atreverse a tomarlo entre sus dedos.

Allí estaban los últimos pensamientos de su madre; allí, en aquellos dobleces amarillentos, se miraban las huellas que sus manos habían dejado; allí quizá se encerraba una terrible historia, que ella había adivinado en aquellas palabras de Juana que, hablando de su madre, había dicho: «por la infortunada Paula».

Al cabo de un rato sacó el manuscrito y lo colocó en el borde de su catre; la caja no tenía ningún otro objeto.

Apoyó el codo derecho sobre el colchón, y en la palma de la mano, la blanca frente; mientras con la otra, volteó la primera foja, en la que veía este sencillo encabezado:

«Paula» La joven besó aquel nombre repetidas veces, y después leyó lo siguiente:

«Veinte abriles había depositado en la tierra su casto beso vistiéndola de frutos, coronándola de exquisitas flores, y regándola de aromas delicados y perfumadas brisas.

Mi juventud se encontraba en la fuerza de su vida; es decir, en esa edad en que las ilusiones tienen para el corazón femenino doble valor, porque se despiertan bajo la influencia del espíritu reflexivo, y la flama del amor, que no se evapora con una sonrisa, ni con una mirada, como el de los 15 años.

Todos decían que era hermosa y yo lo había creído así.

¡Qué mujer a esa edad no cree que lo es, y más, cuando todos los días lo oye decir?

Yo era pobre, pero vivía feliz en el pequeño pueblo de Zapotiltic.

No tenía madre ni hermanos; pero tenía a mi padre que me amaba por todos ellos.

Perdona, hija mía, esta debilidad, al recordar mi juventud, que pasó tan veloz para no volver a sonreírme.

Mi padre era labrador, motivo por el que casi siempre me hallaba sola en mi pobre casa.

Un día, me dijo mi padre: Paula, hoy está la mañana muy nublada, y parece que no ha de llover, ¿quieres ir a la labor que tengo hacia la falda del volcán?

Yo acepté con gusto la proposición de mi padre, pues era tiempo en que los campos están muy hermosos; nos hallábamos a principios del mes de septiembre.

Montamos a caballo y nos dirigimos a la labor.

¡No quiero pasar desapercibidas las bellezas que se presentaron entonces a mis ojos y las que recuerdo ahora desde la negra tumba en que me encuentro!

En torno mío se levantaba una naturaleza sonriente, con su magnífico ropaje verde, salpicado de catarinas moradas, amarillas, y blancas; estrellas de cinco hojas, zempazúchiles silvestres, escobetillas azules, cien colores, lirios, violetillas moradas, nacarados ramilletes de la viuda, cabellos de ángel, y arrogantes flores de teja, con el corazón de terciopelo morado obscuro.

De cuando en cuando, un murmullo dulce y blando llamaba mi atención; era el que producía el aire al juguetear en las labores, haciendo balancearse las blancas espigas, y los jilotes de morado cabello.

Parvadas de tordos negros y alegres golondrinas, pasaban por sobre nuestras cabezas e iban a posarse en los altos pinabetes, formando una algarabía inocente.

La azulada túnica de la montaña, estaba salpicada de vapores blancos, nítidas nubes que parecían ir a besarla antes de evaporarse; los picachos que se elevaban en su parte alta, estaban cubiertos de nieve y en sus obscuras barranquillas, sombreadas por corpulentos madroños, pinos y encineros, bañados algunos por las blancas hebras del heno; cantaban mil pajarillos, cuyas dulces modulaciones iban a perderse en aquel laberinto de desiguales corta- duras y rocas con que parece enorgullecerse la arrogante montaña del Nevado.

Nos apeamos en un rancho pequeño techado de zacate; allí vivía una buena mujer con su marido, que era mediero de mi padre, y dos pequeños niños; almorzamos unos chilaquiles que ella nos prepar–, con ese apetito que se adquiere en el campo.

Poco a poco fue despejándose la atmósfera, y los rayos del sol, cayendo perpendicularmente, sobre el paisaje que nos rodeaba, le dieron un colorido espléndido: las flores se mecieron alegres, y las copas de los ocoteros silbaron mecidas por ese viento juguetón que precede al rey del día, después de un nublado denso.

Yo estaba tan alegre y contenta, que las horas me parecían breves.

Por la tarde, después de comer, salí con Andrea, la mujer, del mediero, a recorrer algunos otros bellos sitios.

Cosa de las cuatro de la tarde, nos volvíamos a nuestra casa mi padre y yo; y al pasar por el borde de una barranquilla, la figura de un hombre se destacó a mis ojos, en el fondo de ella. Era alto, de regulares facciones; pero, sin saber entonces por qué, le tuve miedo. Sus ojos se fijaron en mí con insistencia, y yo, que me había quedado atrás, procuré acercarme a mi padre, quien sin duda alguna, no le había visto.

El sol se encontraba cercano a su ocaso, sus últimos rayos apenas tibios, iban a quebrarse en las crestas azuladas de esa cadena de cerros, que parecen formar la corte del Nevado; el horizonte con sus nubes de oro, grana y plata, ostentaba ricos arabescos, montañas, animales y otras mil figuras que divertían mi vista y que tan pronto me parecían una abrillantada paloma, un navío velero, un carro, un muchacho, cuando, sobreponiéndose unas a otras, se levantaban como una inmensa mole con su filetes de oro y púrpura, sus relieves de plata y su fondo plomizo con ráfagas de fuego.

—¡Qué bello es el campo! –dije a mi padre–; ¡Oh! yo quisiera venir todos los días!

—¡Imposible! antes se hace tarde, y es necesario apresurar el paso, porque todo esto está lleno de bandidos.

Aquellas palabras de mi padre me hicieron estremecer. ¿Sería un bandido el hombre de la barranquilla? Pensé; pero entonces ¿porqué no nos había robado, pudiendo haberlo hecho con facilidad?

Por no exponer a mi padre al peligro de matar o ser muerto, no quise decirle la aparición de aquel hombre, que desde luego me pareció sospechoso.

Las sombras de la noche, comenzaban a dibujarse en torno nuestro; una que otra luciérnaga brillaba en el negro crespón con que la tarde engalana, para desaparecer tras las siluetas de los montes, como brillantes caídos de la diadema de la noche.

Las brisas de la misma, jugaban con mis cabellos, y por mi mente cruzaban imágenes de felicidad.

De repente un silbido agudo y vibrante, se dejó oír a mi espalda; no pude menos que voltear; mi padre hizo lo mismo. A la luz de un relámpago que iluminó el horizonte, y a poca distancia de nosotros, vi al hombre de la barranquilla, parado en una pequeña eminencia con los brazos cruzados sobre el pecho, y en actitud de esperar ¿a quién...?

Al día siguiente, la noticia de un gran robo hecho en las cercanías de Zapotiltic, puso en alarma a todas las poblaciones cercanas al Nevado.

Entonces se grabó en mi imaginación, más terrible todavía, la fisonomía del desconocido del monte.

Hija mía; para ti escribo estos renglones; acaso te parecerá puerilidad mía, el relato que te hago de esa noche; pero ella vino a ser para mí, como el preludio de una tempestad que se descarga, para asolarlo todo».

María se hallaba tan conmovida, que suspendió la lectura por un momento, para dejar correr dos lágrimas que se desprendieron silenciosas de sus brillantes pupilas.

Al cabo de un instante, ansiosa de leer el resto del manuscrito, que encerraba la historia de su madre, prosiguió de esta manera:

«Ocho días después, al salir al templo, a donde había ido a oír misa, volví a ver al hombre de la barranquilla; se hallaba recargado en el atrio, y sus ojos se fijaron en mí, con esa tenacidad propia de los enamorados. Al entrar a mi casa, vi que el desconocido me había seguido, porque entonces se hallaba parado frente a ella. Sin darme cuenta de lo que hacía, cerré violentamente la puerta.

Aquel hombre me causaba miedo; y me preguntaba: ¿quién era? ¿porqué me seguía?

Transcurrió el tiempo, y yo seguí viéndole, aunque no todos los días, pero sí los bastantes para comprender que me amaba.

Yo por mi parte, no sólo le veía con un marcado desdén, sino que llegué a manifestarle con mis miradas, el odio que me inspiraba con seguirme, expiando todos mis pasos.

Entre tanto, los robos del Pedregal, y de algunos otros puntos cercanos, parecían centuplicarse. No se escuchaban por donde quiera más que lamentos, llegando a verse las poblaciones, que hacen el comercio con Zapotlán y Colima, aisladas por no afrontar los peligros de un camino que sólo en caravanas se atrevían a hacer.

Hacia fines del mes de mayo, es decir, ocho meses después de mi paseo al Volcán, comenzó a temerse en Zapotiltic un asalto de los bandidos. La policía tomó sus precauciones, y los vecinos todos, bien armados, se reunían noche a noche, para custodiar la población.

Pero poco a poco, los espíritus se calmaron, y la tranquilidad volvió a las familias.

Yo también me sentía calmada y contenta, pues hacia un mes que no había vuelto a ver al desconocido.

Una noche, de esas risueñas noches del mes de mayo, en que el cielo tapizado de estrellas, despide sobre la tierra un suave fulgor, y el calor convida al cuerpo a recoger sobre sí el agradable frescor del vientecillo, nos hallábamos mi padre y yo sentados a la mitad del patio de nuestra casa.

Escuchaba absorta un cuento que me contaba de las "Mil y una Noches", cuando el ruido que hizo un cuerpo pesado al caer cerca de nosotros, heló la sangre en nuestras venas.

A la débil claridad de las estrellas, pudimos ver a un hombre, que con un afilado puñal imponía silencio a mi padre; mientras otro, abría la puerta que daba a la calle.

En un momento nos vimos rodeados por ocho bandidos; dos de los cuales, me arrancaron de los brazos de mi padre, donde me había refugiado, poniéndome en la boca un pañuelo, con lo que me impidieron gritar.

—¡Lleváos todo lo que hay aquí! –dijo mi padre con tono suplicante–; pero no hagáis mal a mi hija.

—Vuestra hija va vivir desde hoy como una reina, – dijo uno de ellos–; y tened entendido, que es la única alhaja que os robaremos.

Instintivamente levanté mis ojos al que hablaba; era el hombre de la barranquilla.

Un grito ahogado expiró en mi garganta y quedé desmayada en poder de los bandidos.

A la mañana siguiente, un débil rayo de luz me hizo ver el sitio en que me hallaba; era un cueva subterránea, y sea por deslumbrarme, y hacer que aquel sitio me fuera menos odioso, o porque así hubiera estado dispuesto de antemano, mis ojos tropezaron con el brillo deslumbrador del oro y de la plata que allí me rodeaba; metales preciosos, que se hallaban amontonados junto a las paredes de la cueva, y me hicieron recordar el robo de las últimas conductas que iban para el puerto de Manzanillo[16]. Di un grito de horror, mis cabellos se crisparon como si el frío helado de un sepulcro hubiera penetrado en mis arterias.

Mis ojos crecieron dentro de sus –órbitas, cual si fueran a salirse de ellas; miré a todos lados; mis manos se cruzaron sobre el pecho, crispadas por un horrible sacudimiento; el recuerdo de mi padre, de quien era yo el único consuelo, hirió mi corazón como un agudo dardo, y caí estremecida de terror sobre aquel suelo fétido y húmedo; una cosa horrible pasó entonces por mi cerebro... ¡la razón me había abandonado!

Desde ese momento, hasta el día en que naciste, no puedo dar cuenta de mis ideas, porque éstas, son confusas y faltas de la luz de la razón.

Dios quiso que tú, ángel mío, iluminaras con tu vida la obscuridad de mi cerebro extraviado hasta entonces.

---

16   Mucho se ha hablado acerca de los tesoros fabulosos que se encuentran en los subterráneos del Nevado de Colima, a donde se han hecho varias excursiones en distintas épocas, en busca de ellos; la última de ellas fue hecha hace tres años, obteniendo como las anteriores, un resultado inútil, a pesar de haberse descubierto dos grandes cuevas, especie de piezas cuadrilongas. (N.del A.)

Cuando recobré la razón, estabas entre mis brazos, y una buena mujer me acompañaba, era Juana.

—¿Dime, –le dije–, cómo es que te hallas aquí?

—Me han traído por la fuerza, –me contestó–, para que os asistiera.

—¡Desdichada! –exclamé en un arranque de lástima–, el bandido, el infame Vicente Colombo, te sentenciará a morir en esta prisión como me ha sentenciado a mí!

Entonces, y como si hubiese evocado tan odioso nombre, Colombo se presentó a mis ojos.

Hacía mucho tiempo que no le había visto, y su presencia me causó tal horror, que me cubrí la cara con ambas manos.

—¡Salid! ¡salid! –exclamé–, o me mataré contra estas rocas!

—Paula, no te matarás, puesto que te juro no volver a verte. Te amaba mucho y te hice desgraciada; hoy amo a mi hija más que a ti, y no la privaré de su madre. Vive tranquila; Juana será tu compañera, mientras María cumple dos años, para darte tu libertad.

El Capitán desapareció–, y Juana se me acercó diciendo:

—Paula, desde hoy nos unirá como amigas el lazo de la desgracia.

—¡Acepto tu amistad, –le contesté, echándole los brazos al cuello–; aunque sea por los pocos días que me quedan de vida!

—¡Paula...! –murmuró Juana.

—¡Me siento herida de muerte; mi padre no volverá a verme! –exclamé estrechándote a ti, hija mía, sobre mi corazón, mientras de mis ojos se desprendían abundantes lágrimas que iban a empapar tus manecitas.

Quince soles han brillado sobre tu tierna frente, y ocho días hace que escribí las últimas palabras; una terrible calentura se ha apoderado de mi ser.

¡Voy a morir...! tal vez hoy; quizá dentro de breves momentos.

Un buen sacerdote, a quien se ha introducido hasta aquí, con los ojos vendados, acaba de auxiliarme.

¡Cuánto consuelo han infundido a mi alma sus palabras!

¡Cuán tranquila moriré!

Pero antes, hija mía, voy a hacerte mis últimos encargos.

Cuando hayas leído este manuscrito, tendrás quince años, ésta es mi voluntad.

Creo no haberte dicho el nombre de mi padre; voy a decírtelo. Se llama Pablo Medina.

Búscale, si es que tienes la felicidad de salir de aquí.

Si es que vive, debe estar muy anciano, porque nada consume tanto la existencia, como los dolores del alma: socórrele, consuélale, y háblale de tu madre, de la infortunada Paula.

Ama a Juana y respétala, sin olvidar jamás que está privada de su libertad por el amor que te profesa.

Pero sobre todo, ama a Dios; ten fe en su misericordia que es infinita.

¡Adiós, María, hija querida de mi corazón, flor inocente que quisiera arrebatar en pos de mí, del polvo de la tierra!

¡Nada debe saber tu padre, de lo que hoy te confía tu madre desde el borde de la tumba...!»

Al terminar María la lectura de aquel manuscrito, cuyas fojas estaban regadas con sus lágrimas, levantó la cabeza, y con el pecho comprimido de dolor, exclamó:

—¡Yo... la hija de un bandido!... Madre... madre mía! tú debiste no haberme dejado en este valle de amarguras!

¡La joven lloró largo rato ante aquellas palabras escritas por la mano de su madre, hacía 15 años!

Capítulo III

Entre dos tumbas

Antes de proseguir adelante la exposición de los sucesos que voy refiriendo, y como precedente necesario a su mejor explicación y claridad, daré a mis lectores una ligera idea sobre la educación de María; quien, como ya hemos visto por el manuscrito de Paula, quedó huérfana a los pocos días de nacida, cuando no contaba más que dos meses de edad.

Vicente Colombo, no era un hombre vulgar, atendida su educación y familia. Hijo de un platero honrado, había recibido ejemplos de virtud y de probidad, unidos a una educación regular. Pero sus malos instintos le dominaron desde muy niño y creciendo con su edad, le indujeron a abandonar la casa paterna para lanzarse en pos de una vida vagabunda y aventurera, que a poco tiempo le arrastró al vandalismo más desenfrenado, abreviando así, la vida de sus padres, que no pudieron resistir al dolor y a la vergüenza.

Unióse a la cuadrilla de bandoleros que se albergaba por entonces en aquellos subterráneos desconocidos en que le hemos visto; y bien pronto, muerto el capitán de ella, le sucedió en el mando por aclamación unánime.

Los excesos de su depravación no tuvieron desde allí límites.

Víctimas tras de víctimas, ató el carro de su maldad: entre ellas, Paula, cuya historia conocemos; y que al descender a la tumba, había dejado una hija, que era María.

Este hombre a quien la fatalidad parecía haber empujado por la pendiente del mal, amaba a su hija; a la hija de Paula, con un amor ciego e idólatra; pues todo lo que no era ella, le parecía indiferente a su alma y vicio de encantos.

Incapaz de todo sentimiento bueno, parecía que la naturaleza le concedía éste a su corazón, destruyendo así la negación del bien.

Y es aún el corazón más negro y malvado, tiene un punto luminoso en medio de las tinieblas que le rodean.

Hubiera deseado para ella una educación brillante, si sus circunstancias se lo hubieran podido proporcionar, habría sido ésta esmerada.

Pero el padre de Paula vivía; y como era tan exacto el parecido de la niña a su madre, temía que poniéndola en algún establecimiento, cosa que habría sido fácil, aquél la reconociese, o por lo menos concibiese sospechas que acabarían por dar un resultado funesto para todos. Además le parecía que sacándola de la montaña, separándose de ella, le faltaba la vida, el aire, todo en fin, lo que pudiera embellecer aquel fuerte inexpugnable que debía ser siempre su morada.

Guardóse pues, de sacarla de allí; si bien procuró embellecer su morada, amontonando en ella todo el lujo posible.

Joyas, vestidos, flores, cintas; y esas mil bagatelas que hallan siempre lugar en el gusto de la mujer, abundaban en torno de María, que crecía allí como las violetas silvestres, oculta entre los pliegues de aquella montaña inculta.

Formó Colombo un plan de educación para ella, adecuado a las circunstancias: Juana la enseñó a leer; y cuando fue un poco más grande, se ocupó él mismo de transmitirle sus conocimientos en la escritura y números, únicos ramos que poseía con regularidad.

María supo aprovechar el tiempo en aquel escaso aprendizaje a que la dedicaron.

Cuando el tiempo lo permitía, salía con su padre a dar un paseo por sitios más intransitables, escondidos y montañosos; entonces solía preguntarle con esa ingenuidad de la inocencia, ¿por qué vivían allí ocultándose a las miradas de todos?

El Capitán le contestaba de ésta u otra manera análoga:

—Hija mía, yo estoy aquí porque así conviene a la cooperación de esa grande obra con que los mexicanos soñamos tanto tiempo hace; la obra de la Independencia. Además, el Virrey sabe que soy un temible enemigo de su dominación, y con tal motivo ha puesto precio a mi cabeza. ¡Día vendrá, y no está lejos, en que saldremos de aquí! Entonces alternarás con esas sociedades que se agitan lejos de nosotros; y yo me sentiré orgulloso de verte competir con las damas de más tono; porque eres rica, inmensamente rica!

María escuchaba entonces a su padre con un sentimiento indefinible en que podían traslucirse el deseo, el miedo y la esperanza. Ignoraba que su padre viviese entre el vandalismo y el pillaje; y sólo le consideraba como una víctima de la causa justa, perseguida por sus convicciones políticas.

Hecha esta aclaración, dejo a mis lectores la consideración de lo que pasaría en el corazón de la joven ante aquella revelación del manuscrito; revelación que parecía levantarse del fondo de una tumba, para arrojar en su alma el deshonor y la vergüenza.

Todo el resto de la noche que siguió a la lectura del manuscrito le pasó llorando, repasando en su imaginación calenturienta su pasado y examinando su presente y su porvenir.

¡Veía a su madre, desesperada, loca y extenuada sucumbir del dolor; y grabar con mano débil y temblorosa aquellos caracteres queridos, regados con sus lágrimas!

Sentía sus besos, le parecía escuchar sus palabras ahogadas por el llanto; y luego de aquellos besos y aquellas palabras, no quedaba ante sus ojos más que la soledad espantosa de una tumba.

Solamente los seres que hayan apurado dolores tan terribles, como el que durante esa noche desgarró el corazón de María, podrán comprenderla.

¡Pobre María!

Cuando el canto alegre de los pajarillos que revoloteaban sobre las rocas, hirieron sus oídos, enjugó sus ojos, arregló sus cabellos, y procuró serenar su semblante, otros días tan festivo.

Después fue a mirarse a un espejo; ensayó una sonrisa, y aguardó con cierta coquetería a que entrase su padre a saludarla.

Como se ve, la niña comenzaba a ser mujer, y se ataviaba para desempeñar la primera escena. Pronto sería cómica.[17]

Había tomado una resolución, ya sabremos cuál era.

Para llevarla a cabo necesitaba fingir, engañar a su padre con una alegría aparente; con una tranquilidad que estaba muy lejos de sentir.

Muchos hombres han gastado su tiempo en satirizar en la mujer la mentira y el fingimiento. Y explicando la causa que le impele a no ser franca; pero explicándola a su satisfacción, y hallándola por este motivo un tanto obscura, concluyen por exclamar: que la mujer es un enigma difícil de explicar.

¡Qué bien se ve el poco estudio que tales hombres han hecho de la mujer! Para alcanzar a conocerlas, deberían los hombres hacer un estudio minucioso de sí mismos.

Porque la mujer ha sido, es y será siempre, lo que el hombre quiera que sea.

Más claro aún, si ella engaña, si ella finge, es porque aquel nunca le habló verdad.

María engañada por su padre, que en orden a su posición y a su vida, nunca le había dicho la verdad, se preparaba también a engañarle.

A las ocho de la mañana entró el Capitán a saludarla, y notando las obscuras sombras que aquella noche de insomnio había dejado en sus ojos, la dijo cariñosamente:

—¿María, estás enferma?

—No, nunca me he sentido mejor que hoy.

—Puede ser; pero tú eres mujer, y las mujeres mienten con mucha frecuencia; la palidez de tus mejillas y esas negras ojeras que tienes, te desmienten.

—¡Bah! Pues nada tengo —dijo la joven; y luego añadió sonriendo: si no es una idea que se me ha ocurrido a la cabeza y que me ha espantado el sueño.

---

17   Ser *cómica* en este contexto es ser actriz.

—¡Vamos! ¿qué idea es esa? –preguntó el capitán con cariño.

—¿Me juras que no te hará enojar? –dijo María, echándose al cuello de su padre, con una alegría que estaba muy lejos de sentir, pero que fingía perfectamente.

Colombo besó su frente y le preguntó:

—¿Cuándo me he enojado por lo que tú me dices?

—Nunca; pero te sorprenderá cuando sepas que... quiero ir a Zapotlán.

—¡A Zapotlán! ¿Pero estás loca? –preguntó Colombo, procurando leer en el fondo de los ojos de su hija lo que pasaba en su alma.

María sostuvo aquella mirada con un aplomo admirable; comenzaba a ser cómica. Enseguida sonriendo con una coquetería encantadora, y pasando su mano blanca y pequeña por el cuello de su padre, le dijo con entonación festiva:

—¡Vamos! siéntate, y recuerda lo que ayer me dijiste.

—Te dije tantas cosas... –balbuceó Colombo dominado enteramente por la zalamería de su hija.

—Te citaré una –dijo María, recalcando las palabras–, «María, desde hoy eres una señorita, porque has cumplido quince años».

—¿Y, qué tiene que ver una cosa con otra? –la preguntó.

—¡Que ha de tener! Que las señoritas tienen sus ideas, deseos, caprichos, exigencias, en fin, y yo quiero tener las mías satisfechas por ti, que no sabes negar nada a tu María.

—Pero tú sabes –objetó el Capitán–, que tu salida de aquí me compromete.

—¿Quién puede quererte más que yo? –insistió la joven–; te prometo que tratándose de ti, seré sorda, ciega y muda.

—Pero ¿qué interés te guía?

—Ninguno, más que la curiosidad. Yo he visto desde los helados picachos de esta montaña todos esos pueblos que se extienden a su falda como nidada de palomas y he sentido deseos de estar en ellos. ¡Qué bella debe ser allí la vida, me he dicho a solas, deleitándome en su vista! ¿No es verdad, padre, que debe ser la vida muy agradable donde tantos seres se agrupan y se asocian libremente?

El Capitán guardó silencio; diríase que meditaba algo antes de contestar a su hija sobre aquel extraño capricho. Al fin, levantando la cabeza, dijo lentamente:

—Nada puede negarte mi cariño; dentro de quince días estarás en Zapotlán.

María le cubrió de besos, arrojándose a su cuello.

Había conseguido su objeto: los deseos de su madre iban a quedar satisfechos, siempre que su abuelo no hubiera muerto.

Al día siguiente, Colombo se puso en camino, dirigiéndose a la capital, Guadalajara.[18]

---

18   Guadalajara es la capital del estado de Jalisco.

María le vio partir con el corazón angustiado. Era su padre, y le amaba a pesar de sus crímenes y maldades.

Desde que su padre le había otorgado la licencia para hacer su primer viaje, se sentía intranquila.

Luchaba entre dos deberes; y cada uno de estos hablaba a su corazón demasiado alto para no oírles.

El uno era su padre a quien debía gratitud, amor y cuidado; el otro su madre, cuya memoria estaba envuelta en el dolor y el infortunio.

Su alma entera estaba suspendida entre dos tumbas. La tumba silenciosa, desde cuyo fondo se levantaba la voz de su madre suplicante y llorosa; y la tumba agitada y llena de peligros, en que su padre aguardaría su vuelta; la tumba en que vivían, pues no podría darse otro nombre a aquella extraña morada, sepultada entre las rocas.

Capítulo IV

El Vizconde de Tuneranda

En uno de esos días de septiembre, tristes y nublados como la conciencia de los malvados, vamos a presentarnos a una casa de regular apariencia.

Nos hallamos en la populosa ciudad de Guadalajara, tan hermosa entonces, con sus risueñas fachadas, sus grandiosos templos, sus silenciosos monasterios y sus concurridos paseos.

Entre la Guadalajara de hoy y la Guadalajara de ayer, existe una notable diferencia.

Tan notable, como lo que hay del siglo de oscurantismo al siglo de las luces.[19]

Empero, entre esas dos épocas existe un paralelo de bellezas distintas; y si bien vemos hoy en el apogeo de la ilustración, ostentar sus jardines aromatizados; el aroma de mil plantas entonces desconocidas: engalanarse, como una desposada, con las ricas joyas que las ciencias, las artes y la moda le prodigan y adelantarse con la majestad de una reina, hacia el despejado horizonte de su porvenir; no podemos negar sus poderosos encantos cuando bañaba en la luz de una mística poesía, cifraba su principal belleza en la severidad de sus costumbres; en la grandiosidad de sus templos y silenciosos conventos, de donde se escapaba continuamente el olor del incienso, unido al perfume de las violetas, entre las vagas melodías del –órgano, y las armoniosas notas de los seres que en ellos consagraban a Dios la ofrenda de su virginidad.

Perdóneseme esta ligera digresión.

La casa de que he hablado, se hallaba situada en la calle del Santuario, distante de la plazuela de este nombre unas dos cuadras; su fachada era hermosa, e indicaba desde luego, que su propietario debía ser persona acomodada.

---

19   El «Siglo de las Luces» o la Ilustración.

El interior estaba en armonía con el exterior. En el patio veíanse multitud de plantas en torno de una pequeña fuente, cuya agua al caer, formaba un chispero que a la luz del sol tomaba los colores del iris. Las piezas todas estaban adornadas con lujo; aunque se notaba desde luego, en la colocación de los objetos, que faltaba allí la mano exquisita de la mujer.

A la hora que nos ocupa y en uno de los aposentos más retirados, alumbrados escasamente por la luz que se reflejaba a través de un velador, estaba un hombre envuelto en una ancha capa de paño, sentado hacía una mesa forrada de hule y sobre la que se veían varios papeles diseminados con cierto desorden que manifestaba a las claras, el empeño de su dueño en buscar algo.

El relente de la noche, molestaba sin duda a nuestro hombre, porque amostazado y mohíno, dio un fuerte campanillazo y poco después, se presentó un criado de librea.[20]

—Fortún –le dijo su amo–, entorna esa puerta porque hace un frío de los diablos esta noche, y acuérdate que no estoy visible para nadie.

—Está bien –contestó el criado, saliendo y cerrando tras de sí la puerta con suavidad.

Nuestro hombre siguió registrando los papeles minuciosamente.

Pero mientras él se ocupa de desatar rollos de papeles y amontonar cartas, vamos a dar una ligera ojeada sobre el personaje que nos ocupa.

Era éste, de mediana estatura, frente deprimida, bajo la cual brillaban fosfóricamente dos ojillos verdosos y pequeños, coronados por una ceja entrecana, cuyo vello en unas partes, era más saliente que en otras, no tenía rastro de barba, y esto daba a su antipático rostro, cierto aire de afeminación que encuadraba bien con su vocecita atiplada y chillona.[21]

Contaba 45 años, y se llamaba D. Roque Luis de Alvarado, Vizconde de Tuneranda.

Era español de origen; con mucha frecuencia sacaba pergaminos que según él, databan de una nobleza antigua. Pero lo cierto es que nadie había conocido la tal rama genealógica, resultando de esto, que se diera pábulo a muchas habladurías.

Nosotros vamos a verle 15 años antes de la fecha que nos ocupa.

Entre los muchos españoles que emigraban a México, todos los días en busca de fortuna, llegó un hombrecillo de mala calaña, a juzgar por su traje y modales.

Era vendedor de cueros, y con ese honroso giro, se estableció en un arrabal de Guadalajara.

Como su oficio lo requería, entraban a su casa, gentes de toda clase.

Un día, después de algunos meses, se le vio ocupar su puesto en la plazuela de San Agustín; pero de la noche a la mañana se perdió, para aparecer tres meses después, con el rumboso nombre de Vizconde de Tuneranda, y ocupar la casa en que le tenemos a la vista.

---

20 Criado que lleva uniforme.
21 La afeminación del hombre es un tema que surge en la literatura decimonónica. Ver el artículo de Mónica Meléndez. «La tertulia y el picholeo: La colonia y el cambio social resuenan en Martín Rivas». *Hispanófila*. Mayo (2005), 144: 61-73.

Sus amigos antiguos se le acercaban a conocerle; pero él negaba hasta la evidencia, ser el mismo vendedor de cueros del arrabal y de la plazuela.

¿Cómo o de qué manera había hecho su fortuna? Nadie lo sabía y sobre esto pasaban mil comentarios.

Decía el vulgo, entre otras cosas, que se había comprado el nombre de Tuneranda, para acordarse de los platos de tunas que se comía cuando era vendedor de cueros.[22]

Pero volvamos al punto en que le dejamos, esto es, registrando los papeles uno por uno.

—¡Por Satanás! —exclamó de repente—, buena guerra me han dado estas malditas cartas de Laurencio. Arrimóse al transparente y desdoblando algunas cartas, las leyó.

—¡Vaya! —dijo para sí—, fácil ha de serme imitar esta letra y esta firma, es un trabajillo que ha de dejarme medio millón por lo menos.

Púsose a reflexionar de esta manera:

—Laurencio vivió lo más en Cádiz. Murió repentinamente, intestado y sin herederos forzosos porque nunca quiso casarse. Dejó medio millón de pesos fuertes que pronto heredará Adolfo, como pariente más cercano...

—¡Diantre! —añadió rascándose una oreja—, creo que seré un buen novelista!

Forjaré una historia en esta forma:

Laurencio casado secretamente en uno de sus viajes a América, con una sobrina mía... dejó una hija, que yo presentaré ante la ley, como su tío que soy.

¡Vamos! esto es fácil; un testamento falso... algunas pruebas... y el medio millón vendrá a mis manos como el maná a manos de los Israelitas.[23] El Vizconde guardó un corto rato de silencio y prosiguió reflexionando así:

—¡La sobrina me falta!... pero no cualquier cómica puede desempeñar ese papel, con tal que se le pague bien. Después, si me conviene, se entiende, me casaré con la supuesta sobrina, para que el negocio quedé más asegurado.

El Vizconde satisfecho de su habilidad, se frotó alegremente las manos, y se puso a dar vueltas.

En esta ocupación se hallaba, cuando su ayuda de cámara tocó la puerta con un dedo, murmurando desde fuera:

—¡Vuesencia!...

—¿Qué se te ofrece? No te he dicho...

—Perdone Vuesencia; pero un señor se empeña en ver a Ud...

—Ya te dije, Fortún, que para nadie estoy visible; – dijo el Vizconde con enfado.

---

22   En México la tuna es una parte del cactus que se puede comer. Usualmente la comía gente muy pobre. Esta representación del personaje es tal vez el único momento de ligereza en la novela.

23   Es la primera mención bíblica que hace la autora y no será la última. Ella se vale de su conocimiento bíblico para puntualizar su narrativa y luego ofrecer una filosofía cristiana («Libro VI: A la Sombra de la Religión») a sus lectores. Es un factor que la distingue de los autores nacionales de su época. Muchos de estos escritores eran liberales por eso no enfatizaban la religión o si lo hacían era para criticar de los abusos del clérigo. Es de esperar entonces, que una mujer católica incluyera estos temas en su novela.

—Eso mismo le dije, pero dice que es un amigo de Vuesencia y que le interesa hablaros para un negocio urgente.

—¡Malditos negocios, que no dejan a uno tranquilo ni de noche! Mira, perillán cuando yo te ordeno...

—Está bien; pero es el caso que me ha dicho: «Si tu amo no me recibe por bien, tendrá que recibirme por mal», –dijo el criado.

—Ese hombre, –murmuró el Vizconde, no ha de conocer las fórmulas ni la etiqueta de la nobleza; dile que pase.

El criado se alejó; y él, con esa petulancia del rico que no siempre lo ha sido, se arrellanó en una butaca, en espera del que tan atrevidamente iba a introducirse.

El extraño visitante, envuelto en una ancha capa, traspuso el umbral de la puerta, con esa franqueza del que se halla bastante familiarizado con la casa donde entra.

Desembarazóse del capote que lo envolvía; colocó su sombrero de felpa en una mesa, y se adelantó hacia el Vizconde, tendiéndole la mano, y murmurando con burla:

—¡Hola Roque! ¿con qué te negabas a recibir al que te ha ayudado a subir la escala de la fortuna y por quien llevas el bonito nombre o título de Vizconde? ¡Qué diablos! todos los nobles sois siempre cortados con la misma tijera, dais órdenes que...

—Vicente Colombo, –se apresuró a decir el Vizconde por lo bajo, no entra nunca en esta clase de órdenes; y si hubiera sabido...

—Hubiera sido lo mismo; los nobles queréis oler a melón cuando sólo apestáis a guaje.

–¡Colombo! –murmuró el Vizconde, yendo a cerrar la puerta.

—Es decir, los nobles como tú, que se hacen de un día para otro, como el jocoqui.

—Déjate de bromas, ¿qué negocio te ha traído?

—Uno muy sencillo, –contestó el Capitán, vengo a que me hagas una valedura. ¡Qué diablos! no te he hecho yo tan pocas.

—Si se puede... –dijo el Vizconde deteniéndose.

—Te es tan fácil, como a mí desplumar prójimos.

—Bien, vas a sorprenderte cuando te diga que vengo a ofrecerte una sobrina, –dijo el Capitán.

—¿Y quién es? –preguntó el Vizconde con interés.

—Poco a poco; es mi hija y entre ti y ella no quiero llanezas de ninguna clase.

—¡Ah! ¿con que tienes una hija? Nuca me habías hablado de ella... –dijo el Vizconde.

—No se había dado el caso.

—Bien, y ahora que quieres...

—Escúchame, Roque, –interrumpió Colombo–, mi hija, es un precioso dije, que yo no cambiaría por todos los tesoros del mundo; es la única persona que detendría mi brazo para que no cayera sobre sus víctimas, y sobre ser tan hermosa, es tan buena que... ¡me avergüenzo de ser su padre, porque veo que mi nombre es su deshonra!

—Y ella... –murmuró el Vizconde, sorprendido de oír hablar a Colombo de aquella manera.

—Ignora que su padre es el terrible salteador de los subterráneos del Nevado. Le he contado una historia que siempre ha creído.

—Es decir... –murmuró el Vizconde, interrumpiéndose.

—Que ella me juzga un hombre a quien el gobierno persigue por miras políticas, –dijo el Capitán completando la frase.

—¡Por San Cuilmas![24] Eres ingenioso para engañar tórtolas, –dijo el Vizconde alegremente; y dando a Colombo una palmada en el hombro, con aire familiar, añadió:

—Pero vamos al grano: decías que me traías una sobrina...

—Sí, por cierto; lo es mi hija a quien se ha metido la idea de ir a Zapotlán. ¡Qué diablos! Yo que soy un tigre ante los cuicos del gobierno y ante mis víctimas, a quienes sin trabas ni miramientos, arranco hasta el pellejo; delante de María soy un niño, un maniquí a su voluntad y sin fuerza propia. Preciso es confesarlo, aunque a mí, un Colombo, me dé vergüenza de ello.

—¡Cah! no; –exclamó el Vizconde con entusiasmo; el hombre, ante el hombre es hombre; ante la mujer... ¡ya es otra cosa! Y si no mira, tú, Salomón el gran rey, quedó ante las mujeres como un hijo de vecino, débil y miserable.

—De manera que según tus teorías, no carezco de razón y de disculpa –objetó Colombo.

—Ya lo creo: tus debilidades son hijas del corazón, y... santas Pascuas. Con que prosigue.

Colombo pasó su mano por la frente, diríase que le era penoso el paso que daba. Enseguida con un tono en que se traslucía la pena de la humillación, dijo a media voz:

—He concedido a mi hija la satisfacción de un capricho; pero viendo que la pobre niña necesitaba un nombre que la garantizase contra todas las sospechas y los insultos, me acordé de ti que eres todo un Vizconde y...

—¡Cáspita! ¡pues si ya te comprendo! Ella será mi sobrina, la sobrina del Vizconde de Tuneranda, ¿no es así? Tendrá carruajes, criados con librea, buen mueble, magníficos trajes... ¡Oh! decididamente, no pudiste tener una idea más feliz! –exclamó el Vizconde frotándose las manos en el paroxismo de la alegría, y fijando sus ojillos verdosos en el Capitán, que parecía un tanto sombrío y muy ajeno al entusiasmo de su amigo.

—¿Con que aceptas? –preguntó secamente Colombo.

—Con todo mi gusto, –contestó aquél. Sabes que somos dos buenos

---

24　*San Cuilmas el petatero.* Una figura de la picardía mexicana, asociada con el robo. San Cuilmas es también un pueblo en el estado de Sonora.

amigos de antaño, como quien dice cuerpo y alma; así pues, tú me sirves, yo te sirvo, y asunto concluido.

Si el Capitán hubiese tenido conocimiento del plan que fraguaba el Vizconde aquella noche, hubiera adivinado cuál era el verdadero motivo de aquella alegría que le dominaba y quizá le habría ahogado entre sus manos, viendo que tomaba a su hija por instrumento de su rapacidad; pero ignorándolo, se contentó con decir:

—Te agradezco, Roque; aunque te conozco tanto que no quiero que el fingido parentesco sea un motivo para que te familiarices con ella. Porque... ¡ay de ti si llegases a cometerle la menor falta!

—¡Hola, hola! me amenazas... –murmuró D. Roque casi nervioso.

—Te recuerdo solamente, que yo subiría a la horca, pero tú, irías delante de mí; –dijo con sorna terrible el Capitán.

—¡Calla, calla! –exclamó el Vizconde, llevándose ambas manos al cuello, como si sintiese correr por él, el temible lazo.

El Capitán soltó una estrepitosa risotada, exclamando a su vez, con admirable sangre fría:

—¡Cuerno de Baco! No te hacía tan cobarde.

Aquella brusca jovialidad de Colombo dio aliento a

D. Roque que, recobrando su buen humor, murmuró: –¡Caramba! ¿quién no ha de tenerle miedo a tan elevado puesto?

El Capitán encogió los hombros e hizo un ligero gesto como de un hombre que desprecia el peligro. Paróse enseguida, tomó su sombrero y ya en ademán de irse, añadió:

—Con que quedamos arreglados; la semana entrante partirá la sobrina del Vizconde a Zapotlán, recomendada por su tío.

—Bien; yo lo dispondré todo antes de su marcha, para que se le trate como convendrá a su rango –añadió el Vizconde. Entre tanto le dirás que su padre supuesto se llamaba Laurencio Granados, y su madre Gabriela Alvarado, sobrina mía.

Colombo apuntó los nombres en una cartera que guardó en el bolsillo, y se despidió, acompañándole el Vizconde hasta la puerta.

Al parecer eran dos buenos amigos unidos por el lazo del crimen; pero en el fondo se odiaban y hubieran querido exterminarse cada vez que se veían.

Pero sucedía con ellos, como sucede con todos los malvados: se toleran y se cubren, porque se necesitan.

Cuando el Vizconde estuvo solo, lanzó una sonora carcajada, exclamando:

—¡Parece increíble! Necesitaba una sobrina, y sin buscarla se me ha venido a las manos.

Decididamente soy hombre de suerte.

Capítulo V

De ventana a ventana

Por la calle ancha de la Casita, a eso de las once de la mañana, y a la puerta de una casa de regular apariencia, atendida la época y la población que nos ocupa, Zapotlán, se detenía un coche encamisado, que a juzgar por el lado de que sus ejes iban cubiertos y el mal trato de su cubierta, debía haber hecho un camino de dos o tres días.

Una dama joven, vestida con cierta elegancia que cuadraba bien a su calidad de viajera, bajó de la portezuela dando la mano enseguida para que bajase, a una señora ya de edad.

Entraron ambas al pasillo, abierto de antemano por una criada que parecía esperarlas, mientras el lacayo, cerrando la portezuela del carruaje, y dando un fuerte latigazo a las mulas, dio vuelta a la manzana y se detuvo al frente de una gran cochera, donde desenganchó el tiro, lavó el carruaje metiéndole a la cochera juntamente con el tiro de mulas que fue a ocupar su puesto en la caballeriza. Esta cochera lindaba por la espalda con la casa ocupada por las viajeras; y por entonces fue comunicada a ella por una puerta pequeña.

—Gracias a Dios que hemos llegado, —dijo la joven a su compañera, mientras se dirigían a la sala; ahora descansaremos de las fatigas del camino, bastante malo por la lluvias.

—Tiempo hace y muy largo, que anduve ese camino, creyendo no volverle a andar nunca, —dijo la señora suspirando y extremeciéndose a la vez.

—No sé si estaremos bastante solas para que evoques esos recuerdos; te suplico guardes silencio, —dijo la joven mirando a todos lados con sobresalto.

La anciana guardó silencio, y siempre acompañada de la joven, fue a sentarse a un confidente [25], acción que imitó su compañera.

---

25   *Confidente*: un canapé, un sofá pequeño.

Como mis lectores habrán adivinado, las viajeras no eran otras que María Colombo y Juana, su leal servidora, que ocho días después de la entrevista del Capitán y el Vizconde, llegaban allí.

La casa, gracias al prestigio del segundo de estos personajes, había sido amueblada con regularidad, adunando en ella todos los objetos más necesarios a una persona distinguida por su clase.

Juana, después de abarcar aquel lujo que las rodeaba, con su escrutadora mirada, dijo por lo bajo:

—Dime, María, y si toda esta historia que venimos desempeñando, llega a descubrirse... ¿No temes...?

—Nada temo, mi buena Juana; Dios ve en mi corazón que al adoptar el nombre que llevo, lo hago por cumplir con el testamento de mi madre. ¡Encargo sagrado es el de una moribunda y yo buscaré a mi abuelo hasta encontrarle y resarcirle del tiempo que ha estado privado de las caricias de su nieta!

Al pronunciar estas palabras, una lágrima silenciosa y brillante como gota de rocío, humedeció sus párpados, y su pecho se levantó comprimido.

Juana murmuró con cariño, dando a sus ideas otro sesgo:

—Yo temo no saber desempeñar bien mi papel en esta comedia. Y si no, ¿qué diremos ahora?

—Simplemente, que venimos de México a cambiar temperamento, buscando aires más puros porque me hallo enferma del corazón. Además, por lo que pueda ofrecerse, no olvides que mi padre se llamaba Laurencio Granados; y mi madre Gabriela Alvarado, y... que soy huérfana. Esto ha dispuesto el Vizconde.

—Ese Vizconde me da mucho en qué pensar.

—A mí no, –balbuceó María, haciendo un esfuerzo; ni me conoce, ni le conozco, me guía una acción justa, y tengo fe en que la Santa Madre de Dios nos ha de proteger.

Después de este sencillo diálogo, pasaron a recorrer su nuevo domicilio, y María que hasta entonces se veía bajo un techo argentado por los rayos del sol y purificado por un viento libre, halló su habitación encantadora.

—¡Qué bello es vivir aquí, –exclamaba; con qué facilidad se respira, cómo se dilatan los ojos y el espíritu en ese hermoso círculo azulado que se extiende en torno nuestro!

Todo para ella era nuevo, todo la deleitaba, aunque se guardaba bien de manifestarlo.

Cada día que transcurría, proporcionaba nuevos encantos que admirar a su imaginación viva y ardiente.

Su servidumbre se reducía a Juana que le servía de aya; Martín, de quien más tarde nos ocuparemos, una doncella y dos criadas.

El Vizconde había escrito con anticipación a varias personas de las que más suponían, recomendándoles a su sobrina, así es que pronto se vio visitada por las más distinguidas familias de aquella buena vecindad, que no sabían qué admirar más en ella, si su belleza ideal, o la amabilidad de su carácter.

Extraño parecerá a mis lectores, que una niña educada en la rusticidad de la montaña, poseyera bastante talento para hacerse estimar por sus modales; pero esto queda explicado recordando que Colombo era hombre medianamente educado, había procurado limar aquella tierna flor que crecía y entreabría su corola, entre las áridas rocas y los helados cierzos del Nevado. Además, poseía la joven una gran fuerza de voluntad, y una firmeza natural, dos cosas que con poco estudio la hicieron nivelarse con el tiempo a las jóvenes más cultas que tratara.

Su rara hermosura y el prestigio que le daba el nombre del Vizconde, fueron bastante para que en poco tiempo, se viera rodeada de personas distinguidas, y hecha del tema principal de todas las conversaciones.

Empero, ella no parecía fijarse en el incienso que se quemaba en los altares de su elevada posición social y su belleza nada vulgar; se le veía siempre distraída y meditabunda, y procurando aislarse cuanto le era posible como si su contacto hiciese daño; pero este cuidado suyo en ocultarse como las violetas, le hacía más interesante a los ojos de sus admiradores, que procuraban acrecentar su fama, bajo todos aspectos justa.

Es una gran verdad que no puede negarse, que el mundo para estimar y apreciar, no ve más que el exterior: la corteza que cubre, y no lo que ella cubre.

Preséntese una persona ricamente ataviada con joyas, perlas y sedas, y sobre todo con garantía de un nombre que resuene en los altos círculos sociales y políticos, y se verá atendida; aunque esa persona se haya elevado por la maldad, aunque oculte un corazón vil y rastrero, ¿qué importa el fondo cuando la corteza brilla? Ni qué importa el vicio cuando los harapos le cubren?

Un ser honrado, inteligente y bueno será visto con actitud, si la pobreza no le permite barnizar su exterior con el polvo del oro.

Y sin embargo, ¡cuántas veces en una reunión, vale más el pobre que permanece a la puerta, mudo y silencioso, que el magnate que viste seda, y habla mucho ocupando el mejor asiento!

¡Empero, este es el mundo: inútil sería cuanto intentáramos por hacer valer lo que él desprecia y humilla!

María era digna de estimación, si entendemos a sus cualidades personales; pero si entendemos a su origen, demasiado sabemos que la sociedad injusta, casi siempre la habría visto con repulsión, si la hubiera podido juzgar sin el prestigio que la rodeaba.

Ella comprendía todo esto; y por eso se aislaba; y por eso, pobre ángel sin crimen propio, pero ligado involuntariamente a él por el amor y por el deber filial, vivía triste.

¿Qué le importaba aquel nombre que continuamente resonaba en sus oídos con el incienso de la adulación?

Aquel nombre era su remordimiento: lo llevaba en sí, sin pertenecerle, la necesidad le impedía a ello; el deseo de consolar a un anciano la obligaba, y sin embargo había transcurrido ya un mes sin encontrarlo.

¡Difícil empresa era para ella que no la conocía!

Todo cuanto podía hacer, era preguntar por él; pero esto de una manera muy sigilosa, para que su padre, que iba a verla cada dos o tres noches, de incógnito para no ser sospechoso, utilizando para hacerlo aquella cochera comunicada misteriosamente a su casa, no concibiese sospechas del verdadero motivo que la había conducido a Zapotlán.

¡Pobre María; mientras todo sonreía en torno de ella, mientras la fama de su belleza y de su alta posición social, le conquistaba el nombre de vizcondesita, ella no hacía más que ver su pasado envuelto en el misterio del crimen sujetando con un eslabón de hierro, la felicidad de su porvenir, y la tranquilidad de su presente!

Una deliciosa mañana del mes de abril, de esas mañanas en que el aroma de los campos, parece ponerse en contacto con el no menos delicioso perfume de los jardines, que se levantan al abrigo de los muros cuidados por manos industriosas, para embellecer las blancas y pequeñas casas, lo mismo que los espléndidos edificios de ricos propietarios, hallábase nuestra joven tras la ojiva[26] ventana de su recamara, medio oculta por los vaporosos encajes de una cortina de tul.

Sus grandes y hermosos ojos estaban fijos en una pequeña sala, cuyo interior dominaba en parte desde allí, gracias a una ventana baja abierta en ella simétricamente frente a la suya.

Lo que tan absorta la tenía, no era otra cosa que un grupo de dos mujeres sentadas al pie de la ventana, y que a juzgar por su exterior, parecían agobiadas por amargos sufrimientos.

Una de ellas, y ya mayor de edad, apoyaba en una mano adelgazada y nerviosa, la cabeza emblanquecida por la nieve de los años. En su rostro se adivinaba fácilmente una vida consumida por las lágrimas que al surcar aquellas mejillas ya marchitas, habían dejado en hondas arrugas una huella indeleble de su paso.

La otra era una joven de veinte años; y al verla, se la podía comparar a una de las vestales de la antigua Roma, bellezas semi-profanas y místicas, de acabadas y correctas formas; que enloquecían haciendo al mismo tiempo bajar la vista con respeto.

Su frente, de una blancura mate dejaba entrever a través de la epidermis, algunas líneas azuladas, tan suaves y tan finas, que más parecían acentuaciones ligeras de un fondo transparente que venas descritas en la finura de la piel; su boca, pequeña y nacarada, semejaba un botón de rosa entreabierto; su nariz era afilada; y de un corte tan perfecto, como las de las Madonas de

---

26 *Ojiva*: figura de ángulo curvilíneo, formada por dos arcos de círculo iguales y encontrados por su lado cóncavo, que se cortan en uno de sus extremos. También arco que tiene esta forma; arco apuntado. Ver *Diccionario del Español Usual en México* en http://mezcal. colmex.mx/Scripts/Dem/

Murillo[27]; dos grandes trenzas de un rubio obscuro, caían sobre su espalda, haciendo sombra a las suaves líneas de su garganta.

En el momento que la presento a mis lectores, bordaba un pañuelo de batista con esa actividad que indica la necesidad del trabajo para proporcionarse la vida; e inclinada sobre la almohadilla no veía que su compañera levantaba los ojos de vez en cuando para verla, con la amarga melancolía del alma que lucha y se abate sin esperanza.

Hacía muchos días que desde su ventana, y al abrigo de sus persianas, contemplaba María con interés aquel cuadro conmovedor, que se repetía sin gran diferencia todos los días; y su corazón se sentía arrastrado por una tierna simpatía, hacia las dos mujeres que lo formaban.

¿Quiénes eran aquellas dos mujeres que parecían aislarse de la sociedad y en cuya vida se revelaba tanta virtud como pobreza y dolor? Esta pregunta se hacía María con mucha frecuencia.

Pero dejémosla observando a sus vecinas, y ya que la pluma nos permite ir a donde deseamos, penetremos a la pequeña sala donde se encontraban, para escuchar lo que a la sazón decían.

—Hija mía, –decía la señora de más edad a la hermosa joven, esa tarea que tienes, ha de causarte un mal.

—¿Lo cree Ud. así? –contestó la joven, alzando a verla.

—Tanto que ya ves, cada día te lo repito, –objetó la señora.

—No se aflija Ud. ¿qué hiciéramos, si yo no trabajase? Además el trabajo mitiga un tanto las aflicciones del espíritu, y puedo asegurarle que cuando estoy ocupada, me siento casi feliz. Hoy estoy más triste que de costumbre, porque la costura va a agotárseme, puesto que esta pieza que coso, es la última que hay en mi costurero, –dijo la joven.

La señora suspiró, y de sus ojos desprendieron algunas lágrimas.

—Madre, no llore, –exclamó la joven abrazándola con efusión, digo a veces cosas que no debía decir nunca delante de Ud.

—No Cecilia, no, di cuanto quieras, ángel mío, ¿dónde si no en el corazón de tu madre, has de depositar tus amarguras? –murmuró la señora.

—Y mis esperanzas ¿no es verdad? –añadió la joven sonriéndose.

—¿Tus esperanzas? ¿abrigas algunas?

—¡Oh! sí, yo creo que hemos de ver pronto a mi padre, tengo fe en ello, por que Dios es muy grande y misericordioso. Anoche he tenido un hermoso sueño: le vi entrar por esa puerta, y al sentir un beso suyo sobre mi frente, he despertado...

—¡Pobre hija mía...!

—¿Quién puede asegurarnos que no vive? – prosiguió la joven con exaltación: su cadáver no ha sido encontrado en ninguna parte; nadie le vio morir: cuando el asalto de los bandidos, a la conducta, que valerosamente trató de defender, ¿no le vieron tantos de los que lograron salvarse huir sin herida ninguna?

---

27   *Bartolomé Murillo* (1617-1682), pintor español. La referencia es tal vez a las tres versiones de la Inmaculada Concepción que pintó Murillo.

—¿Pero entonces, –preguntó la señora con interés, por qué no ha venido, qué ha sido de él?

—¡Ah! Yo no sé, pero se me figura que lo retienen oculto en alguna parte, –dijo Cecilia con tono sentencioso.

Doña Mercedes, que así se llamaba la señora, no pudo menos que extremecerse: aquella idea le había hasta entonces sido desconocida, pero acababa de salir de los labios de su hija, y ella la había escuchado como una verdad aterradora.

—¿Pero a qué fin...? –preguntó doña Mercedes.

—Madre mía, –le interrumpió la joven ¿no pueden haber tenido interés en secuestrar a mi padre por alguna medida política, por alguna venganza miserable, o porque así conviniere para el logro o realización de alguna infamia tramada en la obscuridad y en el silencio.

—¡Calla, calla! –exclamó Doña. Mercedes, recelosa de que pudiesen oír las palabras de su hija; la policía podría escuchar y...

—Lo sé, –dijo Cecilia un poco más quedó; en el seno de nuestro país se agita una revolución sorda; los ahuehuetes[28] se estremecen ante los anuncios de ese torbellino de sangre que pronto regará los campos, y cuyo eco atronador resonará entre las rocas y las encinas de la Sierra Madre, como para decir a los pueblos: levantáos en masa, he aquí el momento de la rehabilitación de todo un pueblo que ha arrastrado ignominiosamente y durante tres siglos, las cadenas de la opresión.

Doña Mercedes escuchaba a su hija con asombro, jamás la había oído hablar de aquella manera, le parecía tener delante de sí, no a la tímida Cecilia, sino a la inspirada Débora anunciando a Barac el exterminio de Sizara.[29] Así es que clavando en ello sus ojos, la preguntó:

—¿Quién te ha dicho a ti todo eso? porque tú no puedes saberlo por ti misma.

—Alfonso, madre; y vos sabéis que sus palabras son para mí un oráculo.

Al concluir esta última frase, la voz atiplada de una joven que se introdujo a la sala , hizo que ambas volviesen la cabeza; era la doncella de María que saludándolas, entregó a Cecilia una carta abierta, que de parte de su ama le llevaba.

Cecilia la leyó; diciendo enseguida a la doncella:

—Decid a la señorita que en este momento, pasaré a su casa.

El contenido del papel decía así:

«Señorita: sé que cose Ud. ajeno, por tal motivo me atrevo a suplicarle, pase a mi casa, para que me haga el arreglo de unos vestidos.
Su servidora:
María Granados.»

---

28   *Ahuehuete*: (Taxodium mucronatum). Árbol de la familia de las taxodiáceas, de gran tamaño y corpulencia, de corteza oscura, blanda y rugora. Sus frutos son unos conos globosos y pequeños. Crece en lugares húmedos y pantanosos. Ver http://mezcal.colmex.mx/scripts/dem/principal.html

29   *Débora*: una profeta hebrea del antiguo testamento. En el Libro de Jueces (capítulos cuatro y cinco) se encuentra la historia de cómo Débora notifica a Barac sobre la intención de Jehovah de destruir al general Sizara en defensa de los Israelitas.

—¡Madre! –exclamó la joven con una alegría indescriptible, Dios vela por nosotros. Cuando me iba a faltar el trabajo, nuestra noble vecina, la señora de enfrente, ha venido a proporcionármelo.

E impulsada por el anhelo de obsequiar pronto sus deseos de la alta dama que la llamaba, se apresuró a levantarse; y cubriéndose con una chal, se dispuso a salir, mientras Doña. Mercedes entornaba la ventana.

María, a quien hemos dejado observando a sus vecinas, atraída por una simpatía oculta, buscó en su imaginación un medio de relacionarse con ellas, y como supiera que Cecilia cosía ajeno, le dirigió el billete que hemos visto.

Cuando desde allí observó que cerraban la ventana, satisfecha y contenta se sentó en una silla, echó lánguidamente la cabeza hacía atrás y esperó, murmurando:

—Seremos amigas; y aún más ¡esa joven será mi hermana!

Capítulo VI

En el Pico del Águila

A la partida de María, Vicente Colombo había sentido aún más fuerte la necesidad de cambio de posición, por el cual pudiese, viviendo pacíficamente, satisfacer todos los caprichos de aquella hija tan querida.

¿Pero cómo efectuarlo cuando sus crímenes y pillaje eran tan conocidos y odiados que se había puesto precio a su cabeza, no sólo por el gobierno local, si no también por el mismo Virrey, para quien siendo misteriosa la desaparición del Coronel, no cabía duda que éste había sido secuestrado a inmediaciones del Volcán?

¿Adónde iría que la policía no pudiera seguir sus pasos? Y aún suponiendo que esto sucediera así ¿podría vivir confiado en el seno de una sociedad, que tarde o temprano llegaría a dudar de su pasado?

Todo esto pasaba por su cerebro y no hallaba más que un medio que le pusiese a cubierto de peligros: la firma del coronel, por cuyo medio le sustituiría en sus honores y en su empleo, proporcionando a su hija los goces de la familia honrada.

Llevado de esta idea y constante, asedió de nuevo a su víctima para arrancar la confesión deseada. Pero aquel hombre de hierro en el infortunio, había determinado no ceder ante los ruegos ni amenazas.

Veía amenazada a su hija con la marca de la ignominia, y se desesperaba, en aquel encierro, cien veces más terrible que la muerte, porque le impedía ahogar entre sus manos al que tan miserablemente pretendía manchar con su aliento la candidez de aquella frente pura en que había depositado tantas veces sus paternales besos.

Un medio tenía que salvarla; pero era tan infame, que aceptándole, sólo alcanzaba a cambiar la mancha que le hería en el fondo del alma.

En esta lucha de lo imposible con el corazón, el coronel determinó, como dije antes, no ceder ni a ruegos ni amenazas.

Había en su resolución algo de heroicidad, algo grande, que dicho sea de paso, avergonzaba al bandido, aunque sin hacerle cejar en su empeño, siempre fallido, y que acabó por encender su cólera, haciéndole tomar su última resolución.

Un día, al salir de la fría prisión del coronel, murmuró entre dientes:

—¡Nada! como siempre...! Me apoderare de la hija siquiera por venganza!...

Diciendo esto, atravesó un obscuro subterráneo; después otro, hasta encontrarse en aquella gran cueva en que le vimos al principio de este libro, anunciando el cumpleaños de María.

Dos o tres hombres fumaban y charlaban tendidos a la larga de unos petates viejos. Al ver al Capitán se sentaron con las piernas cruzadas a la turca.

Colombo avanzó hacia ellos con aire feroz y sombrío; preguntando:

—¿Dónde está Teodoro?

—En el Pico del Águila, de vigía, —contestó uno de ellos.

El Capitán volvió a salir sin añadir una palabra.

Atravesó rápidamente algunos subterráneos, hasta encontrarse en plena luz; es decir, en pleno campo. El Pico del Águila, llamado así por ser inaccesible, escarpado y montuoso, quedaba algo distante de donde se hallaba Colombo. Quebraduras, rocas, barranquillas; en una palabra desigualdades intransitables, formaban la ascensión de aquel pico, que servía de atalaya a los bandidos; y no obstante esto, Colombo llegó pronto a él. Más pronto de lo que pudiera imaginarse un espectador matemático, que trata de calcular y medir la distancia.

Desde aquel punto culminante, nada podía ocultarse a la vista de los salteadores. Se dominaban en perspectiva la mayor parte de los caminos, ramal blanquecino de tierra que a fuerza de ser andado se torna árido y polvoso y que dice a las claras al viajero o traficante: ¡por aquí! Aquellos caminos unían a Sayula, Zapotlán, Colima y multitud de ranchos y pueblos, que servían de pasto a su rapiña.

Efectivamente, Teodoro estaba allí, por haberle tocado en turno aquel día el espionaje del Pico del Águila.

Colombo se sentó en una roca medio oculta por altos pinos e hizo sentarse a Teodoro cerca de sí diciéndole con énfasis:

—Descansa un rato, que el negocio que traigo bien merece la pena de dejar el paso libre a los pobres diablos que tengan que pasar hoy.

—Interesante ha de ser para que Colombo haiga[30] venido hasta aquí –dijo Teodoro con adulación.

Colombo alisó su espesa barba dos o tres veces, antes de continuar explicándose, y luego continuó:

---

30   Teodoro transforma *haya* a *haiga* en su lenguaje informal.

—Ese negocio, al menos, es de interés sumo para mí. Necesito llevarle a cabo, y tú me ayudarás, pero pronto, Teodoro, porque al mismo tiempo es que la realización de mis sueños de felicidad, es mi venganza; mi venganza segura, porque hará su explosión como pólvora.

—No sé lo que deberé hacer mi Capitán, para ayudarte; pero sea lo que sea, estoy a tu voluntad como la bala a la voluntad de la mano que la dirige; soy tu perro fiel, ya sabes, y pruebas muchas te he dado de ello.

—Sin embargo, hoy se trata de un rapto, del rapto de la hija del coronel Miranda. Encomendado a ti...

—¡La robaré! juro que serás dueño de la presa codiciada, –dijo Teodoro sonriendo con cierta malicia, no desapercibida para Colombo que exclamó con desdén:

—¡Por Belcebú! yo no sé si esa joven es fea o bonita; nunca la he visto, pero es preciso que en término de ocho días a lo más, se halle en mi poder!

Un corto silencio siguió a estas palabras. Teodoro escarbaba el suelo con la punta de una vara que tenía en la mano, mientras que Colombo, siguiendo con la vista los movimientos de aquella vara, prosiguió cambiando de tono:

—Voy a revelártelo todo, Teodoro, tú no ignoras que hay un hombre en mi poder; este secreto sólo tú lo conoces y... ¡ay de ti si llegaras a venderle! Si faltando un día a la amistad, revelaras el nombre y la cárcel del prisionero!

—¡Si tal cosa sucediere, –exclamó Teodoro con acento firme, quiero que tu mano hunda en mi corazón ese puñal que traes contigo, y que mi lengua sea despedazada!

—Gracias, dijo Colombo, sé que me eres adicto, pero necesitaba de ese juramento para estar más tranquilo; ahora prosigo: tú sabes que el peligro nunca me ha hecho temblar; que las balas de mis enemigos me han encontrado sereno porque el valor es mi patrimonio; pero no sabes, porque nunca te lo había dicho, que el amor de mi hija, es mi debilidad, mi lado flaco. Te lo digo a ti, que me quieres y me conoces: si los demás lo supieran se reirían de mí y me escupirían a la cara llamándome cobarde...!

El Capitán soltó una ruidosa carcajada como burlándose de sí mismo, y luego continuó:

—Tú no sabes lo que es el amor de una hija tan hermosa y tan buena como mi María; tú no sabes que por ella, por ella sola, roe la ambición mis entrañas día a día, hora por hora; pero no es la ambición del oro, porque el oro que guardo amontonado me bastaría para comprarle un reino. ¡No! es la ambición de tener un hogar en la sociedad honrada, donde verla dichosa y poder satisfacer, con el orgullo de padre, todos sus caprichos y nimiedades! ¡Bastante ha vivido en estas soledades, donde todo para el alma está marchito, menos la vegetación: harto ha escuchado el alarido salvaje de las fieras, el canto dulce de los pájaros y el monótono arrullo de las palomas de los bosques. Quiero que en adelante tenga otros goces, y que estos goces me los deba a mí sólo, bajo la salvaguardia de un nombre sin mancha que la enorgullezca!

—¡Eso es más que imposible! –observó Teodoro. –Lo juzgas así porque no conoces mis planes, Teodoro; y precisamente para realizarlos he ocurrido a ti: necesito de Cecilia Miranda, porque teniéndola en mi poder, arrancaré al coronel una firma, una inculpación falsa, que dará cima a mi proyecto.

—Pero el coronel... balbuceó Teodoro. Morirá después, dijo tranquilamente Colombo ¿qué importa un crimen más?

—Pues, a pesar de todo... no comprendo...

—¡Cuerno de Baco! ¿no sabes que el coronel y yo nos parecemos lo bastante para cambiar de papeles, tomando yo el suyo y haciéndole tomar el mío?

—¡Caracoles! –exclamó Teodoro, dándose una palmada en la frente, he dado en la testera, y te prometo que antes de ocho días, la prenda estará en tu poder!

—Bien, –dijo Colombo con alegría, elige a tu gusto los que deban ayudarte.

—Con el Grillo me basta.

—Te olvidas de Patiño que es astuto y sagaz.

Teodoro hizo un gesto de repulsión y contestó:

—¡No me inspira la confianza que a ti!

—Siempre andas con eso, –dijo Colombo melancólicamente.

—Es que presiento que ha de ser nuestro Judas.

—Pues será; pero en esta maniobra lo necesitas, y te ordeno que lo lleves; no ha de pesarte.

—Te obedezco, pero ese hombre y yo...

—Ese hombre y tú, son en los que yo me he fiado siempre, aunque tú... ¡eres el primero! –exclamó Colombo con tono jovial.

Poco después el Capitán y su segundo, que tal era Teodoro, se separaron.

La ruina de Cecilia: es decir su deshonra y la muerte de su padre, acababan de ser juradas en el Pico del Águila.

Libro II - Amor y desgracias

Capítulo I

Rafael Ordóñez

Serena, tibia, y embalsamada estaba la noche: una ligera ráfaga de viento sacudía ligeramente los árboles y tan suave era la caricia que dejaba entre sus hojas, que apenas un débil murmullo y un aroma casi perdido entre los blancos pliegues de la atmósfera, la descubrían; el cielo tachonado de estrellas, pálidas las unas, imperceptibles las otras y brillantes las más, se extendían en azulado círculo, como una inmensa cortina cuyos extremos tocan la cúspide obscura de los montes; los campos estaban sonrientes, con sus plantas exóticas, sus mil florecillas, mecidas en la hamaca ligera de las brisas y las ondulaciones transparentes de la luna, formando en sus caprichosas combinaciones con la sombra, trechos obscuros de distintas dimensiones, que bien pudiéramos llamar autómatas de la naturaleza manejados con cordones invisibles por la mano del viento y que los niños atolondrados toman por espectros, los ignorantes por brujas, y los poetas, pulsando la lira, llamarían jirones de crespón negro prendidos al tocado de la luna. Y a lo lejos, como atalaya gigantesca, iluminado en sus altas planicies, obscuro en sus declives y en sus quebradas rocas, negro como una tumba, se levantaba el Nevado, con su blanco cráter tocando hasta las nubes.

Zapotlán dormía, cobijada por una de sus más apacibles noches. Sus calles estaban silenciosas, sin visitantes nocturnos.

Pero no he dicho la verdad; porque siguiendo su calle más ancha podía verse la sombra de un hombre dibujada en la acera obscura, a quien la luna negaba sus plateados rayos.

A juzgar por su anhelante mirada, la palpitación de su pecho, y la ansiedad con que daba sus pequeñas vueltas, que no llegaban a la mitad de la cuadra, aquel hombre era un amante, un enamorado, que esperaba el objeto de su cariño.

De repente se abrió cautelosamente una ventana cerca de él, y una mano blanca y torneada como la de una Venus, salió fuera de la reja. El que pasaba la estrechó entre las suyas, diciendo con un acento indefinible, vago y tierno como el murmullo de un arroyuelo:

—¡María!

—Silencio, Rafael, —murmuró la joven, pudieran vernos y yo tengo miedo: habla más quedo, no sea...

—¡Siempre el misterio, siempre el misterio en torno de ti, ángel mío! ¿Qué puede importarnos que te vean a través de este muro de hierro que nos separa? ¿No vives aquí sola, no eres dueña de tus acciones, mientras el Vizconde tu tío, quiera dejarte aquí?

Si al pronunciar el nombre del Vizconde, hubiera podido ver el joven el rostro de su amada, iluminado por la luz, le habría visto palidecer.

—¡Oh sí, sí! —murmuró la joven, con acento imperceptible.

—¡Entonces, —balbuceó el joven, no comprendo porqué tiemblas cuando estoy a tu lado!

—Tiemblo por ti, Rafael, por ti a quien amo tanto, y a quien desearía hacer feliz.

—¡María, —dijo el joven con arrobamiento, yo no sueño más felicidad que la de tu amor, tu posesión es la que más deseo; dime que pida tu mano y me verás partir para Guadalajara con el corazón rebosando en dichas, y el alma enloquecida por la esperanza!

—¡Eso es imposible, imposible! —murmuró María.

—¡Imposible! ¿y me lo dices tú? ¡ah! veo que no me amas! —dijo Rafael, con doloroso acento.

—¡Que no te amo, Rafael! Que no te amo... ¡ah! yo te perdono la ofensa porque no quiero dudar de ti ni un sólo instante, porque no quiero parecer a tus ojos ingrata, como tú apareces a los míos en este momento.

—¡Perdón, María!

La joven, por única respuesta, sonrió dulcemente a Rafael, diciendo:

—Jamás había amado, es tu imagen la primera que ha ocupado mi corazón, y tu nombre la primera armonía que le ha hecho palpitar: mi vida fuera nada para ofrecértela, porque tú no conoces la intensidad de mi cariño, pero escucha: hay un imposible que nos separa; entre los dos se levanta un muro, es el destino; yo... no puedo ser tuya, Rafael, pero también te juro no ser de ningún otro.

—¡María! tú deliras; no puedo creerlo: tus palabras han caído en mi alma, como derretido plomo. Un imposible, un muro, el destino entre los dos, ¿qué quiere decir todo eso? —exclamó Rafael.

—No puedo aclarártelo; pero está seguro que la convicción ha presidido a mis palabras, te amo demasiado para alimentar en tu alma, esperanzas que no han de realizarse nunca, —dijo la joven exhalando un doloroso suspiro.

—Pues bien, —observó el joven, a pesar de lo que dices, a pesar de todos los seres mezquinos que traten de separarnos, mi corazón será tuyo mientras aliente; si no puedes ser mía, moriré viéndote y amándote, como esas mariposas que contemplan y aman la luz del sol, sin poderse quemar en sus abrasadores rayos.

—¡Rafael, Rafael! —exclamó la joven conmovida.

—María, ¿impedirás que te vea, que oiga tu voz y que te ame? —continuó Rafael ¡oh! no. ¿Puede impedirse al río que detenga su curso, al lirio que despida su aroma, al viento que suspire, a la paloma que cante, a la luz que alumbre? No, mil veces no: mi corazón es tuyo, mi alma te pertenece como el reflejo a la luz; mi pensamiento vive en tu ser, y el día que éste le falte, morirá a la vida del alma, como mueren las yedras, cuando el frescor de la mañana se despide, como mueren los garambullos cuando el soplo de las noches les falta.

—Rafael, —dijo la joven, yo no te prohibo que me veas ni que me ames, ¿podría hacerlo, cuando tu vista es mi cielo, tu amor mi vida, y tus palabras el suave murmullo de la esperanza en el desierto de mi alma? ¿podría hacerlo, cuando yo misma, no tendría valor dejar de verte?

—Entonces... no comprendo... —balbuceó Rafael.

—Mira, —dijo la joven interrumpiéndole, soy hija del misterio; mi tío se ha empeñado en arrancarme de él, quiere verme feliz; quiere que ría, cuando apenas te he amado, y comprendido que sólo tengo lágrimas para llorar.

No debía haberte amado nunca, o si te amaba, haber guardado mi amor en lo más profundo de mi pecho.

—A cada momento te comprendo menos, —exclamó el joven con acento indefinible.

—Es hora de separarnos, —observó María; hasta mañana.

—¿Me amarás siempre? —dijo el joven, tendiéndole la mano.

—Te amaré siempre; pero no olvides, que un imposible nos separa.

—La joven se apresuró a entornar la ventana: acababa de ver a un hombre en la acera de enfrente: aquel hombre se fijaba en ella, con marcada tenacidad, para dejar de llamar su atención.

Rafael se alejó de allí, iba tan absorto en sus pensamientos, que ni siquiera notó que aquel hombre le seguía.

Cuando llegó a la plaza de Armas[31], llamada así antiguamente, se detuvo al frente de una pequeña puerta, sacó una llave del bolsillo, y la abrió encontrándose luego en una pieza cuadrangular iluminada por la luz de una bujía.

Aquella pieza era un verdadero cuarto de soltero, con un catre de latón, media docena de sillas de tule, un canapé de bejuco, y una mesa forrada de hule, con varios libros y papeles.

Rafael debía estar muy contrariado, a juzgar por su arrugado entrecejo. Arrojó el sombrero en una silla, y fue a acostarse en el sofá indicado.

---

31   Esta plaza es hoy el Jardín 5 de mayo. (Archivo Histórico Municipal de Zapotlán el Grande, Jalisco)

Era Rafael, un joven de veinticinco años, que siguiendo la carrera de la abogacía, había venido a establecerse a Zapotlán por poco tiempo.

Carecía de padres y hermanos: así es que vivía sólo con un mozo que le acompañaba de día, y alguna que otra noche que lo retenía por negocios.

A los pocos días de llegado, trabó relaciones con un joven casi de su edad, y que era empleado del Gobierno. Este joven que se llamaba Alfonso Diéguez, lo relacionó en la casa de Doña Mercedes, donde conoció y se enamoró de María, que era ya entonces y gracias a su plan, amiga íntima de Cecilia.

María correspondió aquel amor; y bien pronto se vio a Rafael rondando por la noche su casa, mientras ella le esperaba tras los vidrios de la ventana.

¡Condición necesaria de los enamorados!

Rafael, aunque notaba cierto misterio en la vida de la joven, no trataba de investigar, mucho menos, de crearle un obstáculo a su felicidad; así es que había visto rodar hasta allí, sus horas de enamorado envueltas en el reflejo de la esperanza, y en los dulces ensueños del amor.

Empero, la noche que nos ocupa, una enconada espina acababa de lastimar su alma ardiente y soñadora, clavando en ella la acerada punta de los celos, de la duda.

María, pertenecía a una familia noble, era sobrina de un Vizconde millonario, y siendo además tan hermosa y tan joven, ¿no podía, pues, hallarse comprometida, si no por su gusto, por la voluntad de su familia, a ser la esposa de otro, que como ella, sintiese correr por sus venas la sangre de la nobleza española?

Rafael no tenía duda de ser amado, pero sentía celos, porque para él, existía un rival desconocido que María trataba de ocultarle.

Pero dejémosle cavilando con su amor, sus celos, y sus dudas; y volvamos a María, que si no abrigaba celos como Rafael, no tenía en cambio ni la paz del espíritu ni la tranquilidad del corazón.

Ocho días después de lo referido, acababa el sol de ocultarse, dejando tras sí esa luz vaga e indefinible que impone a los objetos que nos rodean un tinte vago de dulce melancolía, y reviste las formas de las imágenes que cruzan por nuestro cerebro, de un rodaje luctuoso, que tan pronto nos halaga como nos entristece.

¡El crepúsculo! He aquí la hora, o el espacio de tiempo más hermoso: y en el que parecen desprenderse los sentidos en busca de otra esfera desconocida!

Mezcla de luz y sombra, tiene el poder de alejarnos de la vida real, al mundo de lo desconocido.

¡Cuántos pensamientos, cuántas ideas, y cuántos suspiros, ayes, sonrisas, miradas y lágrimas, salen a esa hora del corazón humano, atraídos por el reposo en que la naturaleza parece entonces reconcentrarse!

El crepúsculo es el tiempo céntrico; la péndola que se agita entre un punto ya marcado, y otro que va a marcarse; la noche y el día. A esa hora, se recuerda y se espera, se llora y se ríe.

¡A esa hora, la naturaleza parece convidarnos a contemplarla, y como juguetona niña, se complace en acumular a nuestros ojos, caprichosos fantasmas brotados de las sombras!

¡Oh! y cuán hermoso es entonces todo lo que nos rodea!

Las brisas juguetean, las aves cantan y revolotean en torno de su nido, las flores entrecierran con languidez sus risueños pétalos; un murmurio[32] dulce y apacible se despierta por todas partes, mientras los objetos van desapareciendo poco a poco y las estrellas comienzan a brillar en la diadema de la noche.

Pero basta de interrupciones: voy a proseguir.

María, sentada en un ancho sillón, miraba desde el corredor interior, la luz opaca y débil de la tarde, y sus ojos humedecidos por las lágrimas, se fijaban con tristeza en la inmensidad del espacio.

Estaba más pálida que de costumbre y parecía hallarse dominada por algún presentimiento doloroso.

Algunos momentos hacía que Juana la observaba, sin ser vista de la joven, con ese inmenso cariño y puro de la que ha visto crecer junto a sí, dueño de sus caricias y desvelos, a un pobre huérfano que, careciendo del regazo materno, busca sus brazos y su ternura para reposar en ellos.

¡También la que cría y nutre con el alimento de su cariño y la abnegación de su ternura, es madre.

¡También ella es capaz de rasgos heroicos y de sacrificios nobles y grandes!

Juana, para María, no era otra cosa que una madre. La había visto nacer y crecer después a su lado, sin los besos de una madre; y ella había llenado este vacío en el corazón de la niña con sus caricias.

Así es que su alegría le alegraba; y su tristeza le entristecía.

Acercóse a ella, y atrayendo su cabeza suavemente hacía sí, como si quisiera aliviarla del peso que le oprimía, le dijo con amorosa ternura:

—Tu tienes algo que me ocultas, María.

—¡Yo...!

—Si; y permíteme te diga que haces mal, porque no hay quien te ame como yo.

—Lo sé, mi buena Juana, tu abnegación me lo dice a cada momento, y sería una ingrata si no te amase de la misma manera, –dijo la joven conmovida.

—Entonces... –balbuceó Juana.

—Sufro porque amo, lo sabes bien, supuesto que no he tratado de que este amor, que es el primero y será el último, sea un secreto para ti.

Juana suspiró, y clavando sus ojos en la joven, exclamó con tono melancólico:

---

32 *Murmurio*: debe decir murmullo.

—Lo sé, María ¿pero y tu padre? No temes que...

—¡Mi padre!

—¡Sí, tu padre! –repitió Juana, dando a sus palabras una acentuación que revelaba el miedo que le tenía.

—Pues bien, –exclamó la joven, ya que has puesto tu dedo en la herida de mi alma, te diré, que a mi padre le temo hoy más que nunca.

—¡Más que nunca! ¿Acaso te ha dicho algo?

—No, ni una palabra que me haga sospechar que conoce mi amor, pero hace días que un hombre de los de mi padre nos espía.

—¡Que nos espían! –repitió Juana, ¿te han dicho...? ¿cómo sabes...?

—Lo sé porque lo he visto, –dijo María, levantándose y acercándose aún más a su criada como si temiese ser escuchada; hace tres días que llegó un mendigo a la puerta, y me adelanté para darle una moneda, y por una curiosidad involuntaria, me fijé en su rostro sucio y tostado, pero luego retrocedí estremecida. Sus ojos relampagueaban como si hubiera querido abrasarme con ellos.

Aquella cara no me era desconocida.

Abandoné el pasillo, y él aún permaneció en el mismo sitio largo rato, para ir después a indagar con recelosa mirada, el interior de la casa de Cecilia.

—¡Bah! –dijo Juana dominando el miedo que la había hecho estremecer por un momento; los mendigos, niña, gustan siempre de curiosear lo que hay a su alrededor; y no hallo en eso una causa alarmante para nosotras... eso fue sólo una aprehensión tuya.

—Así lo creí después, Juana, pero ayer le volví a ver; era él, no ya vestido de harapos, sino llevando una carretilla con cuatro cántaros de agua. Al llegar a la ventana donde Cecilia cose, fingió que la carreta tenía descompuesta una rueda; se detuvo con ese pretexto, y durante el corto tiempo en que aparentaba componerla, le vi varias veces asomarse hacia dentro de la sala. ¿Qué buscaba allí? No lo sé, pero ese hombre sin duda conoce mi amistad con Cecilia y se encarga de vigilarla. ¿Y sabes, Juana quién es ese hombre?

—No sospecho quién sea... –dijo Juana.

—¡Ese hombre es Andrés Patiño! mi buena Juana.

—¡El Zorro! debí haberle adivinado, María; porque ese hombre es de los más temibles y astutos que tiene tu padre en su cuadrilla.

—Sí, desgraciadamente es así, –dijo María; pero aún me falta decirte que anoche, cuando Rafael hablaba conmigo, he vuelto a verle en la acera de enfrente.

—¡Qué imprudencia la tuya! –exclamó Juana, casi cadavérica, no sólo te expones tú a la ira de tu padre, sino que también le expones a él: nunca debías haberle amado...

—Juana, –dijo la joven enjugándose una lágrima que asomó a sus párpados, dices bien, no debí amarle; ¿pero acaso podemos algo contra las impresiones del corazón? ¡Yo amaré a Rafael toda mi vida, ese es mi destino; pero nunca seré suya, por que bien sé que mi nombre sería tarde o temprano, una mancha para el suyo! ¡Su amor que es el primero en mi corazón, será también el último!

—¡Ah! –exclamó Juana, estrechando a la joven contra su pecho ¿qué culpa tienes tú de los crímenes de tu padre?

—Ninguna, es cierto, pero el mundo es siempre injusto, –murmuró María. ¿Qué culpa tiene el hijo del suicida de que su padre cometa un crimen, ni el hijo bastardo de tener una cuna deshonrosa? Y sin embargo, esa mancha, esa deshonra pesan sobre la frente del niño y le queman el alma como un hierro candente, y le acompañan toda su vida, a pesar de sus virtudes, como un anatema de maldición arrojado sobre él, por la sociedad.

Al terminar estas palabras, ambas guardaron silencio. Lo que la joven acababa de decir, era verdad; y esta verdad, tenía algo de aterradora para las dos.

¡Pobre María, pobre niña! Sobre su frente, como había dicho, pesaba un anatema de maldición.

Y aquel anatema era tanto más terrible para ella, cuanto que amando a Rafael con amor inmenso, venía a separarla de él, como una barrera inexpugnable, como una muralla de hierro.

Algunas lágrimas vertidas desde el fondo del alma, humedecieron sus párpados, y como si sus labios obedecieran a una idea fija y constante, añadió:

—¡Pobre Rafael! tú nunca sabrás la obscura mancha que pesa sobre la frente de la que te amas!

Ella morirá heroicamente en el sacrificio de su amor. ¡Pero tú... ah! no sé lo que será de ti, no lo sé...!

Y la joven apoyando la frente entre las manos, tornó a exclamar con la amargura de toda su alma:

—¡Pobre Rafael, pobre Rafael!

Capítulo II

El Día de Reyes

El día del nombre que encabeza este capítulo, es sin duda, uno de los que más entusiasman a la raza indígena de Zapotlán, tan esclava de sus costumbres y de sus tradiciones; costumbres que tienen su origen en el fanatismo de vulgares creencias y que datan además de tiempos muy remotos.

La civilización, en su agigantada carrera por el mundo, ha logrado desterrar muchas de ellas; y en nuestros días, entre las pocas que quedan, sólo podemos recordarlas, para establecer paralelos entre los tiempos que fueron y los que son ahora.

Voy a dar a mis lectores una idea ligera de esta fiesta, en que los indios no omiten nada de lo que contribuye a hermosearla, según su costumbre tradicional.

Desde la víspera de ese día, se ve a los indios conducir a la plaza principal unas gruesas y elevadísimas latas barnizadas de cal y pintadas con colores vivos que forman de trecho en trecho, anillos, alfajores o ramos. Estas latas deben tener inferiormente, de veinticinco a treinta metros de elevación y están claveteadas de estacas gruesas y redondas.

En su parte superior, tienen una casilla a manera de jaula, hecha de cohetes, y capaz de contener en su centro, tres o cuatro hombres.

Creo oportuno decir que las latas son cinco, y que cada una tiene su capitán.

Después de conducirlas allí, acompañados del pito y del tambor, y echando uno que otro trago de tequila a su estómago, las van parando, a distancia de catorce a quince varas, en línea recta, y valiéndose para ello, de unos hoyos cavados en la tierra y bastantes hondos.

Arregladas las latas, en la misma dirección que éstas ocupan, hacen una enramada de verdura, en que colocan un nicho que contiene una imagen de la Candelaria.

Explicados estos antecedentes, voy a trasladar a mis lectores a la tarde del día de Reyes.

Desde las tres de la tarde invaden las calles y plazas multitud de arrieros. Estos montan caballos, mulas y burros, y algunos otros van a pie arriando las mulas de carga; llevan la cara cubierta de barro o de papel y la cabeza amarrada con un pañuelo, haciendo además ostentación de los arneses que constituyen el distintivo del arriero. Esta danza, pues no es otra cosa, es armonizada con el ruido de los cascabeles y cencerros con que adornan sus colgaduras, los gritos, las bromas y las risas del arriero que lleva en las secretas de su pechera y en la cantina, pequeños panecillos que vender o regalar. Entre los gritos de: «¡Arre la caponera! ¡Más aprisa! ¡Alto! ¡Atájelo! ¡Otro trago compadre!» El mayordomo va y viene, encabrita la mula o hace un semicírculo que levanta una nube de polvo que barniza a los curiosos de pies a cabeza.

A las cuatro y media, dos o tres indios van a acomodarse en las casillas de las latas, valiéndose para ello, de las estacas mencionadas. Una soga gruesa y larga en la que va ensartada una estrella de palo encarnada, con un ángel que la sigue y que tan pronto se le ve de cabeza como derecho; pasando por medio de las casillas va a terminar a la enramada, donde un indio se coge de su extremo, y lo mismo hace el otro con la punta opuesta. Enseguida los pastores o mangudos (que también así se les llama) van a pararse junto al primer extremo de la soga, donde comienzan su caminata con un canto destemplado y desacorde.

Al llegar debajo de la primera latilla, los indios agazapados en la jaula que corona su cúspide, pasan de ella el ángel y la estrella, y prenden fuego a los cohetes que forman su improvisada vivienda: esto mismo se repite en todas, hasta que la estrella y el ángel se posan en la enramada, guiando a los pastores que llegan a adorar al niño.

Durante esta fiesta, la música de aliento no deja de tocar; los arrieros se acercan allí, el gentío agolpado en derredor, ríe, burla, grita y habla, al ver a los indios que bajan de las casillas medio chamuscados por la pólvora.

¡He aquí lo que es esa fiesta o costumbre india, en cuyos detalles quizá me he detenido demasiado!

El año de 17... el día de los Reyes, había amanecido como siempre alegre: la animación de los indios crecía en proporción al tiempo que hacía, acercándose la hora de ir a presenciar una diversión siempre nueva por el gusto con que la miraban y la ven aún cada año los renuevos que aún quedan de esa desgraciada raza.

Lucían los rancheros sus mangas chafarreadas, sus pantaloneras abiertas y sus sombreros de anchas alas, al lado de sus mujeres, arrebozadas hasta la nariz y dejando descubierta a un lado la oreja con una gran coqueta de plata.

Los peladillos con sus calzoncillos de manta y su zarape al hombro, formaban grupos; y los indios de ambos sexos iban y venían, sacudiendo las unas con su menudo paso la enagua de sabanilla adornada en su bajo por una ancha tira de color vivísimo cuadrándose, y lo otros con sus calzones de picos y su ayate [33] sin mangas.

Zapotlán, no era entonces lo que es hoy; la mayor parte de la población, estaba ocupada por lo indios, cuyas casas, en lo general mal construidas, ocupaban una gran extensión, lo que hacía, que fuera de la plaza, a una o dos cuadras de distancia, se viesen aquellas separadas por grandes trechos bardeados.

La gente llamada de razón, era muy inferior al número a los indios.

Sin embargo, su clima frío y benigno, hacía que esta población fuese como hoy, frecuentemente visitada por los foráneos.

La tarde del día que nos ocupa se acercó; y la algazara más grande invadió los centros de la población.

Los arrieros en grandes pacotas, se diseminaron por todas partes y el gentío vino a ocupar su puesto en el lugar que más cómodo le parecía; algunos carruajes rodaban sobre los empedrados, distinguiéndose uno que ostentaba un hermoso escudo de nobleza y que era arrastrado por un soberbio tiro de caballos negros.

Si las personas que lo ocupaban no hubiesen estado tan pendientes del regocijo que las cercaba, habrían notado que eran seguidas con insistencia por una camarilla de arrieros que yendo y viniendo, no perdían de vista al carruaje.

¿Quiénes le ocupaban? Creo que mis lectores habrán adivinado que dentro de él se hallaban María y Cecilia.

Llevaban la primera un hermoso traje de raso blanco adornado de encajes y de perlas; y su cuello rodeado por un collar de brillantes, parecía aún más gracioso y seductor. Cecilia, por el contrario vestía un sencillo traje negro sin más adorno que una cruz de goma al cuello pendiente de una cinta negra. Este sencillo traje, realzando la palidez mate de su rostro ligeramente ovalado, la hacía aparecer aún más hermosa.

—Vamos, –decía un joven de patilla negra, en un círculo de curiosos que lo rodeaba, a tiempo que el carruaje con nuestras jóvenes pasaba frente a ellos, ahí van las jóvenes más encantadoras que tiene nuestro pueblo.

—¡Cierto, –dijo otro, como que María Granados parece una Venus!

—¡Y Cecilia una virgen! –murmuró otro suspirando.

—Lástima es, –dijo un tercero, que tengan dueño esos ángeles; de lo contrario...

La gritería de los arrieros que se acercaban, puso término a esta conversación.

---

33   *Ayate*: es una tela de hilo de maguey.

El grupo de arrieros que no era otro que el que hemos indicado, observando sin cesar la dirección del carruaje, que entonces se había detenido a corta distancia de las latas para ver quemar las casillas.

—Es hora, –dijo uno de los arrieros, en voz baja a su compañero de la derecha; acabando esta ensalada, tornan para su casa, puesto que ya empieza a oscurecer. Ojo pues, mucho tino, y buena suerte.

—Lo que es por mí no queda, valecito.

—Importa que por ninguno quede, porque entonces todo se lo llevaría el diablo, –observó el primero.

El sol se había ocultado en el Occidente; comenzaban a proyectarse esas sombras oscuras y silenciosas, que son el presagio de la noche, y que van dilatándose poco a poco, hasta envolver todo con su denso velo.

Todo había concluido: los pastores envueltos en sus anchas mangas, y llevándose el nicho de la virgen, habían tomado por la calle de San Antonio[34] con dirección a la casa del Capitán que debía recibirlos: los arrieros se habían diseminado en distintas direcciones; y el gentío dispersándose, tornaba a su casa alegre y risueño.

El carruaje de María había hecho lo mismo, pero viendo el cochero que las calles iban llenas de gente, hizo un pequeño rodeo, temeroso de atropellar a algún niño en la obscuridad que ya se había extendido.

Atravesó la plaza, y tomando por el Teatro[35], se halló bien pronto en la plazuela del Rico que entonces no era otra cosa que un baldío solo y desierto.

Iba el cochero a tomar la calle que sale a la Casita, cuando instantáneamente y sin advertirlo, se vio detenido en el pescante, por cuatro brazos vigorosos, uno de los cuales quitándole las riendas latigueó los caballos, mientras los otros le ponían a la boca una mordaza que le impedía hablar, y le sujetaban las manos y los pies, obligándole a permanecer en el pescante.

En tanto esto pasaba con el cochero, en el interior del carruaje, se efectuaba otra escena casi igual con las jóvenes a quienes otros dos hombres se habían encargado de sujetar, impidiéndoles toda defensa.

Este golpe había sido tan violento, y preparado con tal maestría, que vanamente intentaría yo describirlo cómo fue, mucho menos cuando mi mano y mis pensamientos son tan torpes para ello.

Hostigado el tiro por el nuevo cochero que lo gobernaba, partió a galope, y bien pronto el carruaje, envuelto en una nube de polvo, se detuvo en el callejón de los Capulines, llamado así, por los muchos árboles que de este nombre bordan su orilla izquierda, formando con sus ramas frondosas y tupidas, una sombra agradable a la hora del sol y un tanto pavorosa a los pálidos rayos de la luna, por los mil fantasmas que la imaginación se forja a través del silencio, de la soledad, y del vientecillo, que moviendo las hojas con un ruido vago y melancólico, hace al caminante volver la cabeza hacia atrás o persignarse sí es supersticioso.

---

34   Esta calle hoy se conoce como Federico del Toro. (Archivo Histórico Municipal de Zapotlán el Grande, Jalisco).

35   El Instituto Silviano Carrillo es lo que se encuentra hoy en ese espacio. (Archivo Histórico Municipal de Zapotlán el Grande, Jalisco).

La luna, un tanto opaca, derramaba esa claridad media, luz indecisa, como la que se desprende de la torpe pupila del moribundo.

El hombre del pescante silbó entonces y otro hombre destacándose del grueso tronco de aquellos árboles gigantes, se adelantó, montando en un hermoso caballo blanco.

Al mismo tiempo, las portañuelas del coche se abrieron y dos hombres salieron de él conduciendo a una mujer.

¡Era Cecilia!

Adelantáronse con ella hacia el jinete, quien colocándola en la silla, partió a galope con su preciosa carga.

¿Qué era de María entonces?

Veamos lo que hacía, mientras tenía lugar lo que acabamos de referir.

Cuando vio que Cecilia, arrebatada tan bruscamente de su lado por los raptores, iba a desaparecer quizá para siempre, la desesperación se apoderó de su alma, y haciendo un esfuerzo supremo, rompió el pañuelo que ataba sus manos, y se deslizó del carruaje sin hacer el menor ruido; yendo a ocultarse tras el grueso tronco de un capulín.

Se había quitado el pañuelo que le impidiera hablar, pero ni un ¡ay! dejó escapar de su garganta, temerosa de ser descubierta. Quería observar desde allí, algo que le diera luz sobre el paradero de Cecilia para volar, si era posible a su socorro.

Más de repente, cuando sólo el carruaje quedaba allí, y las pisadas de los bandidos parecían perderse en la distancia, la silueta de un hombre se dibujó frente a la joven llenándola de pavor y sobresalto.

Un rayo de luz bañaba de lleno las facciones del desconocido. María tembló y se llevó una mano al corazón, como si presintiese algo más funesto todavía, que acababa de acontecerle.

Aquel hombre, le recordó por un instante la historia de su madre; y sin embargo le era bastante conocido.

—Al fin puedo hablar a solas con María Colombo, – dijo cruzándose de brazos.

—Andrés –exclamó la joven con airado acento ¿te ha dado, por ventura, mi padre la orden de seguirme, de asechar mis pasos, de tutearme y de usar llanezas conmigo?

—¡Oh! no: todo lo hago por mi cuenta, –dijo el bandido con ironía, y clavando en ella una mirada en que se traslucía el fuego vil de una pasión reconcentrada.

—¡Deja el paso libre a la hija de tu Capitán!

El bandido a pesar de esta orden, permaneció tranquilo e impasible, sonriendo atrevidamente.

La joven dio con el pie en el suelo, y repitió la orden, sin obtener mejor resultado.

—Mal me conoces María; no he venido aquí a recibir órdenes, sino a imponerlas, —dijo el bandido en tono sarcástico; ¡estás en mi poder! En vano has tratado de huir rompiendo tus ligaduras.

El hombre que vigilaba su presa, no podía dejar de verte y de seguirte.

—¡Silencio, miserable, silencio! —gritó la joven sintiendo refluir la sangre en sus mejillas. Silencio o tendré que acusarte a mi padre!

Andrés soltó una carcajada estridente que hizo temblar a la joven, y la dijo burlonamente:

—La sobrina del Sr. Vizconde, o más bien la Vizcondesa... tendrá hoy, mal que le pese, que callar, y oír al miserable Andrés Patiño, como le llama, y que ha tenido el atrevimiento de amarla desde hace algún tiempo. Esa amenaza que me haces, me causa la misma impresión que un rayo de sol sobre la frente. Colombo no manda en mi corazón, y no le temo ni como superior; porque, enamorado de ti, no tengo más capitán que mi voluntad, ni mayor enemigo que el que ose disputarme a la señora de mi alma.

Al escuchar estas palabras, María dominó un movimiento de horror, que no pasó desapercibido a los ojos del bandido.

—Parece, —añadió Andrés, que mi declaración un tanto brusca te causará miedo. ¡Ya se ve! no tengo ni el traje ni las enmieladas palabras de Rafael Ordóñez, ese catrín almidonado de banqueta, que aborrezco porque te ama; pero pese a él, tu habrás de se mía, aunque tenga para ello, que pasar sobre cien muertos!

—¡Qué seré tuya...! —exclamó María con supremo desdén, ¡qué seré tuya, Andrés...! Primero me mataría.

Al concluir estas palabras, un silbido prolongado hirió los oídos de Andrés, que irguiéndose con altanería, la dijo:

—¡Hoy fue Cecilia, mañana serás tú, no lo olvides! —Andrés se alejó y fue a desatar al cochero que al pie de un capulín, esperaba atado de pies y manos, su última hora.

—No has de decir, perillán, que no dejo algo, —le dijo el bandido rompiendo las cuerdas que lo sujetaban. El robo de una mujer, vale poca cosa, cuando se deja otra y es tan hermosa como la que se queda ahí.

El pobre hombre entumecido por las ligaduras, no pudo levantarse luego, y Andrés para quien la humanidad y la compasión eran palabras vanas, le dio un puntapié tan fuerte, que le tiró boca abajo, causándole un golpe rudo, que casi de dejó sin sentido.

Andrés echó a correr y pronto se le vio desaparecer entre los árboles.

Cuando el cochero pudo levantarse, fue en busca de María; pero la joven había desaparecido, y sólo encontró el carruaje a corta distancia suya.

Más muerto que vivo subió al pescante, y pronto se encontró en su casa, dando cuenta del fatal accidente a todos los que iban a verle.

¿Qué había sido de María?

Retrocedamos al punto en que Andrés la dejó, atento al silbido que era señal para dejar libre al cochero y fuese a reunirse con los demás.

Cuando María se vio sola y midió lo terrible de aquella escena, un ¡ah! doloroso se escapó de su pecho; y cayó sobre la yerba sin sentido.

Pero casi al mismo tiempo, la silueta de un hombre se dibujó a su lado: la contempló con amargura, casi con dolor, y levantándola en sus robustos brazos, como si levantase un niño, echó a correr con ella para la ciudad.

¡Aquel hombre era Martín!

Capítulo III

A la luz de la luna

Al sureste de Zapotlán y a una distancia de diez leguas, existe un pueblo pequeño llamado hoy Tamazula de Gordiano, por haber sido patria de D. Gordiano Guzmán, uno de los héroes que más brillaron por su valor y recomendable conducta en las guerras de la Independencia.

Este pueblecito, acreedor a mi cariño por mil títulos, donde cuento tantas amigas bondadosas; y donde tantos recuerdos agradables ha atesorado mi alma presentaba, en la época a que me refiero, un aspecto triste; en su seno se disfrutaba de una vida monótona y semicampestre, pero dulce y tranquila; no era lo que es hoy, hoy que la civilización, avanzando por todos los pueblos de nuestro suelo, los ha regenerado con esa luz diáfana que despide de su brillante corona, dejándoles una huella indeleble de su paso, relativamente al lugar que ocupan en la escala social y política.

En lo antiguo se le conocía por el nombre de Real de Zula, nombre que debió a sus ricos minerales, explotados en tiempo de la dominación española y hoy cegados completamente.

Se deduce de esto, que si bien, en la grandeza y cultura no ha ocupado un lugar preferente, sí le ha ocupado en el orden pecuniario.

Pero dejando todo esto, a lo que, algunos de mis lectores darán el valor de un comino, sigo haciendo el apoteosis de esa simpática población, a cuyo recuerdo demasiado agradable para mí, consagro estas líneas.

Figuraos unas cuantas casuchas blancas y otras tantas con el color del adobe, porque para ellas no hubo cal, diseminadas sin orden a la falda de un cerro gigantesco, cuyo penacho rocalloso, elevado y saliente hacia la población parece amenazarla constantemente con un derrumbe, aunque a decir verdad, su cima no ofrece tal peligro porque es demasiado ancha y plana; y figuraos esas mismas casas estrechadas, en la parte opuesta al cerro, por un ancho río, cuya corriente serpea desnuda de árboles, en una ancha playa que a merced de las lluvias, la aleja o la aproxima, proporcionándole cada año nuevo cauce en su plateada arena, sobre la que apenas si osan tomar vida vegetal algunas endebles jarillas; figuraos todo esto y tendréis a Tamazula de entonces.

Hoy, como dije al principio, no es el mismo poblado de ese tiempo: su blanco caserío, en torno de una pequeña plaza embanquetada, en cuyos costados comienzan a levantarse algunos portales; su templo, que en mejores condiciones, se enorgullece con el culto sencillo, pero lleno de fe y constancia, que se tributa a la Madre de los pecadores, bajo la advocación de Nuestra Señora del Sagrario: sus saucedas y platanares; sus plantíos de hortaliza bien cultivados; sus sandillales: ese mismo río silencioso, ese mismo cerro amenazante, cuyas altas rocas repercuten el eco de las campanas y hasta el grito fuerte de los juguetones muchachos; todo esto tiene su poesía, su belleza particular, como dijera Lamartine, el poeta francés.

Pero dejemos a Tamazula tal como es o como era, y reanudemos el hilo de los acontecimientos que vengo narrando.

En el centro de la población existía una casa baja, semejante en todo a las demás, sólo que ésta tenía a la calle un gran corredor sostenido por fuertes horcones, que servían a menudo a los rancheros y viajeros para atar sus caballos, mientras se iban, pues con ser dicha casa un mesón y haber en él una fonda, queda explicado que acudieran allí todos los foráneos, en busca de hospedaje.

El día en que presento a mis lectores esta nueva casa, era el mismo en que Cecilia Miranda había desaparecido misteriosamente, robada por una banda de arrieros, que como hemos visto, no era otra cosa que cuadrilla de bandoleros disfrazados.

A los horcones había atados un par de caballos retintos, con buenas monturas; y ostentando en los arzones, ambos dos, una excelente carabina, una espada envainada y un par de pistolas bien montadas.

Iban a sonar las tres de la tarde, es decir, unas cuantas horas antes del rapto de Cecilia, cuando salieron de la fonda dos jóvenes y desataron las riendas que sujetaban los corceles.

El que parecía tener más edad no pasaba de veintiocho años. Este joven era alto, rubio y bien formado: sus ojos, de un azul intenso obscuro, estaban velados por una ceja perfectamente arqueada que los hacía más expresivos y ardientes.

Una espesa patilla comunicaba a su semblante varonil, cierta gravedad que estaba en armonía con el conjunto de sus facciones, un tanto severas a la vista.

Llamábase Adolfo Diéguez, era empleado del gobierno virreinal de México, y poseía además su despacho de capitán; aunque entonces se hallaba separado del servicio militar, carrera que había seguido sólo por complacer a su familia.

En la época que nos ocupa, desempeñaba en Zapotlán algunos negocios que añadidos a otras circunstancias que a ellos se enlazaron, debían retenerle allí por algún tiempo.

Dos días hacía que se hallaba en Tamazula y a la sazón iba de vuelta para Zapotlán.

Adolfo conservaba siempre un aire triste y meditabundo; y no era extraño verle pasar horas enteras solo, aislado del resto de la sociedad, con la frente apoyada sobre la mano y arrugando a menudo el entrecejo, como si el peso de sus pensamientos le fatigase.

¿Había sido siempre así? No; quien le hubiese visto dos años antes, le habría hallado amable, galante y alegre; pero de un año a la fecha que nos ocupa, su cambio había sido notable, que sus amigos se le habían ido retirando poco a poco, quedándole sólo uno, uno de esos amigos, tan escasos en el mundo, y que tanto saben compartir la alegría como las amargas horas del dolor.

Era este Rafael Ordóñez, a quien ya conocemos. ¿Qué causas habían contribuido a efectuar el cambio de Adolfo Diéguez? Vamos a decirlo en pocas palabras.

Adolfo había llegado a Zapotlán, al lado del coronel Miranda, que le profesaba un cariño casi paternal y a quien él amaba con la ternura de un hijo, hacía muchos años. Esa reciprocidad de afectos, dio por resultado, que él y Cecilia se amasen tanto que se pensó en un matrimonio que haciéndoles felices, formara una sola familia.

El enlace estaba resuelto; sólo que hasta su verificativo mediaba un plazo de tres meses.

Pero ¡ay! aquellos tres meses quizá no debían cumplirse nunca!

Un día fue preciso que el coronel Miranda acompañase una conducta que iba a Manzanillo.

Al llegar al Pedregal, los bandidos la asaltaron. Se trabó un combate sangriento entre los asaltantes y asaltados.

Pero el número de los bandidos era superior y el campo quedó por ellos.

La conducta fue robada y el coronel desapareció del campo, sin que hubiera podido aclararse qué había sido de él.

En vano se habían hecho esfuerzos para encontrarle. El Pedregal y todos sus contornos habían sido registrados con escrupulosidad, creyendo hallarían su cadáver; se extendieron avisos pidiendo noticias sobre su paradero; pero todo fue inútil.

El coronel desapareció sin que volviera a saberse de él.

Algunos soldados huyendo de los bandidos, después del combate, le habían visto partir a escape.

Esto era lo único que se sabía.

El matrimonio de Adolfo se suspendió hasta que no se aclarase algo sobre el paradero del coronel, cuya desaparición era un misterio para todos.

Adolfo como empleado del gobierno, como amigo del coronel, y como prometido de Cecilia, se dejó dominar por un pesar triple; pesar voraginoso en que tanta parte tomó el amor propio, que se ve vencido en sus indagaciones, como el sentimiento doloroso del alma que pierde de un golpe sus ilusiones, sus sueños y sus esperanzas.

Adolfo sufrió un cambio completo; y como empleado que era, dedicó todo su tiempo desocupado a hacer pesquisas sobre el paradero del coronel, pesquisas que hasta entonces habían sido inútiles.

Conocidos estos antecedentes, volvamos a nuestros jóvenes; diciendo antes que el joven que acompañaba a Adolfo, no era otro que Rafael Ordóñez.

Una vez desatados los caballos, montaron ambos. Y Adolfo, consultando a su reloj, dijo a su compañero:

—Son las tres de la tarde, y el Pedregal es punto muy peligroso, como sabes. Apresurémonos, para que la noche no nos tome antes de atravesarle.

—Lo que es yo, no tengo miedo, Adolfo; ¿qué puede sucedernos? ¿Qué nos echen la pela? Desnudos venimos al mundo y...

—Tienes razón, yo tampoco me preocupo por eso; pero sentiría morir, ahora que soy el único que puede velar por la suerte de Cecilia; y la muerte, tratándose de un encuentro con los bandidos, en mayor número, es casi segura.

—Sí y no, –dijo Rafael en tono bromista. Si nos dejamos pelar como dos pollos, sin decir pío, nos dejarán vivos.

—¡Imposible, Rafael! Si yo me viese frente a frente de un bandido, te juro que le mataría, si él no tenía la fortuna de matarme primero; tanto es así el odio que les tengo a los raptores de mi felicidad!

—Además ¿no podría suceder muy bien, que el bandido, a quien yo matase, fuera el asesino del Coronel Miranda? Matándolo me vengaría, y cayendo muerto a sus manos, habría cumplido en la lucha, con el deber de amigo, de prometido y de soldado.

Adolfo había pronunciado las anteriores palabras con todo el fuego del odio y de la convicción. ¿Tenía datos claros que le hicieran adivinar en los bandidos, el misterioso crimen en que se había envuelto la desesperación del coronel? No tenía ningunos: el tiempo no había hecho luz sobre aquel oscuro acontecimiento. Sin embargo, un secreto presentimiento, los acusaba a su conciencia como autores del crimen. ¿Por qué no creer en los anuncios del corazón, si casi siempre son certeros? En la felicidad o en la desgracia, se nos anticipan, casi siempre esos anuncios vagos, esas inquietudes extrañas, a cuyo influjo no podemos sustraernos, por más que hagamos un esfuerzo heroico.

Habían salvado la mayor parte del camino, platicando a veces, a veces cabizbajos y pensativos, y otras, embebidos en las armonías de la tarde, tan dulces cuando se camina, tan deleitosas cuando el pensamiento se reconcentra tras la vidriera de los ojos, que le traslada las imágenes revestidas de toda su poesía.

Unos paisajes pasan, otros se tocan, otros se vislumbran: unos árboles y unos montes se nos alejan, mientras otros se nos acercan con sus rayos de sol, sus puntos oscuros y sus filetes azulados y verdes.

De cuando en cuando, cruzan a la vista del caminante aves cuyo vuelo pesado, parece decirles que el desierto de la vida se salva con dificultad, y otros, cuyo vuelo ligero, le habla muy alto de la proximidad del cielo, cuando el alma se eleva en la atmósfera de la virtud.

¡No hay momentos, no hay días en que se piense más; en que la imaginación remonte, con más ahínco, su vuelo por los espacios intelectuales y morales; en que el corazón se embriague más en los atractivos de la naturaleza, que cuando se camina a caballo! Y hago notar esta diferencia respecto del carruaje, porque sólo caminando así, se goza de toda la perspectiva de los campos, sólo así nos damos cuenta de todas sus bellezas agrestes de la soledad; sólo así, cuando el sol nos agobia, obligándonos a recostarnos a la sombra de un árbol, sobre la verde yerba, podemos admirar debidamente esas combinaciones, en que la mano de Dios pareció jugar con montes, valles, árboles, fuentes, pájaros y flores, mientras la remuda pasta cerca de nosotros; y llegan a nuestros oídos, uniformes y enlazados, el ruido del viento en las hojas de los árboles y el murmullo del arroyuelo que allí cerca apagó nuestra sed.

Cuando se viaja en carruaje, por cambio de todas estas bellezas, tenemos el hastío; la monotonía del camino; la somnolencia y pesantez que invade nuestros miembros; el polvo que se introduce; y que unido al humo de los fumadores, producen náuseas, y nos hace lamentar, aún en el silencio, el uso del tabaco y la falta de cortesía de sus adeptos. Añádese a esto el desagradable aliento de los amantes del vino que nos llega al rostro, los modales bruscos de esos acompañantes de botella, y se tendrá la caminata más desagradable.

Pero dejémonos de viajes; pocos o ninguno de mis lectores, leerán mi libro viajando; y yo, al escribirlo, no emprendo más viaje que el de la imaginación que inventa, el corazón que siente y la mano que escribe.

Adolfo y Rafael continuaban su camino, como he dicho, ya silenciosos; ya en animada conversación. Y no pocas veces, los nombres de María y de Cecilia se escaparon de sus labios.

¡Los dos amaban, y por circunstancias excepcionales, los dos se veían contrariados en aquel amor puro, que era su sueño, su felicidad!

Para los enamorados, se cierne siempre un aura de dolor, pronto a mezclar su acíbar[36] en la copa dorada de las ilusiones que, en la embriaguez de su corazón, se forman.

En este sentido, podríamos decir, que el amor gusta de verse rodeado de

---

36   *Acíbar*: substancia resinosa muy amarga, obtenida por maceración de varias especies de aloe.

sombras que se extienden en torno suyo, en proporción a su intensidad o fases que presenta; y en este punto podemos asegurar, que tiene muchas más que la luna; es decir, que esta viajera de los espacios es pobre junto al niño ciego.

Estas sombras a las que hago alusión, no son otra cosa que el deseo, la intranquilidad del alma, la ansiedad del espíritu, la impotencia del corazón para hacerse superior a la sed que le arrastra, y que no tiene lleno: sed voraginosa que nos lleva a desear más de lo que podemos.

Para que un enamorado fuera feliz, debería carecer de estas afecciones; y para que estas afecciones le fueran negadas, necesitaría no tener corazón; y no teniendo corazón, dejaría de estar enamorado.

Cuestión sin réplica es, que desde el momento en que se comienza a amar, se comienza a sufrir.

Y es que el amor sin sufrimientos que lo purifiquen, se levanta débil en el corazón; y dura poco y sus goces son tan efímeros, como la lozanía[37] de las flores que nacen y crecen cobijadas por la sombra.

Pero volvamos a nuestros jóvenes.

Las sombras de la noche comenzaban a extenderse, envolviendo entre sus negras blondas, los blancos muros de la hacienda de Huescalapa[38]; un soplo leve y blando agitaba las copas de los árboles, y alguno que otro pájaro gorjeaba acurrucado entre las hojas de los achaparrados nopales.

—Apresuremos el paso, –dijo Rafael–, porque la noche está sobre nosotros y el Pedregal se alarga.

Adolfo por toda respuesta hirió los hijares de su caballo que comenzó a galopar.

Ambos jinetes guardaban silencio, mientras sus caballos herían las piedras o rasgaban el zacatillo bajo sus pezuñas.

En ese tiempo, el Pedregal era aún más peligroso; frecuentes robos y asesinatos se contaban allí; y nadie se atrevía a pasarlo sólo ni de día, mucho menos de noche. Así es que los comerciantes, rancheros y burriteros que tenían que andarlo, se reunían en pequeñas o grandes caravanas, para poderse defender, en caso de agresión.

El terror que inspiraba el nombre de Vicente Colombo, tenía en constante alarma a todos los viajeros.

Hacía diecisiete años, como sabemos, que se había enseñoreado con su cuadrilla en el Volcán; y desde entonces era el azote de todos los pueblos vecinos a su terrible cuanto misteriosa morada.

No había caminante que al pasar por el Pedregal, lo hiciese con el corazón tranquilo, y sin escudriñar con la vista las sinuosidades del camino a cada momento. Y era raro que hubiese de atravesar aquel punto sin un mal percance.

El Gobierno, por su parte, había hecho y hacía todo lo posible para descubrir la guarida de los bandoleros. Varias veces se habían enviado valientes jefes a inspeccionar la Montaña y sus alrededores, sin contar con que la po-

---

37 *Lozanía:* el mucho verdor y frondosidad en las plantas.
38 *Huescalapa*: lugar en donde las entradas a la casa están protegidas con plantas espinosas. (Archivo Histórico Municipal de Zapotlán el Grande, Jalisco).

licía tomaba constantemente una parte activa, redoblando su vigilancia. Pero todo era inútil; la residencia ordinaria de aquellos se perdía en conjeturas vagas, sospechas sin fundamento, que daban siempre un resultado infructuoso.

Cuando Adolfo y Rafael se vieron sorprendidos por las densas sombras de la noche y quizá en el punto más peligroso, pues entraban a un puertecito a cuyo fin, los copales y las peñas se agrupaban formando un bosque oscuro y tupido, llevaron la mano instintivamente a la pistola que llevaban a la cintura; y espolearon los caballos silenciosamente, dirigiendo miradas inquietas en torno suyo.

No eran cobardes, pero la hora y el sitio no eran los más a propósito para inspirar confianza. Así es que, más de una vez, al moverse la sombra de un copal, jugada por el viento, creyeron ver la silueta de algún bandido que iba a marcarles el alto.

Habían atravesado el puentecillo y las sombras del bosque los cubrían enteramente, cuando a una distancia de veinte varas y por el centro de un claro en que la vegetación escaseaba, vieron cruzar como relámpago un jinete que parecía llevar en la silla una mujer.

La luna opaca y débil acababa entonces de levantarse tras de los montes, enviando a la tierra sus plateados rayos.

—Rafael, –dijo Adolfo por lo bajo, me parece que ese hombre lleva un precioso fardo.

—Efectivamente, porque si no me engaño, lleva una mujer, –observó Rafael.

—Sigámosle –murmuró Adolfo–, el hombre tiene traza de ser un ladrón y tal vez esa mujer necesite auxilio.

Y ambos jóvenes, dicho lo anterior, torcieron por una senda y al galope, con intención de cortar al jinete la delantera, abreviando terreno.

Pero en el momento en que creían logrado su intento, pues que el misterioso jinete les daba la ganancia de un retraso que no había podido salvar, quizá por la preciosa carga que conducía, una bala pasó silbando cerca de ellos: se oyó un grito débil y apagado, luego la precipitada fuga de un caballo; y después todo quedó en silencio.

—El tiro ha partido de muy cerca –dijo Rafael, reponiéndose de la sorpresa que el inesperado tiro le causara–, ¿sería acaso dirigido a nosotros?

—Creo que no –objetó Adolfo–, porque ya tuviéramos encima al enemigo o algunos otros tiros. Sin embargo, me parece que la bala ha sido certera para alguno, porque a su detonación se oyó clara y distintamente un grito de dolor.

—Desengañémonos –dijo Rafael, dirigiéndose al sitio del siniestro; y tomando por el norte para ello, el lado por donde el eco de aquel grito había llegado a sus oídos.

Adolfo le siguió con ánimo resuelto.

Siguieron aquel sendero por donde su hombre venía; y a poco andar los caballos se encabritaron sin querer pasar adelante. Entonces vieron, a la claridad de la luna, un cuerpo en un charco de sangre.

Tocándole con la punta de la espada, trató Adolfo de reconocer si estaba o no bien muerto, después de lo cual, exclamó con calma estoica:

—Asunto concluido; un bandido menos.

—Pero, ¿y la mujer que traía? Porque este hombre debe ser o, mejor dicho, es el que vimos atravesar el campo a carrera abierta.

—Efectivamente aquel hombre era de formas atléticas y éste también lo es, –contestó Adolfo ¿Pero qué nos importa su paradero? Vámonos, que el sitio no es muy agradable.

Iban a ejecutarlo, más antes de dar un paso, se vieron agredidos por dos hombres de a pie, que puñal en mano, les intimidaban a rendirse. Tras aquellos dos y como brotados de la tierra, aparecieron instantáneamente otros cuatro.

Nuestros jóvenes, aunque sorprendidos, comprendieron que en aquel brusco asalto, sólo su valor y sangre fría podían salvarlos; y antes de que los bandidos se les acercasen, se pusieron en guardia, amartillando sus pistolas.

—¡Alto ahí, miserables! –gritó Adolfo, con denuedo y sangre fría.

Una doble detonación siguió a sus palabras, y dos de aquellos hombres rodaron por le suelo, a pocos pasos del otro cadáver.

Los cuatro restantes trataron de defenderse; pero la suerte favoreció a nuestros jóvenes; y tuvieron aquéllos que desbandarse echando imprecaciones horribles.

Adolfo y Rafael, libres del mal paso, partieron a escape, temerosos de que los bandidos reforzándose volviesen a la carga.

¡Pero cuán ajenos iban de que aquella mujer, que habían visto pasar como una exhalación en los brazos del bandido, fuese Cecilia!

Al haberlo sabido se hubieran quedado escudriñando la montaña hasta encontrarla, alentados por la desesperación, el amor y la amistad.

Todo lo hubieran traspasado para conseguir su objeto; con todo hubieran arrastrado menos con la idea de no recobrar el tesoro de su alma, robado a la amistad, en uno; y al amor ardiente, apasionado en el otro.

Pero aquella mujer les era extraña; y como extraña, les era indiferente: por eso, sin cuidarse de su suerte siguieron adelante.

¡Egoísmo y siempre egoísmo en el corazón humano!

No se acobarda éste, ni tiene valor, sino por lo que le es querido o de alguna manera habla a su interés. En vano ve la lucha, la desgracia, y hasta la desesperación de un ser a quien no le unen los lazos de la simpatía, las afecciones de la sangre, el interés de un bien social.

Y es que el egoísmo en riña siempre con la caridad, no la deja obrar libremente el bien; y con su dedo de hierro la oprime, le cierra los ojos de la compasión; en una palabra, la mutila, la torna en deforme ahogando sus buenos sentimientos, privándola de sus más nobles atributos, como son la abnegación y desprendimiento en favor de la desgracia, sea cual fuere.

¡Millares de veces se presencian actos inhumanos, en que el espectador permanece impasible y curioso, como si se tratase de una función teatral, pudiendo salvar a la víctima!

Cecilia en esta ocasión fue un ejemplo práctico de esta gran verdad. Se la consideró víctima, se intentó hacer algo en su favor, se la tuvo lástima, pero nada más; aquellos sentimientos pasaron como nube de verano.

¿Qué les importa a nuestros jóvenes su suerte, si les era desconocida; si por su imaginación no pasó, ni remotamente, la idea de que aquella mujer fuese un ser querido?

Salvos de un peligro, se alejaban tranquilos, sin pensar que tal vez dejaban tras sí, lágrimas y desesperación.

CAPÍTULO IV

UNA FORTUNA QUE SE VIENE Y UN AMOR QUE SE VA

Voy a conducir a mis lectores a la casa de Doña. Mercedes, una hora después del rapto de Cecilia.

Nada me disgusta tanto, cuando leo una novela, como que el autor deje pendiente el hilo de los acontecimientos y me lleve a presenciar hechos retrasados, que vienen a entorpecer el pronto desenlace de aquellos.

Pero como dice el adagio: «Lo que no quieras ver, en tu casa lo has de tener». Perdónenme, pues, mis lectores si hoy me vengo de esos disgustos, haciéndoles a mi vez desandar lo andando cuando juzgo estarán ansiosos del desenlace. ¡Paciencia, lectores míos, con la autora de este libro, quien no tiene más intención que agradaros, entreteniendo vuestras horas de ocio. Adelante.

Esperaba Doña. Mercedes la vuelta de su hija con esa ansiedad tenaz y asustadiza que domina el corazón de una madre, separada del hijo de su amor.

Iba y venía de la ventana del pasillo; y no pocas veces había enviado a preguntar a Juana por la vuelta de las jóvenes, sin alcanzar respuesta que calmara su inquietud.

Hacía rato que la noche había cimentado su imperio de doce horas; y la lobreguez de ella, aumentaba la zozobra[39] que, sin saber por qué, dominaba su corazón; llenándole de tristes y amargos presentimientos.

Bien comprendía, que carecía de motivos fundados para preocuparse: pero ¿qué madre ausente de su hijo, no busca en su imaginación excitada y encuentra causas alarmantes, ya sean quiméricas o ficticias, que hablen a su corazón de una desgracia posible?

Nunca la madre sueña dichas y felicidad, si no abraza con la luz amorosa de sus ojos la frente de sus hijos; si no está, por decirlo así, contando los latidos de aquellas infantiles almas que hacen parte de la suya.

---

39 *Zozobra*: sentimiento de inquietud o angustia ante un peligro, una amenaza o un temor.

¡Oh! los que esto leáis, no le toméis a la exageración! De tal manera es el corazón de la madre, que cerca de sus hijos, nada teme para ellos, porque le parece que su solo cariño, cariño inmenso, basta a cubrirlos, mientras el centinela de sus ojos los vigile y lejos de ellos, todo le parece amenazador; y cada pensamiento, cada idea, es un abismo que la espanta, le hiela, haciéndole pusilánime y cobarde.

El corazón de doña Mercedes estaba oprimido, tanto más cuanto que los paseos que solían dar juntas María y su hija, nunca se prolongaban hasta la noche.

De repente oyó voces en el patio, voces confusas que llegaban a sus oídos, como el toque de agonía. Se apartó de la ventana y al volver el rostro vio avanzar a Juana hacia ella, con paso precipitado y que, loca de pesar, sin tener conciencia de lo que decía, exclamaba, fuera de sí:

—¡Qué acontecimiento, Dios mío, qué acontecimiento!

—¡Mi hija, mi hija! —exclamó doña Mercedes, presintiendo que se trataba de ella.

—Cecilia... sí, Cecilia... –balbuceó Juana.

—¿Le ha sucedido algo, Juana? ¡dígamelo, por piedad!

—¡Pues bien, —exclamó Juana—, es necesario que usted lo sepa de una vez; la señorita Cecilia, ha sido robada por unos bandidos!

—¡Robada...! –gritó doña Mercedes, cayendo sin sentirlo en los brazos de Juana.

No tardó María en tomar parte de aquel cuadro desolador y aunque la pobre joven necesitaba en aquellos momentos que se la prodigasen consuelos, porque su alma generosa se hallaba profundamente herida, supo sobreponerse a la situación que pesaba sobre ella, prestando a doña Mercedes los consuelos y auxilios que creyó oportunos.

Pasando el doloroso vértigo, la infortunada madre abrió los ojos murmurando débilmente:

—¡Cecilia...!

No pudo continuar, miró a María que, pálida como la cera, esquivaba sus miradas y un torrente de lágrimas rodó por sus mejillas.

María también lloraba, sin atreverse a decir palabra sobre aquel extraño suceso perpetrado por la gavilla que su padre capitaneaba.

Hay cuadros que no son para describirse, porque las formas palidecen al pasar la pluma, y las ideas enmudecen, suspensas entre el fondo de dolor que se destaca y la luz de la felicidad que se disipa.

Este cuadro pertenece a los citados, y por eso lo paso por alto, cubriéndolo con el velo del silencio.

Al cabo de una hora o poco más, aparecieron en el saloncito Adolfo y Rafael: en el semblante del primero estaba pintada la más honda desesperación; en el del segundo, el más amargo pesar.

—¡Adolfo, hijo mío! —exclamó doña Mercedes, renovando todo su dolor a la vista del joven—; no sabes el nuevo infortunio que me hiere. ¿No sabes...?

—¡Todo lo he sabido al entrar a mi casa! Cecilia ha sido robada; juro revolver esa montaña, guarida de bandidos, hasta encontrarla a ella o a su padre, o vengarme de esos infames! —exclamó Adolfo con acento frenético y apretando los puños.

—¿Tiene usted sospechas? —preguntó María, que instintivamente había temblado, al pensar en su padre.

—Demasiado ciertas, María, se han levantado en mi alma. Esta tarde, cuando Rafael y yo atravesábamos el Pedregal, ha sido muerto un hombre que conducía en su brazos a una mujer; y esa mujer... ¡era Cecilia!

—Pero decís que murió... —objetó María.

—Sí, señora, atravesado por una bala, justamente merecida; pero el matador sin duda alguna, se apoderó de aquella misteriosa mujer, porque al llegar nosotros al sitio del drama, no quedaba más que un cadáver.

—Pero —murmuro María, dejando entrever una esperanza—; ¿no puede suceder que ella se haya ocultado y sí, como suponéis era Cecilia, la veamos aparecer aquí de un momento a otro?

—¡Para Dios no hay imposibles! —murmuró a su vez doña Mercedes—; pero yo creo que mi hija, ¡la hija de mi alma ha sido robada por los enemigos de su padre; y que, como a éste, no volveré a verla nunca!

—¡Quizá la señora tiene razón! —añadió Rafael, que hasta entonces había guardado silencio.

Esta apreciación avivó el dolor de todos aquellos seres que desde allí en adelante, sólo verían en Cecilia una víctima infortunada de alguna venganza oculta o de alguna pasión criminal.

Dos horas después, Adolfo y Rafael se dirigían, cada cual a su casa, dominados por un pesar profundo.

Sin embargo, entre el dolor de ambos se dejaba ver una notable diferencia, tan grande como la que puede haber del cielo a la tierra.

Rafael tenía el alma toda ocupada con el amor de María, y este amor atenuaba su sentimiento por la desgracia de Cecilia, a quien consagraba una amistad sincera; así es que, a través de sus lágrimas, aparecían sonriendo los mil fantasmas de sus doradas ilusiones. Su dolor, por lo tanto, no podía igualar al de Adolfo.

¡Pobre Adolfo! ¡No había amado más que una vez en la vida! Sólo una mujer había llenado su alma ávida de ilusiones y de esperanzas; aquella mujer era Cecilia que acababa de desaparecer tal vez para siempre!

Júzguese pues, cual sería, no el pesar, sino la desesperación de Adolfo, al ver huir la mitad de su alma arrebatada por enemigos desconocidos, contra los que era impotente, puesto que no sabía ni quienes eran, ni donde se ocultaban.

Sospechaba que aquel nuevo golpe venía de los bandidos quienes, no dudaba, eran o los asesinos o los secuestradores del coronel Miranda.

Y sospechaba porque había sido testigo del terrible lance del Pedregal. Empero, ¿qué había sido de aquella mujer que a través de las sombras y entorpecido por la distancia, no había podido reconocer? ¿Quién había tenido interés en matar al raptor para apoderarse a su vez de ella?

Esta escena que a cualquiera otro le fuera indiferente era para nuestro joven de sumo interés, porque la hora en que se perpetró coincidía con el rapto de su amada.

¡Cómo lamentaba, aunque demasiado tarde, su morosidad en dar alcance al bandido, antes de la bala le hubiera muerto, y otro se apoderara de la desconocida!

Cavilando con estos y otros pensamientos aún más tristes, aumentaba Adolfo su desesperación.

Mil ideas de venganza asaltaban su imaginación calenturienta y exaltada.

Fatigado al fin, como si quisiera dar algún descanso a su espíritu agitado, se sentó en un sillón, recargó la cabeza en su respaldo y cerró los ojos para ocultar las lágrimas que trataban de asomar a ellos.

De repente, dos toques dados a su puerta con entereza le sacaron de su ensimismamiento y parándose, dijo con voz recia:

—¡Adelante!

La presión de una mano agitó la puerta, que se abrió dando paso a un muchacho imberbe como de quince años.

Adelantándose este, sombrero en mano, hacia Adolfo y le entregó una carta, añadiendo:

—Señor, dos veces he buscado hoy a usted para entregarle esta carta, que le mandan del correo.

—Está bien, puedes retirarte, –le dijo el joven con mal humorado acento.

El muchacho salió, echando sobre él una mirada curiosa.

Adolfo desdobló la carta, después de romper la cubierta, y leyó su contenido:

«Cádiz, 9 de noviembre de 17...

Sr. D. Adolfo Diéguez.

Zapotlán (En Nueva Galicia).

Muy señor mío:

Habiendo fallecido en esta capital el Sr. D. Laurencio Granados, a consecuencia de un ataque al cerebro y no constando sus últimas disposiciones por escrito; y como, por otra parte, dicho señor carece de herederos forzosos, nuestro muy ilustre soberano Carlos IV, a quien Dios guarde muchos años; se ha dignado encargarme de los bienes del difunto, cuya totalidad que asciende a medio millón de pesos fuertes, algunos terrenos y fincas, permanecerá en mi poder hasta hacer entrega formal de ella, a quien corresponda.

Tomados informes de la familia del finado, según orden judicial, se me ha hecho saber que, no existiendo herederos más allegados, esos bienes pasarán a manos de Ud., como su sobrino inmediato.

En tal virtud, le suplico, pase cuanto antes a esta capital, trayendo los documentos de oficio, para acreditar su parentesco, el que le hará dueño de una fortuna más que regular.

Soy de Ud. su afmo. S. Q. B. S. M.[40]

Antonio, Juan de la Cruz Sánchez Osorio, Conde de Espino».

Al terminar la lectura de la carta, arrugó Adolfo el entrecejo y la arrojó sobre la mesa, con un desprecio que rayaba en cólera.

¡Bah! –murmuró–, ¿de que puede servirme ahora esa carta? ¿Para qué quiero riqueza cuando tengo la muerte en el alma?

—¡Qué contrariedades las de la vida, tan amargas y terribles! Se me viene una fortuna cuando menos la necesito; cuando mi amor ha desaparecido como un astro que se oculta tras la inexpugnable cortina de la inmensidad!

Al concluir las anteriores palabras se oprimió el corazón con ambas manos, como si tratase de calmar sus dolorosos latidos, para que fuesen menos amargos. Dio algunas vueltas y deteniéndose después frente a la mesa, continuó:

—Hace pocas horas que esa carta hubiera sido mi ventura, porque la fortuna de que es mensajera, habría ido con mi corazón, a las plantas de mi amor... pero hoy...!

Adolfo inclinó la frente permaneciendo silencioso unos breves instantes. Recogió enseguida la carta, y guardándola en uno de los bolsillos, murmuró:

—¡Esta fortuna me servirá para vengar a Cecilia y a su padre!

---

40   La abreviatura «afmo.» significa «afectísimo.» Las siglas que siguen significan «Servidor Que Besa Sus Manos».

Capítulo V

Antes de entrar de lleno en el asunto de este capítulo, vamos a retroceder hasta el momento en que colocada Cecilia en el caballo de su raptor, sujeta por los brazos de este bandido, cuyas formas atléticas le habían valido entre sus compañeros, el apodo de Gigante, fue arrebatada con una velocidad incalculable del lado de su amiga.

Hemos visto a Colombo comunicar sus órdenes a Teodoro, en el Pico del Águila, para la ejecución de aquel rapto; y a éste después, aliarse con Patiño, el más astuto y sagaz de todos los bandoleros; y que como hemos visto se hallaba locamente enamorado de María.

Hemos visto también, cómo, para ejecutar semejante atropello, se eligió el día de Reyes. Y en esto se ve, que no anduvieron torpes, porque el disfraz y la careta del arriero, al mismo tiempo que les alejaban de toda sospecha, les permitía ir y venir por todas partes, preparando el golpe meditado de antemano.

Hasta allí la fortuna les ayudó, o mejor dicho, les había sido favorable. El golpe fue consumado, como vimos, con un éxito feliz; y los asaltantes, fraccionados, pudieron huir sin que nadie los persiguiera.

El Gigante, como dije antes, dio vuelo a su caballo, que a todo escape, comenzó a faldear el Volcán, saltando veredas y matorrales.

Al hallarse en el Pedregal, creyóse en salvo, y orgulloso y satisfecho del buen éxito de su cometido; y viendo por otra parte, la calma y el silencio que le rodeaban, detuvo las riendas a su caballo, que jadeante y sudoroso, parecía agotar ya toda su fuerza.

Al atravesar un claro de unas quince varas, en que el terreno declinaba un poco a su izquierda y ensanchaba ascendiendo hacia la derecha, la luna aunque opaca por las muchas nubecillas nimbadas que regaban la cóncava del cielo, iluminó con su débil luz, aquel sitio despoblado y guijarroso, en que no se oían más ruidos que la amplia respiración del caballo, el aleteo pesado de la lechuza, al cruzar el espacio, y el resoplido del viento agitando las malezas.

Cecilia abrió los ojos, quizá bajo la influencia refrigerante del viento; pero no pudiendo hablar ni desasirse de aquellos brazos de hierro que la sujetaban, tornó a cerrarlos horrorizada.

Entonces del fondo de su alma subió una oración a los pies del Padre de las misericordias, y como la oración es la santa medicina de los dolores, ella se sintió reanimada y la esperanza halló eco en su corazón para desafiar tan terrible infortunio.

El bandido, que hasta entonces se fijara en ella con más curiosidad, la contemplo con una satisfacción salvaje, diciendo para sí:

—¡Cuerno! Mi capitán es hombre de gusto, porque esta chicuela es guapa como un sol! ¡Y qué ojitos, capaces de enloquecer a un santo...! Pues, si me siento con ganas de jugarle a Colombo una mala partida llevándome esta prenda por esos mundos de Dios...

No había terminado aún su monólogo, cuando la detonación de un arma de fuego, estremeció las rocas, y el Gigante cayó del caballo bañado en sangre. Una bala certera le había atravesado el corazón.

Cecilia, que había vuelto a perder la razón ante aquel nuevo incidente tan imprevisto como terrible, fue tomada en brazos de otro hombre, que tras el tiro, salía de entre unas malezas, llevando aún en una mano la carabina que había dado muerte al Gigante.

¿Quién era este hombre, que a su vez, parecía ejecutar un segundo rapto sobre la desgraciada Cecilia? ¿Su ángel salvador, quizá, o algún enemigo más terrible todavía?

Los obscuros hilos de este drama no nos permite todavía hacer luz sobre este segundo acontecimiento.

Y puesto que sabemos todas las demás peripecias que tuvieron lugar en la fatal noche del rapto de Cecilia, voy a presentar a mis lectores la última de ellas, si es que gustan de acompañarme a la habitación particular de María, pieza interior y un poco retirada de las demás.

Marcaba el reloj la una de la mañana y hacía pocos momentos que María había entrado en su casa, dejando a Doña. Mercedes acompañada de sus criadas, excepto Juana que también se había venido un poco antes que su hija adoptiva.

Hallábase la joven sentada frente a un velador, que repartía una luz dudosa y triste: su semblante estaba más pálido que la cera; grandes y marcadas ojeras se dibujaban en torno de sus ojos enrojecidos por las lágrimas y sus trenzas negras, medio deshechas, caían sobre sus hombros, transparentados bajo la delgada seda de una mascada de tul, prendida sobre el pecho con un alfiler de oro. Su vestido oscuro como la noche, indicaba a las claras, que el luto del alma, trataba de hacerse visible en el ropaje.

A corta distancia de ella, permanecía Martín de pie y con los brazos cruzados sobre el pecho.

Martín era un indio de raza pura, gallardo y bien formado y de fisonomía agradable.

En el momento que lo presento a mis lectores, María lo cubrió con una de esas miradas que tratan de penetrar e investigar lo más obscuro y profundo del alma.

El indio recibió la mirada de su joven ama sin inmutarse, permaneciendo impasible como una estatua, que hubiera sido colocada allí.

—Estamos solos, Martín –dijo la joven con acento triste nadie nos oye, y quiero aprovechar estos momentos para conferenciar contigo...

—¡Habla! Di lo que quieras, María. El perro fiel está pronto sacrificarse, si es necesario, por su ama – interrumpió el indio con gravedad.

—Parece que penetras lo que tengo que decirte – dijo la joven, dejando ver en su rostro un suave tinte de melancólica alegría.

—Adivino que mi hermana sufre —contestó Martín , y deja que te dé el dulce nombre de hermana, ahora que nos hallamos solos: nos criamos y crecimos juntos en la montaña, y yo, viéndote siempre, me acostumbré a llorar si llorabas, y a reír si reías.

—Gracias Martín –murmuró la joven, demasiado conozco lo que me quieres; sí, dices bien, somos hermanos, desde que un mismo techo ha cobijado nuestra niñez. Pero dime, ¿si tuvieras que elegir un amo, entre mi padre y yo, a quién elegirías?

—¡A ti...! a ti...! –repitió el indio con los ojos chispeantes de alegría; si sirvo a tu padre, es por ti María. ¡Oh! la carrera del crimen no me cuadra; pero no la dejo porque te perdería!

Yo no sé como te amo, sólo sé que soy tu esclavo; y que si me dijeras: «Mata...» mataría sin vacilar...

—Pues bien, Martín, yo no te ordenaría nunca que mataras; pero sí te ruego hoy me pongas al tanto de la suerte de Cecilia, tú debes saber algo...

—Poco me pides, María; muy poco –dijo Martín sonriendo, como quien sabe algo más que lo que se pregunta.

—¡Sabes entonces...! –balbuceó María.

—Sé que tu amiga fue robada hoy por orden del Capitán, y que será guardada tal vez como su padre, en los subterráneos del Nevado.

—¡Su padre, Martín, su padre...! ¿acaso conoces tú al coronel Miranda?

—Como las palmas de mis manos.

—¡Santo Dios! Y por qué funesto motivo he descubierto la suerte de ese infeliz!

María guardó silencio un breve rato, sin osar dar crédito a lo que oía: aquella brusca revelación de Martín, en aquellos momentos, le parecía una pesadilla, una alucinación, un sueño.

—Martín –tornó a preguntar la joven con interés marcado: ¿Conoces la causa que impele a mi padre a cometer ese doble crimen?

—No la sé –contestó el indio, apesarado por su ignorancia. Y la existencia del coronel en la montaña, sólo el Capitán y Teodoro la conocen; y yo que conociendo las entradas subterráneas que ellos desconocen; yo, que como víbora que me he arrastrado por los peñascos y barrancos más ocultos, di un día con él, pudiendo terciar en el secreto sin que ellos lo sepan.

—¡No, ni lo sabrán! –murmuró María y luego añadió: escúchame, Martín; Cecilia es hoy una nueva víctima de los horrores de mi padre; y quizá como lo fue mi madre... No quiero culparlo, porque ¿qué derecho asiste a un hijo para censurar las acciones de sus padres, de los autores de sus días? Pero sí quiero evitarle un nuevo remordimiento, salvando a Cecilia y a su padre, ¿estás pronto a ayudarme?

—¡Con alma y cuerpo! –exclamó Martín, —y si falto a mi promesa, quiero que los zopilotes y las águilas me saquen las entrañas y me arranquen la lengua!

—Acepto tu juramento y en prueba de ello, saldrás en este momento para el Volcán –dijo María, y sacando una carta de la bolsa de su vestido, la entregó al indio, añadiendo:

—Esta carta será puesta en manos de mi padre; y mañana no te devolverás sin contestación.

—Lo juro, María, por la memoria de tu madre –dijo solemnemente Martín.

—Ve, pues, y recuerda que dos hermanos no deben traicionarse nunca –dijo la joven con acento solemne.

Martín inclinó la cabeza y salió precipitadamente.

María permaneció largo rato entregada a sus pensamientos.

Sin indagarlo, acababa de saber el paradero del coronel Miranda.

—¡Vamos! –se dijo el camino que tengo para salvar a Cecilia, es esa misteriosa influencia que ejerce el Vizconde sobre mi padre... ¡Quién sabe si conociendo de los crímenes de éste, toma parte en ellos! ¡Oh! yo le haré mi instrumento; le enloqueceré si es necesario...; sí, estoy segura de conseguirlo. En la posición que hoy guardo soy su obra y debe tenerme cariño, porque todo lo que se hace se quiere. Seré coqueta, zalamera e intrigante con él, hasta arrancarle el secreto que deseo. ¿Qué hombre a su edad, no se deja arrebatar por el torbellino de las pasiones? ¡Rafael me aborrecerá...! ¿pero qué importa el sacrificio de una felicidad imposible, si con él puedo evitar a mi padre nuevos crímenes y devuelvo la dicha a esa desgraciada familia?

La joven tenía razón al expresarse de esta manera, porque la delicadeza de su alma le recordaba a cada instante su origen, levantado como un muro, entre su amor y el de Rafael.

En aquellos momentos su corazón luchaba terriblemente entre su amor y su destino; pero estaba resuelta al sacrificio. Le aceptaba como la única tabla de salvación para el coronel y su hija, sobre quienes pesaba una venganza terrible y misteriosa de parte de su padre.

Ninguna culpa tenía ella en todo lo tramado por Colombo, y sin embargo sentía vergüenza y hasta remordimiento como si ella hubiera autorizado tamaños crímenes.

Al cabo de un rato entró Juana y, después de besarla en la frente preguntó con ternura zalamera:

—¿En qué piensa mi niña?

—En mi abuelo, Juana, por quien dejé las apacibles rocas, donde ignorante e ignorada, no tenía más placer ni más ambición que los besos de mi padre y los tuyos; sí, Juana, no me avergüenzo[41] de decírtelo a ti, mi compañera de infortunios, ¿qué importa que mi padre fuera un bandido; si ese amor santo, inmaculado, lo mismo fructifica en los jardines de la honradez, que en las zarzales del crimen?

Pero te decía que pienso en mi abuelo, a quien ni aún he buscado como debiera, y se quien no me ocuparé quizá nunca... –añadió las joven exhalando un suspiro.

—¿Por qué dices esto? –preguntó Juana recelosa.

—Porque he resuelto salir mañana para Guadalajara, donde tal vez halle la felicidad para Dña. Mercedes, a quien te recomiendo; porque tú te quedarás aquí hasta que yo disponga tu marcha o vuelva por ti.

—¡Pero tú sola, por ese camino tan peligroso...!

—No tengas cuidado, Juana, me acompañarán Rosa y Martín; y perdona si te dejo, es por que tu edad requiere ya la tranquilidad y el reposo del hogar.

Los ojos de Juana se llenaron de lágrimas y levantándolos al cielo, con voz entrecortada, exclamó:

—¡Dios mío, protégela...!

—Que Dios te oiga, Juana, –añadió la joven cayendo de rodillas.

---

41 *Avergüenzo*: en el texto original se escribe avergiienzo, las dos ii substituyen la ü.

Libro III - Los bandidos de salón

Capítulo I

Un escribano de cuenta

El sol rasgando las diáfanas cortinas del oriente, vino a iluminar una vez más las altas torres de la populosa capital del suelo de Jalisco.

Nos encontramos en la misma casa donde vimos penetrar a Colombo, en busca de un nombre que pudiera servir de garantía a su adorable hija durante su estancia en Zapotlán.

El Vizconde acaba de levantarse y en verdad que a su posición, estar levantado a tales horas, es una de esas rarezas que tienen el lujo, y más el lujo noble, y que puede pasar por un desvelo o por un madrugón, capaz de ocasionar resfrío, aunque no sea el alba de rayos crepusculares y opacos, la que le alumbra.

Una ancha bata de color amarillento, le envuelve en sus abundantes pliegues y un gorro encarnado de dormir, le cubre la cabeza.

El pie calzado con una ancha babucha de oro, descansa muellemente sobre un cojín de terciopelo verde, dando a su cuerpo, una postura digna de un Alejandro el Grande, o de un príncipe de «Las mil y una noches».

Sentado en un gran sillón, aguarda al parecer, con imperturbable tranquilidad, algún nuevo personaje; y digo, aguarda, porque sus ojos verdosos se fijan con insistencia en la puerta, a cada movimiento oscilatorio que hace.

De cuando en cuando, consulta la carátula de un reloj que, colocado al frente, parece destinado a recordarle, que la vida es tan breve, como son las horas que hace sonar incesantemente con su ronca campana.

¡Oh, el reloj debería ser para todos, el libro maya donde se consultase sin cesar, el valor del tiempo que se aleja y la indiferencia con que se le ve pasar!

Y sin embargo, ese círculo blanco, con sus caracteres negros, su acompasado movimiento y el eterno girar de sus manecillas, pierde su poderoso destino para convertirse en anuncio de negocios, caprichos y crímenes.

¡Cuantas veces el asesino o el raptor de la honra de una mujer, cuenta las horas, los momentos y hasta los segundos que marca la blanca carátula de un reloj, para cebarse en su víctima, llenando de luto el seno de una honrada familia!

El Vizconde quizás era uno de éstos; pero no adelantemos los acontecimientos.

La campana del reloj que nos ocupa, dio toques sonoros y vibrantes.

—No es muy exacto que digamos, el señor escribano, supuesto que a las ocho ofreció estar aquí –se dijo el Vizconde algo mohíno.

Pero de pronto y como contestando a su reclamo, se abrió la puerta, y Fortún, a quien ya conocemos, anunció:

—El señor Escribano Público, D. Remigio Flores.

—Que pase –dijo el Vizconde con arrogancia; y añadió en seguida: –en tanto él esté aquí, no estoy visible para nadie...

Fortún se retiró bajando la cabeza, como hombre dispuesto a obedecer.

Al cabo de un momento, el personaje anunciado entró en el salón e hizo una reverencia al Vizconde, quien con una indicación de mano, le ordenó que se sentara.

El Escribano D. Remigio Flores, era de alta estatura, y tan delgado, que parecía doblarse al peso de sus cincuenta años; sobre su frente hacía remolino un mechón de cabellos grises, en torno del cual se dejaba ver una prolongada calva, bien así, como en un ancho desierto suele verse un oasis, probando en esta manera a la humanidad que la aridez tiene también sus puntos de fecundidad; sus ojillos aunque negros, eran pequeños y hundidos, sus labios delgados y su nariz de caballete, todo este conjunto estaba armonizado con dos clavillos entrecanos que bajaban a la parte superior de la mejilla.

Vestía un pantalón corto de paño negro, un casaquín de azul oscuro, con grandes botones amarillos, media blanca y zapato negro con hebilla.

Al sentarse, murmuró, fijando en el Vizconde una mirada:

—Hanme dicho que usted deseaba verme, señor Vizconde, y deseoso de complacerlo...

—Ha tomádose la molestia de venir, ¿no es así? – interrumpió el Vizconde.

—No es una molestia la que me tomo, sino una alta honra.

—Gracias, y al grano –dijo el Vizconde necesito de vos como el verano de las lluvias, y asunto concluido.

—¿En qué puedo servir al señor Vizconde? – preguntó el escribano.

—Hay asuntos delicados, amigo mío –dijo el Vizconde–; y el que traigo entre manos es uno de ellos; por lo mismo reclamo toda su atención.

—Estoy a sus órdenes –murmuró el escribano.

—Como mi negocio es un tanto delicadillo y reservado, he comprado de antemano la discreción de usted; –prosiguió el Vizconde sin hacer caso de las últimas palabras del Escribano.

—¡Qué ha comprado vuescencia mi discreción! ¿Cuándo se ha visto que a todo un escribano público se le desconfíe, señor Vizconde? –preguntó el escribano con los labios pálidos por la cólera.

—Poco a poco, D. Remigio –dijo el Vizconde sin inmutarse–, hay ciertas personas... de quienes debe uno de desconfiar antes de fiarles sus negocios...

—Es decir... –balbuceó el escribano.

—Que poseo ciertos secretillos que me garantizarán de su silencio.

El escribano dio un salto en la silla, como si le hubiese mordido una víbora. El Vizconde continuó cada vez más sereno:

—Creo que con un poco de más calma, nos entenderemos mejor usted y yo, y terminaremos este negocio de una manera amigable.

El escribano sonrió por primera vez arrellanándose en el sillón.

—Como decía a usted –continuó el Vizconde–, sé de más de un testamento arreglado por la honrada pluma de usted en contra de sus herederos legítimos; sé, de una viuda a quien la aparición de una nueva escritura, unida a la secuestración de otra, dejó en la mendicidad; sé, además, otras mil cosillas que probaría a usted, en caso ofrecido, y que han servido de pedestal a su fortuna que no es muy menguada que digamos, sino al contrario...

—Señor Vizconde, si no creyera que a usted lo guía un móvil de interés propio, por el que me necesita, me daría por insultado y saldría por esa puerta, ni más ni menos que he entrado; esto es, con la indiferencia del hombre que nada teme, por que yo también podría poner en duda la probidad del señor Vizconde.

El Vizconde se estremeció imperceptiblemente, y contestó:

—Es usted hombre de recursos y lo alabo, porque de esa manera, vamos a entendernos; y supuesto que lo tengo sujeto por hilos muy oscuros, para que pueda venderme, voy a decirle mi negocio en pocas palabras.

El escribano contestó con una inclinación de cabeza y el Vizconde continuó:

—Necesito un testamento a favor de una sobrina mía, cuyo padre, que era amigo mío, murió intestado dejando a su hija sin recursos, puesto que ella como hija natural, no puede representar sus derechos. Laurencio le tenía arreglado todo para desposarse con Julia mi sobrina, y legitimar así a su hija; pero la muerte violenta de Julia, lo impidió. En su último viaje a Cádiz me dijo: «Voy a arreglar todos mis negocios, y a mi vuelta a México, aseguro la fortuna de María, a quien públicamente reconoceré por mi hija; pero entre tanto te suplico que veles por ella como si fueras su padre».

El Vizconde pareció enjugarse una lágrima.

—Comprendo de lo que se trata –dijo el Escribano–, el testamento en cuestión, debe aparecer tal como si el señor Laurencio lo hubiera hecho con fecha retrasada.

—Sí señor –contestó el Vizconde alargándole un papel: aquí tiene usted los puntos necesarios y el valor de intereses, cuya totalidad, asciende a medio millón de pesos fuertes existentes en el banco de M. L.

—Por esta parte estoy enterado, pero en el pago aún no tenemos arreglo ninguno, –dijo D. Remigio.

—¡Cabal! Pero lo tendremos –objetó el Vizconde–, daré a usted quinientos duros en el acto de recibirlo.

—Es poco eso, señor Vizconde, el negocio puede costarme la cabeza, y además el pago de testigos...

—Pues bien, doblo la cantidad.

—Trato concluido. Pero aún otra cosa, necesito una garantía que me asegure de su silencio, señor Vizconde.

—La garantía es mi interés propio, ¿cree usted que arrojaría yo un lazo sobre mi cuello? Aunque no cometo un crimen, porque lo que hago es en justicia, veo sin embargo, que este testamento será mi sentencia, si se descubriese. Tengo, pues, armas contra usted, pero usted posee una terrible contra mí.

—Parece, pues que hemos terminado –dijo el Escribano parándose: mañana tendrá usted aquí el testamento.

Entre aquellos dos hombres, medió por despido un apretón de manos.

El Escribano salió y el Vizconde se frotó las manos con satisfacción.

Para aquellos dos miserables que acababan de despedirse, la cuerda había sido digno premio; pero como sucede con los de su clase, se veían escudados por el mismo prestigio de su posición social.

Acabo de presentar a mis lectores dos tipos de esos seres especiales, que cubren con la cartera de la hombría de bien, la sentina de maldad que les anima y hace de su corazón el fango más horripilante e inmundo que darse pueda.

Seres que por desgracia no escasean en la sociedad; tipos acertados del vandalismo de salón, o de banqueta, como muchos le llaman. La manera de calificarlos no hace al caso; supuesto que los mismos que se pavonean en los salones, se dan aire de honradez en las banquetas.

Tal vez os canse, mis queridos lectores, pero no quiero dejar pasar esta oportunidad, para tratar este punto del vandalismo.

He dicho que abundan los tipos del bandido de salón y creo que nadie lo pondrá en duda, con tal de que estudie un poco los círculos sociales, con tal que se interiorice de tal o cual drama de familia; de tal o cual acontecimiento en que ni faltó la víctima ni el sacrificador.

Millares de veces se ve que el miserable sube al apogeo de la grandeza, y el rico acaudalado desciende al miserable tugurio de la pobreza.

Aquí caben dos deidades, la fortuna y la desgracia. Pero hay que advertir que estas dos deidades tienen ruedas giratorias que las impulsan.

Para el primero, el empuje es de alza; para el segundo, la baja. Ambos tienen por primer móvil el interés, y no encarecen los maniobrantes.

Los empleados y titulados sin conciencia, se venden al oro del ambicioso: los agiotistas dejan en completa desnudez a la pobreza y arrastran al rico a la quiebra fraudulenta: los ricos sin caridad, despojan al pobre del pan de sus hijos y les dejan sin hogar, cuando las compras que les hicieron al tiempo, no son cumplidas con eficacia.

¡Ah! Si dado nos fuese penetrar en el interior de cada familia, qué de horrores veríamos, qué de lágrimas arrancadas por esos seres desprovistos de corazón o que si le tienen, como no hay duda, es endurecido con la maldad!

El bandidaje de que hablo, escudado por el oro, el empleo y la posición social, es aún más temible que el que asalta a los hogares y roba en despoblado[42]. Contra éste está la ley y la defensa garantizada: contra el primero no hay justicia, y si se pide a los jueces, raro será que éstos no atiendan a la posición del acusado en contra del acusador.

Pero escudriñemos aún más. Los bandidos de asalto, no abundarían tanto si no hallasen protectores; y éstos no son otros que los bandidos de salón, quienes aprovechan en los primeros la ocasión de comprar barato, aunque sepan que lo que compran es mal habido; así como llevar a cabo, por medio de ellos, miserables venganzas.

Pero permítaseme hacer una aclaración sobre lo antes expuesto: ni todos los capitalistas, ni todos los titulados, ni todos los empleados pertenecen o son dignos de compararse a estos tipos. ¡No!

¡Les he entresacado de la escoria como se entresaca el cobre, para que el oro quede puro y en todo su valor!

Por cada uno de esos seres miserables, abundan los corazones nobles y generosos; los acaudalados caritativos o filántropos; titulados enérgicos y honrados; los empleados de criterio, de buen tino y justicieros, a quienes la sociedad coloca en el lugar que les corresponde y cuyas cualidades yo soy la primera en encomiar y reconocer.

Pero precisamente los seres buenos, virtuosos y probos, son el blanco de aquellos malvados, que se arrastran y se escudan bajo artesonados de seda, sin que la justicia ose arrojar sobre ellos ni aún el soplo de la sospecha.

¡Ah! El día que la policía lograse desenmascarar a esa polilla brillante, la seguridad pública habría dado un gran paso, y la buena sociedad estaría de pláceme.

Para concluir, básteme decir que ninguno de mis lectores podrá negarme la realidad de esos dos tipos. Otros muchos podría presentar; aunque en segundo término, pero temo ser cansada. Volvamos, pues, a nuestros personajes.

—¡Vamos, vamos! –dijo el Vizconde–, mis asuntos marchan viento en popa! Una dificultad me queda, y es la de entenderme con María, sin que su padre lo sepa...

---

42   Este monólogo por parte de la narradora pinta un paisaje social mezquino donde los bandidos de salón, o sea personas con título y alto estatus social, incluso militares y funcionarios del gobierno, roban sin ser detectados.

Antes de terminar su monólogo, fue interrumpido por su criado que anunció:

—Un capitán de artilleros desea hablar a su señoría.

—¡Un capitán de artilleros...! que pase.

El Vizconde se puso a dar paseos en la sala; poco después el capitán anunciado, se presentó a la puerta. Su cuerpo airoso, vestido con el riguroso uniforme del soldado y la patilla negra y espesa, que cubría la parte inferior de su rostro moreno, se mostraba a las claras el hombre de valor que no sabe retroceder ante los peligros.

Saludó ceremoniosamente al Vizconde, quien lo invitó a tomar asiento; pero el capitán antes de hacerlo, entornó cuidadosamente la puerta, corriendo en seguida la cortinas.

—Querrá decirme señor Capitán, ¿por qué toma tal precaución? –preguntó el Vizconde con inquietud mal disimulada.

El desconocido lanzó una mirada burlona, diciendo con aire jovial:

—¡Buen maula eres, cuando bajo el uniforme del soldado, no has podido reconocer a tu amigote Colombo!

—¡Debí sospecharlo; pero no siempre está la cabeza para sospechas! Además, seamos justos, ¿quién diablos te ha de reconocer con tan perfecto disfraz? –exclamó el Vizconde alegremente.

—Seamos breves –dijo Colombo variando la entonación de su voz–, porque son cortos los momentos que puedo permanecer aquí.

—Veamos si es tan breve lo que tendrás que decirme –añadió el Vizconde.

—Sólo he venido a proponerte unos fardos de ropa, y unos cuantos barriles de aguardiente.

—¿Precios...? –balbuceó el noble.

—Los convenidos entre ambos; sé que en las compras que me haces ganas triple; pero... ¡nada me importa! Porque todo lo que te vendo, me serviría para maldita la cosa, si no hubiera marchante!

—Apruebo tu lógica; y en todo caso, vale más algo que nada –contestó el Vizconde.

—Esta noche, haré la entrega, a las dos de la mañana, calle del Arenal, número...

—Está bien –interrumpió el comprador; a otra cosa. Ya que tan casualmente has venido, hablemos de tu hija, si te place, sobre la que tengo un pensamiento.

—Bueno es saberlo –dijo Colombo con indiferencia.

—Sin preámbulos ni rodeos, te diré que tengo un raro capricho: y si tú lo apoyas, desde luego seré el hombre más feliz.

—Explícate más claro, Roque.

—A eso voy. Tu hija María, según todos los que la conocen, es bastante hermosa, y le sobra donaire y talento para desempeñar su papel de gran señora.

Como ves que soy soltero; y aunque ya pase de los cuarenta años, no quiero morir célibe ¡oh no! eso me asusta y está fuera de mi rutina. Pero, como dice el adagio: «gato viejo quiere ratón nuevo», no pienso ni por chanza en unirme a una jamona; quiero una joven graciosa y bella, en una palabra, te lo diré lisa y llanamente, quiero a tu hija; quiero hacerla verdadera Vizcondesa a la que finge serle, por no sé que extraño capricho de la suerte.

—¡Ah! –exclamó Colombo con un acento en que se revela un mundo de amargura, quieres la mano de María, te has hecho ilusiones sobre esa niña, sin contar con las garras del león de la montaña, sin pensar que esa misma montaña, perdería su mayor tesoro perdiéndola a ella y quedaría sin la mirada de sus ojos y la sonrisa de su boca, tan desierta de encantos como los desiertos de Nubia...! Te perdono, Roque, pero no te daré a mi María!

—Y sin embargo, valía más que me la dieras.

—¿Y por qué? –preguntó Colombo con extrañeza.

—Voy a decírtelo: ¿crees tú que ella, después de probar las bellezas, las dulzuras, el fausto de la vida social, después de verse halagada de su vanidad de mujer, de mujer joven, noble, rica y hermosa; después, en fin, de haber abierto su corazón a las ilusiones, a las esperanzas, a los sueños de amor, que a esa edad se despiertan envueltos en la atmósfera de poesía y tan brillantes como el primer rayo de sol; después de todo esto, crees que ella se resignaría sin lágrimas a volver a la soledad de las rocas, a encerrarse en esas guaridas, que aunque adornadas por ti, no son más que sepulcros cavados en la profundidad, misteriosos recintos en que la virtud huye espantada?

Durante este discurso, Colombo con el codo izquierdo sobre la rodilla y la frente apoyada en la palma de la mano, había guardado un profundo silencio, que no se interrumpió ni durante la corta pausa que siguió a él.

¿Era qué el convencimiento de lo que oía se dejaba sentir en su alma como una plancha de hierro que le quemaba el alma impidiéndole el uso de la palabra, o era que meditaba antes de responder a la proposición repentina del Vizconde?

Poco tardaremos en saberlo.

El Vizconde, alentado por aquel silencio, y no queriendo perder el tiempo, continuó así:

—Convéncete, Vicente, desde que esas rocas se abrieron para que la paloma tendiese el vuelo, se sentenciaron a no volver a escuchar sus arrullos. Quiero darme el caso de que la retengas a tu lado, valiéndote para conseguirlo, de tu autoridad de padre; tú, que tanto la amas, que no sabes negarle nada ¿podrás ver tranquilo que las lágrimas escalden sus ojos, podrás oír indiferente sus quejas y los suspiros de su alma? Y aún más ¿podrás ver cómo se empalidecen las rosas de sus mejillas y se marchitan, una a una, las azucenas de su frente, sin dejar asomar a tus ojos una lágrima? ¿Le verás, en fin, sucumbir como las pasionarias, víctimas del abatimiento y la tristeza, sin sacrificarte en aras de su dicha, sin sentir el corazón torturado por el sufrimiento?

—¡No, mil veces no! tienes razón Roque, no lo sufriría.

—No lo sufrirías, es cierto; y es que en tu corazón se levanta por ella, un amor tan grande como los crímenes de que te rodeas, –añadió el Vizconde.

—Pero y bien ¿qué hacer en todo este laberinto?...

—Pensar en el porvenir de tu hija –se apresuró a decir el Vizconde; discernir entre estas dos verdades sin argumento: o casada conmigo, noble, rica y feliz; o casada, tarde o temprano con un plebeyo oscuro, pobre y desventurada.

—¡Roque! –exclamó Colombo con resolución, no sé qué extraño dominio estás ejerciendo sobre mí en estos momentos! No lo sé; pero sí sé lo bastante qué clase de persona eres tú, y lo que vales: sé mejor que nadie, que eres la escoria levantada por el viento de la fortuna; sé que eres mi aliado por la ambición, y que podría deshacerme de ti cuando menos lo esperaras; pero sé también que no lo hago porque eres el alma que me inspira, porque te necesito como tú a mí; sé que eres un bandido como yo; pero bandido figurado en el carnaval del oro y a cubierto de los salones...! Pero ¡no importa! Tus palabras me han convencido y tú serás el mejor esposo que halle para mi María, porque te tendré cogido por los hilos delgados como la araña a la mosca, y sujeto a mi voluntad. Además, sábelo de una vez; mi hija está enamorada de uno de esos hombres de leyes que detesto; de un abogadillo sin fortuna, y... ¡antes que casada con él, casada contigo!

—¿Es decir que accedes a mis deseos?

—Si María no se opone, será tu esposa.

Estas palabras fueron pronunciadas por Colombo con notable esfuerzo, lo que, notado por el Vizconde, hizo que éste se apresurase a manifestarle su gratitud, diciendo:

—¡Gracias, Colombo, gracias! Tu hija será dentro de poco, virreina y sólo entonces comprenderás el bien del sacrificio que hoy te impones!

—¡Virreina! –exclamó Colombo, dando un paso hacia atrás, y como dudando de lo que oía.

—Tengo mis planes –murmuró el Vizconde por lo bajo; y si no fracasan, podrás verte algún día, sin temor ninguno, alternando con esa sociedad que ahora pone precio a tu cabeza.

—¿Pero esto es posible? ¡Oh! si así fuere, recojo tu palabra, Roque, y vuelvo a repetirte, ¡mi hija será tu esposa! Pero a mi vez, me toca ofrecerte, escucha: esa montaña cuyas entrañas son impenetrables a todas las miradas, que no sean las nuestras, guardan tesoros cuantiosos, incalculables, tesoros que me pertenecen, y que como míos, siendo María mi única heredera pasarán a tu poder como esposo de ella, si muero antes que tú. Pero entre tanto, si para llevar a cabo esa ambición en que ya tomo parte, si para alcanzar la corona de virrey que, engrandeciendo a mi hija, me enorgullecerá, si para conquistar ese puesto, necesitas oro, no te pares en precio; porque Vicente Colombo es más rico que el Virrey de México, D. Miguel de la Grúa Talamanca.[43]

—¡Bien, Colombo, bien! –exclamó el Vizconde en el paroxismo de su alegría ahora seré yo quién recoja tu palabra!

Una hora después, Colombo sereno y tranquilo, se dirigía a la Alameda.[44] Iba tan perfectamente disfrazado, que nadie al verle le hubiera sospechado, que bajo aquel uniforme se ocultaba el bandido más temible de cuantos entonces se conocían.

Este hombre sediento de disfrutar sus riquezas pacíficamente, acababa de empeñar con su palabra, la felicidad de aquella hija única tan amada.

Sin embargo diremos, en obsequio de la verdad, que más de una idea triste había cruzado por su mente, desde su aprobación a aquel imprevisto enlace que meditaba el Vizconde; quien más astuto y sagaz, le había hecho caer insensiblemente en las trampas de su desmedida ambición.

Pero dejémosle seguir el resto de la calle que le esperaba de su posada, y volvamos al Vizconde.

43　D. Miguel de la Grúa de Talamanca, Marqués de Branciforte fue virrey de Nueva España 1792-1798. Corrupto e inepto, vendía títulos militares. Ver Orozco Linares, Fernando. *Gobernantes de México*. México: Panorama Editorial, 1985.

44　La Alameda hoy es conocida como el Parque Morelos. (Archivo Histórico Municipal de Zapotlán el Grande, Jalisco)

Capítulo II

Una tarjeta inesperada

¡Ocho veces se había puesto el sol tras los altos vericuetos de los montes, en medio de una corte nubífera de plateados perfiles y nacarados arabescos!

¡Ocho veces la aurora había traspuesto los umbrales de la noche para teñir en grana los obscuros horizontes, despertar a los pajarillos y entonar con sus deleitables armonías el primer himno a la majestad de Dios, artífice supremo de todas sus bellezas!

¡Ocho veces se había inaugurado esa fiesta cotidiana de la naturaleza, que comienza con la salida del alba y concluye con la puesta del sol para renovarse a las pocas horas, con la misma magnificencia, el mismo aparato regio y la misma armonía!

Ocho días habían transcurrido desde que el Vizconde y Colombo se habían puesto de acuerdo para llevar a efecto las pretensiones del primero acerca de María.

Corto tiempo en verdad; pero bien aprovechado por el Vizconde, quien a decir lo cierto, no carecía de talento en las intrigas, siempre que pudiesen valerle una regular propina.

Asegurando ya, como lo estaba, de que María sería su esposa, para lo que contaba, después de la voluntad de Colombo, con su riqueza y nombre, dio vuelo a su principal idea, cual era hacerse dueño de la fortuna del intestado Laurencio.

El Intendente, los Oidores y demás personas que debían conocer en el asunto, estaban ya impuestas de aquel documento que, atestiguaba en favor de María, la última disposición de su supuesto padre Laurencio Granados. Disposición hecha con su formalidades y requisitorias, por el escribano D. Remigio Flores.

La astucia de éste, unida a la del noble que la pagaba, allanó dificultades que parecían imposibles y ya sólo esperaba el último la resolución de los tribunales de Cádiz, para entrar en posesión de aquella codiciada herencia.

A la fecha que nos ocupa, una sola cosa restábale por allanar y era su enlace con la hermosa hija de Colombo.

Temía ¡y con razón! Que si María descubría, antes de ser su esposa, la parte que él hacía tomar en aquella horrible trama, en aquel despojo arbitrario del heredero legítimo que era Adolfo, lo declarase falsario y estafador, echando por tierra sus ambiciosos planes, e importaba, pues, asegurarla por su enlace, que, dándole dominio sobre ella, la obligase a callar y a secundar sus miras siquiera por una obediencia pasiva.

A más de este poderoso motivo, tenía otro; las maravillosas riquezas de que Colombo le hablara en su última entrevista; desde la cual, fluctuaba con más avidez en una atmósfera metalizada.

Montones de oro se presentaban sin cesar a sus ojos: dormido o despierto, le parecía ver aquellos profundos subterráneos, que no conocía, pero en su imaginación deslumbrada, le parecían morada regia de poderosos genios por su riqueza fabulosa.

¡Cuán cierto es que el ambicioso y el avaro nunca se satisfacen! Su sed es voraginosa; es como la sed del febricitante, mientras más agua toma, menos la sacia, más le abrasa las entrañas, más le atosiga!

¡Oro, y más oro: he ahí su dios! Y por ese oro, cometen los crímenes más espantosos; por ese oro, ahogan en su alma los sentimientos más nobles; por ese oro, sacrifican hasta los seres más queridos y rompen los vínculos más sagrados.

El Vizconde tenía además otra ambición, la de los honores: le parecía que el dinero, sin salir a la palestra de esa gran comedia, en que la envidia muerde y la adulación besa; en que los espíritus verdaderamente elevados se ennoblecen y los ruines y rastreros se dejan ver en toda su miseria, le parecía, repito, la arena sin brillo y sin sonido.

Por eso al propio tiempo que amontonaba oro en sus arcas, movía resortes poderosos, para elevarse; gastando enormes sumas, de que pensaba reembolsarse cuando estuviese en el poder.

Hemos oído de su boca, que aspiraba al virreinato de México; y lo que es más, tenía probabilidades de conseguirlo. Estaba, pues, en camino de realizar todos sus sueños; pero necesitaba antes unirse a María, mujer, que según sus cálculos, le era necesarísima. ¡Ya sabemos por qué!

Esta circunstancia le precisó a tomar la resolución de ponerse al frente de María, para lo que determinó ponerse en camino para Zapotlán, acompañado de Fortún, su ayuda de cámara.

Trataba de deslumbrar a la joven con el fausto y el lujo, y a este fin, dispuso que su equipaje fuese arreglado exquisitamente.

El día a que hacemos alusión en este capítulo, era el de la víspera de su proyectado viaje.

Todo estaba arreglado; y el Vizconde más alegre que nunca, se enorgullecía con su talento, de lo que estaba muy satisfecho.

En el momento que vamos a ponernos frente a él, parecía haber rejuvenecido diez años; no porque desapareciesen las huellas que sientan los años al pasar por el rostro del hombre, sino por el afán de su imaginación en dar vueltas por todas las peripecias que pudiesen tener en sus tramas.

Soñaba, diremos, en su viaje, en su primera entrevista con María, aquella joven rara, que el destino había interpuesto en su camino; creía verla, tímida primero, después asombrada y más tarde rendida, aceptar su nombre y su amor con loca vanidad.

En este filamento de ilusiones, con que halagaba su vanidad de noble y de hombre astuto y elegante, como él se creía, se le presentó Fortún llevando en una dorada palmatoria una tarjeta.

El Vizconde la tomó y antes de romper el sobre quiso reconocer la forma, que dicho sea, era de mujer; pero no recordando haberla visto otra vez, rompió la cubierta y quedó como fascinado. La tarjeta decía así:

«María Granados, se ofrece hoy a las órdenes del señor Vizconde de Tuneranda, calle de San Francisco, número 27, piso segundo».

Júzquese cuál sería la agradable sorpresa del Vizconde al recibo de aquella tarjeta inesperada que le ahorraba el viaje, dinero y distancia.

No cabía duda, este hombre estaba cobijado por la buena suerte y, debido a esto, sus criminales proyectos iban, como vulgarmente se dice, a pedir de boca.

¿Por qué a veces la maldad encuentra tan amplios y llanos los caminos que se traza? ¡Dios lo sabe; y nadie más que Dios!

Entra en sus altos juicios; pero entre sus juicios y nuestra limitada inteligencia, no cabe la presunción de penetrarlos, ni aun siquiera de discutirlos.

Nosotros vemos todos los días la facilidad con que los malvados llevan a feliz término sus crímenes, nefandos crímenes cuya sola narración nos causa horror: el asesino cae sobre su víctima, como el gavilán sobre el polluelo y le arranca la vida sin que un obstáculo se interponga; el seductor roba la honra de la doncella, pisoteando familias y escarneciendo los derechos sociales y va después a divulgarlo en los cafés, a laurearse con lo que él llama sus triunfos y conquistas de Tenorio; y todo esto lo hace sin que una mano honrada selle su boca con un bofetón, único elogio que se merece quien así lo gloría de haber llevado la deshonra y las lágrimas al seno de una honrada familia; el ladrón y el fraudulento dan cima a su crimen y van a saborear su fruto con escandalosas orgías; el dignatario sin conciencia, en cuyas manos quizá se halla el destino de un pueblo, encuentra siempre camino disculpable y fácil para violar las leyes a su favor y satisfacer sus ambiciosas miras. Todas las maldades se llevan las más veces, a feliz término, quedando después los comentarios tristes levantados sobre la dura realidad.

Que la maldad se allane los caminos, secreto es de la Suprema Sabiduría, no porque Ella la autorice, pues que siendo la bondad suma, no puede autorizar lo malo. Quizá permite que el criminal sacie todos sus deseos para castigo de unos; arrepentimiento de otros; y horror de los demás, por lo que no es otra cosa, que amargo fruto de la prevaricación del hombre. Y no pocas veces, tras el colmo de la maldad, el corazón del malvado se siente hastiado, se horroriza de sí mismo; llora y se arrepiente.

Volvamos al Vizconde.

Cuando hubo leído la tarjeta, y se repuso un poco de la sorpresa que le causara, ya más sereno, o mejor dicho en posesión de su estado normal, dijo hablando consigo mismo:

—Iré en este momento a conocer a mi futura... sí, porque estoy seguro, segurísimo, de que será mi esposa. ¿Qué mujer no tiene vanidad, qué mujer no desea brillar en el gran mundo?

Acto continuo, su mano oprimió el botón del timbre, y Fortún apareció pocos momentos después.

—Su señoría... –murmuró.

—¡El carruaje a la puerta! –dijo el Vizconde con entonación de mando.

El criado desapareció y nuestro noble restregándose las manos, cosa en él muy frecuente, se dijo, como hombre experimentado:

—¡Cuánto más temprano la vea, más complacida ha de quedar; así son las mujeres, les gusta que los hombres no den al tiempo demora, sino que tratándose de ellas, sean listos!

Media hora después el carruaje, rodando sobre los empedrados tomaba por la calle de San Francisco, deteniéndose a pocas vueltas delante de la casa mencionada en la tarjeta. Casa que Colombo había hecho tomar para María, tan luego como ésta determinó visitar la capital.

Los caballos piafaron, se abrió la portañuela y el Vizconde con toda la elegancia de su clase, puso el pie en el estribo y ya abajo, comenzó a subir las escaleras.

Al toque del timbre colocado en el cancel para anunciar a los visitantes, apareció Rosa, quien le condujo a un precioso saloncito, sencillamente arreglado.

Sentóse el Vizconde, en tanto que Rosa desaparecía tras una mampara que comunicaba con las habitaciones interiores, y esperó tranquilo.

Su corazón, si hemos de ser sinceros, no sentía más que algo de curiosidad por la hija de Colombo, a quien había prestado su nombre y a quien había hecho su instrumento, sin que ella lo sospechase.

Pero si su corazón estaba indiferente, su cabeza era otra cosa, giraba alrededor de su interés particular, que dependía en cierto modo de la joven; por lo que ansiaba verla aparecer.

Sin embargo, pasó largo rato sin que María diera señales de vida en aquella casa; tal era el silencio que reinaba.

La impaciencia del Vizconde iba en aumento, y ya se creía burlado por alguna meretríz, cuando el roce de un vestido le hizo ponerse en espera.

La mampara por donde Rosa desapareciera, se abrió y María, saludándolo cortésmente, fue a ocupar un sitial.

El Vizconde quedó deslumbrado ante una hermosura tan acabada; que superaba a todos los elogios que de ella le habían hecho.

Aquel primer golpe de vista no pasó desapercibido para María y sonrió con satisfacción.

Todo el arte que puede poner en práctica una mujer para aparecer bella, había sido puesto en juego por ella, en aquella mañana.

Sabemos cuáles eran los fines, y con esto queda explicado el por qué de su coquetería.

Y sin embargo, en su tocado había una estudiada sencillez, que hacía resaltar sus gracias naturales.

Un vestido de punto de seda sobre una falda rosa y adornada con flores blancas de listón de raso, caía vaporoso hasta el borde del pie, como una de esas nubes que contemplamos con la caída del sol: una gargantilla de rubíes rodeaba su cuello, cubriendo el escote del vestido; y sus negras trenzas peinadas hacia arriba, llevaban enlazado con suma gracia un hilo de perlas.

—Señor Vizconde —murmuró la joven después de los cumplidos de costumbre, circunstancias de familia que Ud. conoce y yo deploro, me han obligado a aceptar su nombre como una garantía ante la sociedad; y la gratitud y el deber me han impulsado a poner en su conocimiento mi llegada a la capital, donde mi permanencia será corta.

—¿Y por qué ha de ser corta? No seré yo por cierto quien tal permita –dijo el Vizconde con zalamería–; una belleza como la de Ud. no debe marchitarse entre los cerros ni en la apatía de los pueblos.

—Señor Vizconde, es Ud. muy galante; y... permítame decirlo, un poco hiperbólico! –exclamó María con fingida coquetería.

—No tal; perdone Ud. Me habían hecho elogios de su hermosura y talento; pero veo que esos elogios estaban muy distantes de la realidad; quiero decir, que eran muy obscuros junto al modelo que los inspiraba.

—De manera que ¿no se arrepiente Ud., según eso, de tenerme por sobrina, señor Vizconde?

—¡Ay! no, nunca! Y hoy que conozco y trato a Ud. me siento orgulloso de ello y desearía aceptara mi nombre como una legítima propiedad. –Dijo el Vizconde abarcando a la joven con una mirada ardiente, que pareció sorprenderla.

María se mostró aturdida con aquel golpe verdaderamente teatral. Así es que con gesto encantador en que se traslucían la sorpresa y la duda al mismo tiempo, balbuceó:

—Pero ¡Qué quiere decir todo eso? Hace un cuarto de hora que me conoce... y... no sé... explíquese Ud.

—La explicación es muy sencilla; a fuerza de oír ponderar sus gracias, llegué a amarla, y le rendí un culto silencioso de que yo solo me daba cuenta; hoy que la veo y estoy a su lado por primera vez, siento que ese culto raya en adoración. A mi edad, no se prueba el amor con aglomeración de frases mas o menos dulces y aduladoras, sino con hechos; ni tampoco se pierde el tiempo en dar vueltas en un balcón haciéndose el medroso y apocado, antes de expresar un sentimiento que es natural y que despierta en el corazón y habla allí muy alto antes de quemar lo labios.

—Agradezco a Ud. esa deferencia, ese amor; pero me permito suplicarle no tratemos ese asunto. Quiero que Ud. sea para mí un protector... mi tío... y nada más. Y esto lo admito porque sé que es Ud. un íntimo amigo de mi padre –dijo María recalcando cuanto pudo las últimas palabras.

—Si... algo... –tartamudeó el Vizconde todo desconcertado; aunque yo no estoy de acuerdo con el método de vida que lleva su padre de Ud. a quien...

—No toquemos a mi padre –dijo María con viveza , le empuja una fatalidad por la pendiente del mal, ¿no es eso lo que Ud. iba a decir?

—¡Justamente! Sin embargo –añadió, nosotros dos podríamos salvarlo, redimirlo... es decir Ud. y yo...

—¡Redimirlo! ¿pero de qué manera? –preguntó la joven con curiosidad.

—Por medio de un enlace, que me haga, no el esposo, sino el esclavo de María Colombo. Y no crea Ud. que este enlace, es obra meditada del momento, bajo la impresión de sus poderosos atractivos, no; la estoy acariciando hace algunos días, como necesaria a la paz de un amigo, y a mi felicidad propia. Además, este enlace trae de antemano la aprobación de Colombo.

—Pero no alcanzo a comprender qué ventajas podrían resultar a mi padre... –objetó María.

—Me parece Ud. mujer discreta, y voy a revelarle lo que aún es un secreto: dentro de tres meses a lo sumo seré virrey de México; si acepta Ud. mi mano, será virreina; y Colombo podrá vivir tranquilo a nuestra sombra; abandonará esa vida que sólo peligros le trae, y cuando se vea feliz, bendecirá a su hija que le ha devuelto la paz del alma.

María se llevó las manos a la frente como si soñara; para salvar a su padre del crimen, el Vizconde le ponía una condición, la obligaba a ser su esposa, ¿cuáles eran las miras de aquel hombre? Sin embargo, reponiéndose un poco de la sorpresa que acababa de experimentar, le dijo:

—Confianza por confianza, señor: si usted para salvar a mi padre me impone la condición de un enlace, yo para aceptarlo, exijo la libertad de un hombre y de una joven que tiene mi padre en su poder.

El Vizconde fijó en María sus pequeños ojillos, arrugó el entrecejo y no pudo menos que manifestar la sorpresa que aquellas palabras le causaban. Jamás se había imaginado que aquella joven, arrullada por las brisas de la montaña, fuese capaz de tanta energía, como la que acababa de revelarle en sus últimas palabras.

Ella sin darse por entendida de la mutación del Vizconde, continuó con inalterable calma:

—Le tengo que advertir a Ud. que mi padre no debe saber nunca que yo he revelado ese secreto; y como grandes crímenes, deben tener afianzada la amistad de los dos; por eso no he vacilado en imponer una condición, que el señor Vizconde se guardará muy bien de publicar.

El Vizconde estaba anonadado ante aquella mujer, que entonces le parecía más digna de la corona de México. Empero, reponiéndose un poco, le contestó:

—Me juzga Ud. ligeramente: entre su padre y yo, es cierto, media una amistad antigua; pero ningunos crímenes nos unen. Ese secuestro de que me habla Ud. me es absolutamente desconocido; pero en fin, interpondré la influencia de la amistad para conseguir la libertad de las víctimas, ¿Cuál es el nombre de ellas?

—Ese es un secreto; si lo dijese podría fracasar mi tentativa. Puede Ud. decir a mi padre: «Sé que hay en tu poder dos prisioneros; un hombre y su hija. Mi matrimonio con tu hija ha de solemnizarse con la libertad de esos seres desgraciados. No extrañes esta condición; soy algo supersticioso, y como me era conocido este crimen tuyo, he tenido presentimientos tristes para tu hija y para ti, si no les devuelves la libertad». Ponga Ud. en juego todo su talento para conseguir la libertad de esos seres.

Mi padre es algo supersticioso tratándose de mí, y creo que accederá; de lo contrario apelaremos a la franqueza, y... quizá al ruego para conseguirlo; pero de todos modos lo haré, apoyada en el prestigio de Ud.

—Se hará como lo desea Ud., María, aunque algún trabajo ha de costarme ¡pero no importa el precio con tal de alcanzar la recompensa!

—¡Qué juro –añadió María, será mi mano!

Esta corta escena, puso frente a frente dos almas, distintas bajo todos conceptos en su modo de ser, que se buscaban: la una para sacrificarse en aras del bien; la otra, para saciar su ambición en la obscuridad del crimen.

Pero sin embargo, y por lo que hace al Vizconde diremos: que a pesar de todo, al salir de la casa de María llevaba la certidumbre de estar enamorado.

Al poner los pies en la calle, el Vizconde que llevaba el corazón lleno con la imagen de María, vio que un joven elegante cruzaba la calle e iba a situarse en la acera de enfrente, con dirección a los balcones de la casa de aquella; mientras otro hombre de calzoncillo blanco, ocupaba su puesto en la esquina, como en acecho de todo lo que pasara en aquel momento.

Los celos son tan violentos como el rayo para dejarse sentir en el corazón humano; chispa pequeña, que inflamada produce incendios terribles, y destruye nada menos que la felicidad de toda una vida. Su fuego lento o voraginoso, consume en un instante todas las ilusiones, las dulces esperanzas y los sueños puros que se besan en una santa confianza.

Los celos son el acíbar que derrama Satán en la copa del amor y por eso rara vez faltan en ella: el gusano que roe el tallo de las flores más hermosas, convirtiendo su lozanía y fragancia, en basura hedionda que causa la muerte del corazón en que brotaron y para decirlo todo, son la muerte talando los campos de la vida del amor.

El Vizconde sintió clavarse en su alma el aguijón de los celos, tan luego como vio al joven parado frente a los balcones de María y se propuso descubrir, e indagar, quién fuese para quitarlo de en medio.

El joven, por su parte, dirigió una mirada de soberano desprecio al noble, mientras el hombre de la esquina, riendo con burla, murmuró por lo bajo:

—¡Ya me vengaré de ella y de ese par de zopencos!

Estos otros dos hombres, igualmente celosos y quizá más enamorados que el Vizconde, eran Rafael y Patiño.

Veamos ahora por qué circunstancia se hallaban ambos en la capital, o mejor dicho Patiño, pues de Rafael nos ocuparemos en otro capítulo.

Cuando Colombo se separó del Vizconde, en aquella entrevista que decidió de la suerte de María, lo hizo acariciando un pensamiento, una idea de esas que sólo brotan y se fecundan en el cerebro de los malvados.

El matrimonio de su hija con el Vizconde, debía efectuarse a toda costa, porque en él veía basada no sólo la grandeza de la joven, sino también su felicidad.

Un obstáculo sin embargo, se presentaba a sus ojos; y aquel obstáculo era terrible, pues podía en un solo momento echar por tierra todos sus planes: éste, era el amor de su hija por Rafael.

Preciso era que Rafael desapareciera de en medio, pero por una rareza de Colombo, no pensaba en matarle, quería un suplicio más prolongado para el hombre que se había atrevido a poner los ojos en María.

Deseaba que presenciara su enlace, aunque fuera con la imaginación, y más que su enlace, su elevación a la dignidad de virreina.

Quería verlo como el Coronel Miranda, soñando una libertad imposible; libertad que él le devolvería a su antojo, porque tampoco le quitaría la vida.

En estos y otros pensamientos entró a una casa de mala apariencia, de donde salió al anochecer, rumbo a Zapotlán, aunque no por el camino carretero.

Cuando llegó al Volcán y se halló en aquellos extensos subterráneos, que tantas riquezas atesoraban, llamó a Patiño, a quien ya conocemos; pero de quien Colombo se fiaba, muy ajeno de que la pasión que éste sentía por su hija, le hacía ya su enemigo.

Le dio órdenes terminantes que a su tiempo sabremos; órdenes que Patiño recibió sonriendo de un modo terrible.

Pocos días después, un hombre de a pie con una gran canasta a la espalda y un cayado en la mano, se detenía en la garita de Mexicaltzingo. Era Andrés Patiño.

CAPÍTULO III

ESCENAS NOCTURNAS

D aban las nueve en la catedral.

La noche era obscura y un tanto pavorosa, debido a las cabañuelas que en ese año se presentaban algo molestas. El cielo estaba encapotado; espesos nubarrones se aglomeraban hacia el Oriente, amenazando con derramar de su seno abundante lluvia.

Los relámpagos se sucedían casi sin interrupción, anunciándose con el ronquido de lejano trueno, formando culebrillas de fuego, cintas amarillentas que se angostaban
o ensanchaban, semejantes a una serpiente que rápida se desliza por montones de escombro.

Las calles estaban desiertas: uno que otro transeúnte cruzaba de vez en cuando alguna calle, más bien con el objeto de llegar a su casa antes que se desatara el chubasco, que con el de pasearse; supuesto que la noche convidaba a calentarse al fuego del hogar, pues que el frío que se sentía no era lo menos molesto.

Por el costado izquierdo de Palacio, más bien que andar, parecía deslizarse un hombre envuelto en un ancho capotón que le cubría casi todo el cuerpo.

A la escasa luz de los faroles, podía verse que aquel hombre, que más parecía un fantasma que un ser viviente, llevaba el rostro casi cubierto por el embozo; y los ojos, única parte del rostro que a la vista del observador quedara, velados por unas antiparras de dobles vidrios, parecían recatarse, bajo las alas de un sombrero jarano.

Nadie hubiera podido definir si aquel hombre era joven o viejo; noble o plebeyo; rico o pobre; su traje ni decía una cosa, ni negaba otra.

Su paso era rápido; pero su pisada sentaba sin ruido; indudablemente el calzado era de suela delgada y flexible.

Torciendo algunas calles, presto se halló en el puente de San Juan de Dios, triste y solitario por el mal temporal.

Detúvose allí quizá para orientarse o para tomar aliento. El río se deslizaba ruidoso y desapacible, comunicando el sitio cierto melancólico pavor, que hizo al nocturno paseante, volver la cabeza a todos lados y seguir adelante. Ya en el barrio de San Juan de Dios, tomó hacia la derecha, por una calle polvorosa, sucia y algo despoblada.

Detúvose frente a la puerta de un cuarto bajo; brilló una luz sorda, alumbró el número y dio algunos golpes, que fueron contestados con el «van» de costumbre.

Entretanto abrieron, se arregló el embozo, y se caló el sombrero hasta cubrir casi por entero las cejas.

La puerta giró entonces y un hombre con voz atiplada dijo al desconocido:

—Pase Ud. señor, pase Ud. antes que la agua se descuelgue. Y qué noche ¡Jesús! Si parece que el mundo se va a convertir en agua!

Tras aquella redundancia de palabras se hizo lugar el saludo y el visitante entró.

El cuarto era tan miserable como su dueño, no había en él más que un banco, una silla desvensijada y sucia, un tapete viejo y, diseminadas en el banco, varias hormas de zapato, leznas, gamuzas, vaquetas y otros útiles de zapatería.

El visitante se sentó en la única silla que había y el hombrecillo se colocó frente a él en cuclillas.

Antes de continuar adelante, diremos algo sobre el hombrecillo del cuarto que nos ocupa.

Era de estatura baja, color trigueño, fisonomía repugnante, nariz remangada, pómulos salientes, y la mejilla izquierda marcada con una ancha cicatriz. Su nombre bautismal era Pancho Becerra; pero todos lo conocían por el «Jicote».

Su padre había sido un honrado zapatero, a quien sus camaradas de escuela, dieron el apodo que sus hijos heredaron y que era el que llevaba Pancho.

Este había sido el más pequeño de sus hijos y degeneró de tal manera que las buenas cualidades de su padre y hermanos, que no había taberna, mesa de juego, o garito donde no se le viese. Varias veces había estado en la cárcel, siendo puesto en libertad, después de cortas retenciones y de pequeñas multas: era lo que se llamaba: «un criminal con suerte». Se burlaba de la justicia con una facilidad asombrosa, asesino por oficio, debía ya varias muertes y era temido de todos. Tendría a lo más, treinta años y sin embargo, su fisonomía aventajada revelaba los estragos del tiempo, como sucede a todos los que llevan una viciosa y desarreglada conducta.

—Gran trabajo me ha dado dar contigo Pancho – murmuró el embozado.

—Por lo visto su mercé me conoce...

—¡Como a mis manos! –exclamó el desconocido interrumpiéndole. Eres uno de esos pícaros de buena suerte que abundan en el mundo y que tanto se les da matar un pollo como despachar un prójimo al otro mundo!

El Jicote se estremeció y puso la mano en el mango de un puñal que siempre llevaba a la cintura.

—¡Poco a poco! –dijo el embozado, notando el movimiento de su interlocutor, puedes escucharme tranquilamente: no vengo a echarte en cara tus fechorías, ni mucho menos seré quien te delatará por ellas; vengo a tratar contigo un buen negocio; hablemos claro, a proponerte sencillamente oro, porque quites de en medio un sujeto que me estorba.

—¡Ah... ya!... Eso tiene sus pelillos, señor; y además yo no conozco a Usté... –balbuceó Pancho.

—Ni me conocerás –dijo el visitante, te pagaré bien, sin que sepas nunca, que mano te ha mandado herir.

—¿Y quién me asegura...?

El desconocido por toda respuesta entregó a Pancho un bolsillo.

Este se puso a contar las monedas que contenía: eran 25 pesos; los que bastaron a excitar su codicia.

—¿Cuento con el negocio? –preguntó secamente el desconocido.

—Sí, señor, como yo con los 25 duros. ¿El sujeto...?

El embozado interrumpió a Pancho, pronunciando a su oído un nombre, como si temiese ser escuchado. Después añadió en voz alta:

—Dentro de tres días a estas mismas horas, vendré, si fuere necesario.

—Está bien, mi amo –murmuró Pancho, abriendo la puerta.

El visitante se alejó, mientras aquél cerraba diciendo para sí:

—¡Este ha de ser alguno de los que aquél ha desplumado!

Sigamos al desconocido:

Eran las once dadas, cuando dejó la casa del Jicote. Una lluvia menuda y delgada humedecía la tierra.

Con lo avanzado de la noche, la obscuridad había aumentado: el viento movía fuertemente las hojas de los fresnos y las calles estaban aún más desiertas que dos horas antes, es decir, que cuando nuestro hombre las cruzaba en busca del Jicote.

Aquella soledad, aquel rumor siniestro formado por la lluvia, el viento y las hojas causaban un pavor indefinible en su ánimo turbado por el aguijón de la conciencia, de ese juez severo a quien nada se oculta y que castiga tan prontamente como la falta se comete.

¡Avisador terrible con que Dios llama al criminal al arrepentimiento!

Nuestro incógnito, siguiendo el frente del convento de San Agustín, anduvo dos cuadras y torciendo hacia la derecha cruzó varias calles, encontrándose bien pronto, en el costado izquierdo del convento de Santo Domingo[45]; edificio severo y solitario en su exterior.

De repente se detuvo y aún se ocultó en el marco de un zahuán. Acaba de percibir en la obscuridad y a corta distancia suya, un grupo de hombres.

Los ojos se acostumbraban a ver en las sombras, cuando han estado en la obscuridad algún tiempo. Así fue que a pocos momentos, pudo distinguir perfectamente que uno de aquellos hombres pugnaba por desasirse de seis brazos que le sujetaban.

Nuestro hombre contenía hasta el aliento para no perder el menor detalle de aquella escena; y hubiera dado algo por saber quienes eran los actores del drama perpetrado allí, en el silencio de la noche.

Empero la naturaleza vino en su ayuda, porque, cuando con más atención fijaba sus ojos en el agredido, un relámpago iluminó de lleno la faz del desgraciado y el desconocido sonriendo con aplomo sin igual, murmuró:

—¡El abogado Ordóñez...! ¡rival menos que me dispute la mano de María!...

Efectivamente, el agredido no era otro que Rafael, a quien Patiño acababa de aprehender, siguiendo las instrucciones de Colombo, con lo cual realizaba su propia venganza.

Cuando los bandidos se alejaron llevando en el centro a Rafael maniatado y amordazado, el Vizconde, pues ya sabemos que era él de la expedición nocturna, salió del ligero escondite y se dirigió a su casa, contento y satisfecho del buen éxito de sus negocios.

---

45   Hoy San José de Gracias (Archivo Histórico Municipal de Zapotlán el Grande, Jalisco).

Capítulo IV

Retrocediendo

Voy a dar principio a este capítulo explicando a mis lectores por qué circunstancias se nos ha presentado Rafael en Guadalajara, casi al mismo tiempo que María; y voy a explicarlo, no tanto por la falta que esto haga para la ilación de nuestros acontecimientos, sino porque alguno de ellos, diga de mí, lo que yo he dicho de más de un autor, al tener en mis manos una preciosa producción suya: «Aquí hay un vacío que el autor, o no quiso, o se olvidó llenar».

Pasemos adelante.

La carta que María había entregado a Martín para Colombo, no reconocía más asunto que la solicitud de una licencia que le autorizara su viaje a Guadalajara.

Lo interesante de ella, estaba concebido en estos términos:

> «Hánme hablado tanto de las bellezas de la capital, padre mío, que he entrado en deseos de conocerla. ¿Me concederás tu licencia? Sí, yo sé que nada sabes negar a tu María. Me estaré allí muy poco porque ardo en deseos de volver a la montaña, para verte libremente como antes lo hacía. No me niegues esta licencia, porque si tal haces, creeré que ya no me amas. Sello mi carta con un beso y un «¡pronto nos veremos!»
> Tu hija.
> MARÍA»

La joven conocía el lado flaco de su padre y no dudaba que accedería a sus deseos, siempre que adulase un poco su amor propio con su estilo zalamero.

Y no se engañaba. A la mañana siguiente se le presentó Martín entregándole la contestación, en que su padre le otorgaba la licencia solicitada rogándole se volviese pronto a su lado.

María que todo lo tenía dispuesto de antemano para su improvisado viaje, determinó salir el mismo día. Y mientras trasladaban al coche su equipaje, fue a despedirse de Dña. Mercedes, a la que por casualidad, halló acompañada de Rafael.

Ambos dos se sorprendieron con la marcha tan repentina de María, quien interrogada, les dijo:

—Mi tío me llama y yo le obedezco con gusto ¿no es tal vez este inopinado viaje un medio de que la Providencia se vale para que descubramos el paradero de Cecilia? Muy bien pudiera haber sucedido que sus raptores la hubieran escondido en la capital.

Doña Mercedes movió la cabeza con desaliento, y murmuró penosamente:

—No quiero desconfiar de Dios que pueda devolverme a mi hija; pero no quiero hacerme ilusiones, porque cada día que pasa me arrebata una esperanza... y ya van tres días!

—Sin embargo –objetó la joven, debemos tener una fe ciega en el Padre de los desgraciados, único Ser a quien podemos pedir consuelo en las amarguras de la vida.

Rafael que hasta entonces guardara silencio, la preguntó:

—¿Volverá Ud. pronto, María?

—A lo más durará mi ausencia quince días: los aires de esta población me han probado bien... ¡Volveré pronto, muy pronto! Entretanto también a Ud. le recomiendo sus cuidados por nuestra buena amiga, –dijo María, señalando a Doña. Mercedes.

Rafael suspiró y María disimuló su emoción con una sonrisa.

Nuestros jóvenes se trataban en esta corta escena con cierta ceremonia, ocasionada por la presencia de Doña.

Mercedes, ceremonia que les era ajena cuando se hallaban sin testigos, y que les impidió explayar sus sentimientos de despedida.

Al cabo de unos cortos momentos, en que cada cual se impresionó, según el estado de su alma, María se despidió, volviéndose a su casa. Y poco después las ruedas de un carruaje herían los empedrados, y el ruido que causaban era cada vez menos perceptible.

¿Qué era entretanto de Rafael? Veloz como el relámpago había dejado la casa de Doña. Mercedes, tan luego como la joven se despidió.

Ya en la calle, se detuvo en el batiente del zaguán, y allí esperó la última mirada de su amada, quien al cerrar la portañuela, sacó la cabeza hacia fuera para decirle adiós.

De allí se dirigió a su casa triste, pensativo y dando vuelta en su imaginación a la imagen de aquella mujer que creía no ver más. Al llegar a ella no tenía ya más que una sola idea, un solo pensamiento: ¡seguirla!

—¿Qué enamorado no comete locuras?

El viaje de Rafael no podía ser más descabellado ni más fuera de la razón. Era pobre, y sus pocos negocios iban a quedar abandonados; y esto sólo por correr tras una mujer de quien lo separaba, al parecer, una gran distancia.

Demasiado lo comprendía; pero no entraba en el combustible que le trastornaba y le enloquecía, la santa idea de la razón.

Dos horas después de haber salido María, nuestro enamorado joven, montado en un brioso alazán, salía por la calle de San Antonio con dirección a la garita, de donde iba a tomar el camino a Guadalajara.

Tres días hizo la joven de camino, llevando a Rafael de retaguardia y sin sospecharlo siquiera. ¡Cuán ajena se hallaba de ser seguida tan de cerca!

A su llegada a Guadalajara, Rafael se ocupó de inquirir y tomar señas de la casa donde María se hospedaba y que pertenecía a un amigo de Colombo; por lo que a éste le había bastado una simple carta para que la casa quedase a disposición de su hija.

Al parecer, trataba Rafael de ponerse en comunicación con la joven, de sorprenderla agradablemente con su inesperada presencia, pero no era así; era celoso y un pensamiento le dominó desde su llegada y era descorrer el velo de aquel misterio que rodeaba el amor de María hacia él.

La ocasión, para aclarar si tenía rival o no, era oportuna y no quiso desperdiciarla.

A este fin, se propuso guardar el incógnito por algunos días, y acechar desde lejos todos sus pasos, todas sus acciones.

¡Conducta indigna, y sólo perdonable si se entiende al carácter fogoso de Rafael y a su amor por María!

Ahora que ya conocemos sus pensamientos, vamos a seguirle cinco noches después de su llegada en pos de la joven.

Ocupábase de rondar la morada de ésta, como las noches anteriores, cuando vio salir al Vizconde orgulloso y satisfecho, de aquella casa, que guardaba lo que más amara en el mundo; que encerraba su felicidad; felicidad que huía de él como un sueño de alborada, como una exhalación evaporada en el viento, cuando su reflejo apenas cae sobre la tierra.

Rafael estaba celoso y el Vizconde no disimulaba su interés por María; interés que se destacaba a los ojos de Rafael como una amarga realidad.

Se figuró entonces hallar la clave de aquellas enigmáticas palabras que tantas veces había escuchado de los labios de María: «¡No puedo ser tuya, porque un imposible nos separa!»

Ya no le cabía duda; la joven perteneciente a la nobleza española, no podía aceptar el amor de un hombre que no fuera de alta cuna.

¡Y él amaba con apasionado frenesí; como solamente una vez se ama en la vida!...

¡Y aquel amor ardiente, no tendría más recompensa, que la desesperación; los celos, el olvido...!

Lo que debía sufrir Rafael en aquellos momentos, fue lo bastante para que, desalentado, loco, ebrio de dolor, tomáse una resolución extrema, que en otras circunstancias habría rechazado como indigna.

Dirigióse con paso rápido a la escalera, por donde pocos momentos antes había bajado el Vizconde, su rival aborrecido; subió de dos en dos los escalones; el cancel estaba entornado aún, le abrió y atravesó de puntillas el corredor que le separaba de la sala de recibo: se detuvo en el batiente de la puerta, y latiéndole el corazón con fuerza, se introdujo silenciosamente a la sala.

María, dando la espalda a la puerta, se hallaba sentada en una butaca, y entregada a tristes reflexiones: no se percibió de la entrada de Rafael, que parado a corta distancia la contemplaba silencioso.

Con los ojos fijos, sin objeto, y la frente apoyada en la mano derecha, parecía vagar en otra atmósfera, ajena a todo lo que pasara en su alrededor.

¡Pobre niña! Las circunstancias terribles de que se veía rodeada por las maldades de su padre, la obligaban a aceptar un enlace que rechazaba su corazón.

Hacía pocos momentos que el Vizconde había estado allí, anunciándole que el coronel Miranda y su hija serían libres tan luego como ella firmase el contrato matrimonial. ¿Le había dicho el Vizconde la verdad o la engañaba? Los resultados nos lo dirán.

Por lo pronto sólo diremos que la joven, fiada en las promesas del noble y deseando reparar en algo los crímenes de su padre en aquella honrada familia, se había obligado a firmarle antes de ocho días.

Esta resolución heroica pero dolorosa porque en las aras del sacrificio le arrancaba de un golpe todas sus esperanzas de dicha, la tenía agobiada en aquellos momentos y la hacía inclinarse, semejante a la azucena que dobla su tallo a los empujes de la tempestad.

Rafael la contemplaba con los brazos cruzados; y quizá adivinando en ella amargos y escondidos dolores, sentía remordimiento del paso que daba. Ya había resuelto salir como había entrado, silenciosamente, cuando María, tal vez impelida por magnética atracción de las almas que se comprenden en el idealismo del amor, levantó los ojos. Y al ver a Rafael de pie cerca de ella, quiso pararse, pero no pudo; la sorpresa apreció ligarla en el sitial que ocupaba.

—¡Rafael...! ¿tú aquí?... –exclamó enseguida con una entonación sentida y tierna; pero que a los oídos del celoso amante, llegó como un reproche.

¡Tal es el corazón humano; recibe las cosas, no como son, sino según el estado en que él se encuentra!

Rafael arrojó sobre María una mirada de despecho, voraginosa, terrible y sangrienta, y luego exclamó estoicamente:

—¿Te asusta verme aquí...? ¿y donde había de estar si no donde tú estuvieras? Crees tú tan fácil que se pueda permanecer lejos del bien que forma y alimenta nuestra existencia, que se pueda pasar los días sin sentir sobre nuestra frente la misma intensidad del sol, el mismo ambiente con que refresca la suya? «¡Tú aquí...!» Bien se conoce la facilidad con que te has olvidado del que ni un instante ha dejado de pensar en ti...!

—¡Ah! –exclamó María con abatimientoó ¿desde cuando tus palabras han sido inspiradas en la hiel venenosa de la reconvención?

—Desde que sé, María, que eres la prometida de un Vizconde; desde que no ignoro hasta qué punto has podido olvidarme, y has jugado con mi corazón haciéndole pedazos; desde que conozco... pero basta de explicaciones y de palabras vanas. ¿Qué otra cosa puede esperar un hombre de cuna humilde como la mía, cuando se atreve a poner los ojos en una dama noble como tú?

La joven se sintió anonadada ante las palabras que le echaban en cara una nobleza que no tenía, y que le era aborrecida desde que estaba a punto de adquirirla, uniéndose al Vizconde, pero sobreponiéndose a la lucha de su alma, se adelantó serena hacia Rafael.

—Veo con pena, –le dijo–, que después de seis días de ausencia sólo hayas venido a insultarme de una manera tan cruel. Pero sean cuales fueren los motivos que para ello tengas, injustos o no, te perdono las ofensas, porque son hijas del extravío de los celos.

¡Rafael, yo te amo y jamás ni un instante he dejado de amarte; pero hay una fatalidad que se impone entre nosotros dos! Muchas veces te lo he dicho ¿lo recuerdas? «¡Te amo, pero nunca podré ser tuya!»

—Quiero creer que me amas, –dijo Rafael–, porque necesito creerlo, ¿pero entonces por qué alientas la pasión del Vizconde? Porque él te ama, sí, yo lo sé: ¿qué amor permanece oculto, sin revelarse en las miradas, en las palabras, en todo el ser, en fin, de la persona que le siente?

—¿Y qué importa que me ame, si yo no amo más que a ti?

—¡Más que a mí...! –balbuceó Rafael con una sonrisa mordaz.

—Sí –contestó la joven con dulzura–, te lo juro por la memoria de mi madre!

—¡Si es así, prométeme que nunca serás la esposa de ese hombre! –exclamó Rafael, entre delirante y conmovido.

María hizo un esfuerzo supremo, y murmuró con apagado acento:

—¡No! no puedo; es imposible...!

—¡Es decir...!

—¡Que hay sacrificios que necesitan consumarse...!

Rafael dio dos pasos hacía atrás; se llevó la mano a la frente que sentía abrasada; sus labios temblaron dejando escapar esta sola frase:

—¡Adiós...!

Lanzóse fuera de la sala sin esperar más.

María corrió a detenerle, pero en vano; cuando llegó al cancel, vio que Rafael salvando el último escalón, tomaba ya para la calle.

María corrió al balcón, pero apenas alcanzó a verle, porque volteaba ya la esquina.

Uno de esos accesos de locura febril, tan frecuentes en los enamorados, dominaba la joven en aquellos momentos. Cruzó calles sin darse cuenta del lugar a donde iba; agitado y convulso, con la mirada vaga; cuan presto reía, murmurando palabras incoherentes y sin ilación, o levantaba los ojos al cielo, cargado entonces de nubarrones.

Un viento húmedo y frío, le azotaba el rostro y ponía sus negros cabellos en desorden; y una que otra gota de agua helada salpicaba su frente abrazada por la fiebre de los celos, y más que todo por la fría realidad del engaño.

En aquella tempestad que le agitaba, arrastrando en pos de sí todas las ilusiones, sus dulces esperanzas y sus sueños más lisonjeros; aparecía de vez en cuando, una roja luz, que al brillar en sus ojos, contraía sus labios con una sonrisa amarga. ¡Era la venganza!

¿Qué celoso deja nunca de acariciar esa pasión bastarda, único lleno de su corazón vacío de esperanzas y de paz; de creencias y de fe?

Rafael era bueno, religioso y honrado; pero por desgracia poseía un carácter violento, a cuyos arrebatos no sabía, o no estaba en su mano sobreponerse. Todas sus buenas cualidades desaparecían, por lo mismo, cuando se dejaba dominar de él.

Alentando, pues, la venganza, en el torbellino que le arrastraba, seguía sin rumbo ni objeto, las calles que se le presentaban y más de una vez anduvo dos veces una misma manzana.

De repente, había dado vuelta a una esquina, cuando se vio asaltado por tres hombres, que formándole cerco, y asestándole al pecho la fría hoja de sus puñales, le intimidaron que se rindiese y guardase silencio.

La calle estaba desierta y la obscuridad era tan densa que a unos cuantos pasos los objetos no se percibían.

Rafael, que nada tenía de cobarde, amartilló la pistola que siempre le acompañaba; pero uno de los asaltantes le tomó la mano con tan fuerza, que le hizo botar el arma, la cual fue luego recogida por uno de los foragidos.[46]

Luchó Rafael por desasirse de éstos, pero inútilmente: los asaltantes parecían tan avezados a aquella especie de lances que era imposible toda defensa, al menos en aquella hora.

Pronto se vio con las manos atadas, la boca amordazada y casi arrastrado por sus agresores.

¡El desdichado Rafael, viendo que ni lo robaban ni le quitaban la vida, comprendió que se trataba de una captura misteriosa y la ruin figura del Vizconde pasó por su imaginación!

Toda esa escena fue presenciada, como vimos, por el Vizconde cuando volvía de la casa del Jicote.

---

46 *Foragidos*: debe decir forajido, o sea fugitivo o persona que vive fuera de la ley.

Capítulo V

Hay seres fatalistas para quienes la ventura, si la hay, es una sombra fugaz que se desliza cuando apenas toca a su corazón el roce de sus alas volubles y caprichosas; seres infortunados que, sedientos de felicidad, corren tras una esperanza engañosa y cruel; tras un fantasma ficticio que se desvanece, tornando las rosas que a su paso levanta, en un zarzal oscuro y sin término; seres desterrados del paraíso del amor; que cuando más sueñan y vagan adormecidos por los prismas de la ilusión, es más tétrico y terrible su despertar.

Rafael pertenecía a esta clase de seres.

Había corrido tras la felicidad, y creyendo asirla de su mano, había soñado, había dejado a su imaginación vagar por los dorados campos de las ilusiones; y lo que es más, se había prometido un cielo imaginario, cuyos horizontes no tenían más límites que las irradiaciones del amor. ¡Y aquel celo argentado de su dicha se trocaba, como por encanto, en un páramo desierto, y aquel amor se convertía en una realidad desnuda de todo bien, en un esqueleto sin vida, sin fondo, sin luz!

Y todo este cuadro, todo este relieve en que las tintas eran negras y sombríos los contornos, había sido abarcado por el pobre loco, bajo la flama siniestra de una venganza contra el Vizconde, bien lejos de creer que la venganza de otro afilaba sus uñas de buitre, para herirle y burlarse de él.

¡Pero así es la vida, si la estudiamos con todos sus amargos sarcasmos! ¡Valle de miserias, por cada millón de lágrimas ofrece una sonrisa!

Así es la vida, repetimos. ¡Y qué pocas veces dejamos de apurar la copa amarga que para otro preparamos! ¡Qué pocas veces deja de volverse hacia nosotros la acerada punta con que herimos o tratamos de herir! ¡Palabra es ésta de Dios y no puede faltar!

Veía Rafael contrariados todos sus deseos, todas sus esperanzas, como si una mano enemiga tratase de estorbarle la realización de lo que consideraba su placer y su abatimiento crecía, como crecen los torrentes cuando la tempestad se desata sobre ellos.

¡Oh! cuán pocas veces una pasión se ve satisfecha hasta llenar el deseo.

¡Cuán pocas veces alcanzamos la realización de aquellos caprichos, que más acariciamos y más alto levanta el polvo de nuestra vanidad...!

Dios a quien no podían oscurecerse las flaquezas del corazón humano, envió como antagonista a nuestro miserable orgullo, a la contrariedad; esa momia rígida, austera y sañuda, que si algunas veces nos conduce al mal, infinidad de veces nos conduce al bien, evitándonos lágrimas y remordimientos.

Pero supuesto que nos ocupamos de Rafael, nuestro infortunado protagonista, vamos a seguirle de cerca hasta el término de su maladada aventura.

Al amanecer de aquella noche en que se vio asaltado, se encontró en un camino poblado de árboles, donde las sinuosidad del terreno formaban una estrechura. Los bandidos que le acompañaban, guardaban silencio y le obligaban a él a guardarle; por lo que comprendió que aún no estaban lejos de Guadalajara.

Le llevaban en el centro por lo que era inútil toda tentativa de evasión. Empero una cosa notaba, y era que le guardaban algunas consideraciones, como si obedecieran una orden superior.

Tres días con sus noches caminó de aquella manera; ya extraviando senderos, ya ocultándose en parajes espesos y solitarios, y sí, acechando a cada momento una oportunidad para evadirse, burlando la vigilancia de sus conductores.

A veces el ladrido de los mastines o el alegre canto del gallo madrugador, alentaban sus desvanecidas esperanzas de salvación figurándose que de algún rancho cercano podría venir su libertador.

Pero el canto del gallo y el ladrido del perro se perdían a lo lejos sin que apareciera nadie en su auxilio; y el pobre Rafael caía por estas circunstancias en un abatimiento mayor.

Aunque libre de la mordaza, desde el primer día, no hablaba sino para contestar, y esto cuando era necesario.

Hacia la media noche del tercer día, hicieron alto y uno de los guardianes le dijo con voz recia:

—Voy a vendarte los ojos para que no veas el camino que llevas, no sea que hagas con nosotros, una de esas pilladas de que tanto entienden ustedes los letrados.

—¡Cabal! –añadió otro, y amárraselos bien, Patiño, no sea...

—Me es indiferente cuanto hagáis conmigo, desde que no soy dueño de mi voluntad; –dijo Rafael, dejándose vendar.

Poco después sintió que subían la falda del Volcán, a cuyo pie le habían vendado; y un viento fresco acompañado de ese dulce murmullo que forman las hojas de los ocoteros al chocar unas con otras, comenzó a orear su frente sudorosa y fatigada.

Después de subir un trecho regular por laderas tortuosas y empinadas, oyó el ruido de una piedra levantada de su sitio.

Entonces Patiño le ordenó agacharse, y tomándole por la mano le guió por una grande oquedad, que despedía un olor a tierra mojada.

De allí para adelante, guiado Rafael por su lazarillo, subía, bajaba, se arrastraba o era descolgado por gruesos calabrotes.

Su imaginación se perdía en mil conjeturas y laberintos. Lo que le pasaba comenzaba a tomar en su cerebro la forma de un sueño; pero de un sueño terrible, cuyo sopor le espantaba, y en cuyo despertar creía vislumbrar algo tan temible como la eternidad.

De repente sintió que la venda que le cubría los ojos caía a sus pies, y girando la vista en torno suyo, vio con espanto que se hallaba en un obscuro subterráneo, cuyas macizas paredes hubiera en vano tratado de escalar.

La luz de un farol la iluminaba dudosamente; así es que pudo ver los objetos que allí había, y que se reducían a una manta que le servía de lecho y una mala silla.

A pesar de todo su valor, se horrorizó pensando en la terrible suerte que se le esperaba sepultado en aquella cueva y en poder de los bandoleros.

Patiño entretanto, había despachado a sus compañeros, diciéndoles:

—Avisad al Capitán que el pichón está en la sala.

Cuando éstos hubieron desaparecido, volvióse a Rafael y en tono mordaz y ordinario le dijo:

—¡El ratón ha caído en la ratonera...! Sepa Ud. señor letrado que yo, Andrés Patiño, amo a la señorita María, más que a las niñas de mis ojos... Y, por cierto, no habré de dejar que un catrín almibarado, no más porque viste a la española, se lleve ese tesoro!

Rafael no fue dueño de contenerse al oír a Patiño, y apretando los puños con fuerza, exclamó en el paroxismo de su cólera:

—¡Miserable...! tú...! tú que aspiras a ella; tú pobre reptil de la basura, arrastrado en la vil escoria, pretendes escalar los muros que te separan de la nobleza...! tú...!

—¡Silencio! –exclamó Patiño pálido de cólera, o ¡por Barrabás! Que le levantaré la tapa de los sesos para castigar esos insultos!

Patiño había echado mano a la pistola, disponiéndose a probar lo que decía, cuando Colombo se presentó allí. Dirigióse a Patiño, diciéndole secamente:

—Puedes irte.

Patiño obedeció, arrojando sobre Rafael una mirada rencorosa, harto significativa.

Adelantándose el Capitán hasta quedar a unos tres pasos de Rafael y abarcándole con una mirada escudriñadora, dijo con un acento que se esforzó en hacer aparecer tranquilo:

—Deseaba conocer al hombre que ha tenido la audacia de poner sus ojos en la sobrina del señor Vizconde de Tuneranda.

Rafael a su vez, mirando al Capitán con altanería le contestó:

—Mexicano de sangre pura y honrado; aunque pobre; no juzgué crimen ni audacia amarla; porque rechazo y desconozco la supremacía de esos títulos, que, separando las cunas, hacen del rico un magnate, y del pobre un esclavo, un ente despreciable! Libre de mis convicciones, ni respeto más nobleza que la del corazón, ni más títulos que los de la honradez y la virtud!

Al pronunciar estas palabras, se hallaba Rafael tan excitado, que su voz, su mirada y hasta sus movimientos revelaban su ira.

El Capitán, impávido y sereno, recogió sus palabras una a una, casi con alegría; pero disimulándola supo mantenerse, a la vista del abogado, tan altivo como esos minaretes que se mantienen tranquilos en medio de la tempestad que ruge.

Sin embargo, en aquellos momentos le encontraba más digno que ninguno otro, de su hermosa hija; de aquella niña que amaba tanto, y que iba a sacrificar en aras de su ambición.

—¡Vamos –dijo Ordóñez, –habla Ud. en justicia y como buen patriota tiene odio por lo que se llaman nuestros señores! Yo también abrigo esos mismos pensamientos... Pero a pesar de todo, me veo obligado a obedecer –órdenes superiores con respecto a Ud. Esta será su cárcel hasta que la señorita Granados se despose con el Vizconde, porque como ella está enamorada de Ud., podría traer este capricho de niña algún grave inconveniente para la realización de esa boda.

Las últimas palabras de Colombo arrojaron sobre Rafael un rayo de luz; María le amaba; y por eso le quitaban a él de en medio de la escena. ¡Oh! cómo recordó entonces aquellas palabras de María: «Hay sacrificios que deben consumarse». Y cómo lamentó la violencia de su carácter que le había impedido buscar la luz, que le diera la clave del enigma que las envolvía para salvarla de los que trataban de sacrificarla a sus caprichos!

Estos pensamientos y otros muchos se agolparon a su cerebro, como un relámpago que tan presto flamea como se apaga. Y fijando airado su mirada en el Capitán exclamó:

—¿Con que es decir, que ella será sacrificada por su tío, tutor noble y sin corazón, a quien poco le importará verla desgraciada...? Es decir, que pagan a Ud. para que me retenga mientras el sacrificio se consuma, temerosos de que yo sabría arrancarla del poder de sus tiranos, de las mismas garras del altar si una sola de sus lágrimas quemando su alma llegase hasta mí... ¡Ah! Son muy miserables, y cobardes...!

—¡Silencio! –vociferó el Capitán pálido de cólera, ante las aseveraciones

de Rafael, que iban a herirle en su amor propio, y más que todo en su amor
de padre; entre esa joven y el abogado Ordóñez se levanta un muro insupe-
rable, téngalo Ud. entendido!

Al terminar estas palabras, Colombo, dominando su indignación se alejó
de allí, cerrando la entrada de aquel subterráneo que por entonces servía de
prisión a Rafael.

Este se lanzo sobre la piedra que le separaba del mundo viviente: forcejeó
por levantarla, pero inútilmente. Volvióse, pues, desalentado y triste, y dejándose caer en la silla, hundió la frente en las manos exclamando:

—¡Sálvala, Dios mío, sálvala!...

Poco después, su imaginación febricitante, recorrió una a una, todas las
peripecias porque venía pasando desde la última entrevista con María, todos
los acontecimientos últimos que tan misteriosamente encadenados, se conju-
raban contra su felicidad.

¡En vano trataba de aclarar el enigma, la clave de todos ellos! ¿Por qué
circunstancias raras los bandidos del Volcán obedecían al Vizconde? ¿por qué
éste obligaba a María a ser su esposa, y por qué ésta a su vez obedecía, siendo
que no le amaba? ¿Quién era María, y quien era el Vizconde? ¿Por qué le
habían tratado a él, en aquel extraño plagio, con ciertas consideraciones que
al menos hasta allí, habían puesto su vida a cubierto de un asesinato? ¿Quién
era Patiño, para atreverse a poner sus ojos en la sobrina del Vizconde?

La frente de Rafael ardía perdiéndose en conjeturas de que ninguna luz
sacaba.

Se agitaban sus ideas en la cavidad de su cerebro, así como se agita la lava
en las entrañas candentes de un volcán.

Por fin, sacudiendo la cabeza, dio dos o tres vueltas como si tratase de des-
pejar sus pensamientos; y murmuró con palabras perceptibles:

—¡No!... no puede ser cierto nada de lo que pasa! Estoy soñando, sí, estoy
soñando...!

Y como si quisiera hacer efectiva la ilusión de un sueño que pudiera salvarle de la espantosa realidad, tornó a sentarse, cerró los ojos y reclinó la
cabeza en el respaldo de la silla.

Capítulo VI

Una escena de sangre

El toque de ánimas acababa de sonar en todos los templos, y aún repercutía el último de sus clamores en las altas torres de los severos monasterios, cuando, siguiendo la calle solitaria de San Felipe, se veía a un hombre alto y delgado, envuelto en una capa y apuntalándose en un bastón. Caminaba despacio y con la cabeza baja como si inspeccionase el piso para evitar un tropezón.

La noche estaba serena y tranquila; si bien algo obscura por lo aborregado del cielo.

A corta distancia suya, y por la misma acera, un peladillo parecía seguirle. Sin levantar ruido ninguno con sus pisadas, pues iba descalzo, aceleraba el paso cuanto podía, y dirigía con frecuencia miradas furtivas hacía atrás, como si temiese ser a su vez espiado por alguno.

¿Quién era este hombre, a dónde iba y qué temía? Presto lo sabremos, pues vamos a seguirle a la escasa luz de los faroles, y sin perder ninguno de sus movimientos.

Habían andado tres cuadras adelante del templo a quien debe su nombre dicha calle y sin variar de dirección, sino siempre al poniente, cuando el pelado se creyó seguro de que nadie le veía, aceleró aún más el paso, yendo a colocarse a una distancia de tres metros respecto del primero.

Este entregado a sus pensamientos o demasiado confiado quizá, no se había fijado en que era seguido tan de cerca, y continuaba su camino con igual calma.

La soledad era completa; ningún otro ser viviente, que no fuera alguno de nuestros citados hombres, aportaba por allí.

Los serenos, o no los había en aquel barrio, o por algún incidente casual se habían retirado.

El hombre del calzón blanco, ya una vez a corta distancia del otro, se le fue acercando de puntillas hasta encontrarse a un paso de distancia.

Quien hubiese podido verle en aquellos momentos a la luz clara del día, habría leído en su mirada algo de siniestro y terrible; aquel algo espantoso, que desde Caín, marca la frente del asesino.

Corrían algunas gotas de sudor por su frente, y una vaga inquietud, aunque a su pesar, le torturaba y le hacía temblar.

Sea una mera casualidad; sea que el presentimiento que nunca falta en el peligro, como un aviso de la Providencia que casi siempre despreciamos, hubiese tocado el corazón del hombre de la capa; lo cierto es que, instintivamente, volvió hacia atrás. Pero en el mismo instante, sin darle tiempo a tirar del verduguillo ni a pedir auxilio, la fría hoja de un puñal penetró en su pecho, hundiéndose hasta el mango.

Nuestro hombre vino a tierra bañado en sangre y al ruido sordo de su caída, sucedió un ¡ay! débil y doloroso que instantáneamente se apagó en sus labios rígidos y fríos.

El asesino extrajo la hoja de la herida, y dándole un puntapié para cerciorarse de su obra, echó a correr murmurando para sí:

—¡Ese hombre es muerto! ¡El Vizconde está servido!

Apenas Pancho, pues no era otro el asesino, como mis lectores habrán adivinado, había dado vuelta a la primera esquina, cuando se abrió cautelosamente una puerta a cuyo dintel se encontraba el cadáver y una mujer con una vela en la mano, se presentó en ella.

La luz iluminó el cuerpo allí tirado, y la mujer acercándose a reconocerlo, exclamó azorada:

—¡Jesús me valga! ¡El escribano D. Remigio Flores...! y acto continuo, comenzó a gritar:

—¡Auxilio! auxilio...!

A sus gritos acudió un sereno, luego otro, y seguidamente exhaló el herido dos ayes lastimeros.

—¡Un sacerdote! –murmuró la buena mujer, alejándose del siniestro, en busca de aquél.

En la misma cuadra vivía un buen eclesiástico, que se apresuró a ir a prestar al herido los últimos auxilios del alma.

Llegado a su lado, hincó una rodilla en tierra y dijo al herido cariñosamente:

—Hermano mío, vas a comparecer ante el Eterno quizá en estos momentos, la eternidad se abre para recibirte, y es necesario que entres a ella purificado con el sacramento de la Penitencia... Dime tus culpa, que yo te las perdonaré en nombre del Omnipotente.

El moribundo abrió los ojos un tanto apagados y murmuró con voz inteligible:

—Dios me concede estos momentos para que, reconociendo su justicia, descargue mi conciencia... Soy muy criminal, Padre mío...!

—Arrepiéntete, hijo mío y cree que la misericordia de Dios es infinita! Sus brazos están abiertos para todos aquellos extraviados del redil de la gracia, que vuelven sus ojos a El. Yo no soy más que un indigno ministro suyo, pero a su nombre podré aliviarte de la onerosa carga que pesa sobre tu conciencia.

—Padre... sí... pronto porque me muero... —La confesión del moribundo comenzó, endulzada por las palabras consoladoras con que el sacerdote animaba aquella endurecida conciencia, próxima a comparecer ante Dios.

Entre tanto los serenos habían partido: el uno a dar cuenta a la autoridad; y el otro en busca de un médico. Pronto estuvieron de vuelta, acompañados del Juez y de un facultativo. El sacerdote les indicó que se acercaran, y les dijo con voz solemne:

—Autorizado por este desgraciado que en breve comparecerá ante la presencia del Creador, declaro ante todos, que ha sido asesinado por orden de un alto personaje. Don Remigio Flores se arrepiente de haber sido cómplice de aquél, en un crimen de falsificación por robo.

El juez anotó lo que acaba de oír, y acercándose al herido, le preguntó con bastante calma arrimando a la nariz una caja de polvos:

—¿Confesáis todo ese crimen como cierto?

—Sí...; y deseo su reparación, no por venganza sino por justicia...

—¿Conocisteis al asesino?

—¡No! pero sí a la mano que le pagó...!

—¡Su nombre?

—El Vizconde... de... Tunerán... da...

El sacerdote, viendo que el moribundo daba las últimas señales de vida, le aplicó la santa Unción; ceremonia sacramental tan necesaria como imponente, por tener su verificativo a las puertas de la eternidad.

El facultativo se acercó enseguida; y procedió a reconocer la herida, cosa que no había hecho al llegar, por la confesión ya descrita. Enseguida, con ese aplomo que acompaña siempre las palabras del hombre de ciencia que ha encanecido curando las dolencias del cuerpo, y presenciando esos cuadros de horror en que la vida se va cortada por la mano de un criminal, en que la materia lucha por retener un resto de aliento, y el alma se agita para abandonar su cárcel; dijo retirándose un paso:

—Este hombre debió haber muerto en el acto, porque el puñal ha roto las arterias más nobles del corazón.

—Juicios son de la Providencia que tal cosa no haya sucedido; de lo contrario el crimen que se versa, haría más víctimas —dijo el sacerdote sentenciosamente.

La agonía de D. Remigio fue breve y violenta. El sacerdote le rezaba con fervor; los demás oraban en voz baja.

De pronto el primero dio al herido otra absolución, terminada con estas palabras:

—¡Ya puede tu alma volar en paz al seno del Creador!

Y como si el moribundo no hubiese esperado más que estas consoladoras palabras, arrojó una bocanada de sangre, y expiró.

—¡Ah! –exclamó el alcalde, mirando el cuerpo rígido del escribano, cuántos pícaros como éste alientan en el mundo vestidos de oro y seda, escudados por su título

o por su alta posición social!

Los serenos condujeron el cadáver a la alcaldía para proceder al siguiente día con todas las solemnidades que el caso requería.

El alcalde, hombre tan activo como previsor en materia de crímenes, tomó desde luego providencias, a fin de que tan oscuro crimen no quedase sin castigo.

Asegurado en la declaración del herido y teniendo testigos presenciales de aquella misma declaración, ordenó catear en la misma noche la casa del Vizconde, antes que éste pudiese tener denuncio de lo que pasaba.

Sus puertas fueron abiertas en nombre de la Ley; y el alcalde, seguido de la policía, comenzó a registrarlo todo.

Fortún fue preso en unión de otros criados y conducido con ellos a la cárcel.

¿Qué había sido del Vizconde? Ni aún el mismo Fortún lo sabía que era su criado de más confianza; y sin embargo, al entrar la autoridad él se hallaba en su casa.

En vano se le buscó, todo fue registrado minuciosamente; suelos, paredes, muebles y puertas, por ver si se le encontraba.

La casa fue cerrada, y las llaves entregadas al alcalde con varios papeles extraídos de un armario, y entre los que figuraba el testamento hecho por D. Remigio Flores.

A las nueve de la mañana del siguiente día, se le tomó declaración a los presos, en presencia del cadáver del escribano.

Fortún declaró lo que sabía, esto es, que el escribano había estado con su amo varias veces; que últimamente debía casarse con una sobrina del mismo llamada María Granados, joven, hermosa, recién llegada a la capital, y hospedada en la calle de San Francisco, número

20. Los otros criados, punto más o menos, dieron idénticas declaraciones.

Después de todas estas averiguaciones hechas en el orden que la ley prevenía, se procedió al arresto de la sobrina del Vizconde, quien aparecía cómplice en aquel crimen doblemente perpetrado; pero grande fue la sorpresa de la policía, cuando al desempeñar su cometido, se le hizo saber por el dueño de la casa que aquélla había ocupado, que la bella inquilina se había marchado dos días antes, sin saberse a dónde.

Todo esto, acompañado de algunos elogios a favor de la joven, cuya bondad era siempre tan conocida de los que la trataban, dio por resultado que, al menos por entonces, se suspendiesen más averiguaciones acerca de ella, pues, si bien aparecían algunas cartas autografiadas con su firma, y que la comprometían altamente, había datos para juzgar que ella misma no fuese más que otra víctima de la rapacidad del Vizconde, quien fue exhortado por todas partes, con fin de conseguir su captura.

Por lo que hace a Pancho, una vez más había sido favorecido por la suerte, permaneciendo fuera de toda sospecha jurídica; y llevando su cinismo hasta ir a formar parte de los espectadores de tan ruidoso asunto.

Capítulo VII

Hilos sueltos

Antes de terminar este libro y como epílogo de él, voy a recoger algunos hilos sueltos, que a nuestro paso vertiginoso, he dejado pendientes; hilos que nos conducirán a echar una rápida ojeada, sobre algunas escenas no aclaradas todavía y que serán muy necesarias para la mejor explicación de los sucesos que venimos desarrollando.

Ya es tiempo de que nos pongamos al tanto del estado en que se hallaban los ánimos de muchos de nuestros personajes, al desenvolverse los últimos acontecimientos de este cuadro.

Perdónenme mis lectores, si con algún retraso de tiempo voy a conducirlos ahora al Pico del Águila y precisamente en la tarde de aquel día en que se efectúo el rapto de Cecilia Miranda.

¡Perdónenme, repito! En ningún tiempo es desagradable un paseo en el campo. La aridez del invierno tiene también su belleza propia; y si bien la vegetación aparece entonces tostada por el frío: el suelo cubierto de hojarasca que bate el viento con impotente ruido; la atmósfera condensada por la niebla helada que entumece los miembros, reseca la epidermis y torna melancólico el espíritu; los ojos se deleitan contemplando, a través de la desolación de la naturaleza, los picos cubiertos de nieve, las blancas hebras del heno convertidas en hilos de plata, y ese mismo manto de desolación, que lo envuelve todo con su melancólica poesía.

¡Allá vamos! pues y espero que me acompañéis con gusto.

Al caer la tarde, en que se consumó el rapto de Cecilia, Vicente Colombo y Teodoro, sentados en una roca, esperaban ansiosos en el Pico del Águila, la llegada de Patiño y su linda prisionera. Y digo esperaban, porque el día que nos ocupa había sido designado con anticipación por Andrés, como el más a propósito y seguro para el rapto meditado.

Había oscurecido y comenzaban a dudar del éxito, cuando se escucho un fuerte y prolongado silbido, que tomaron como anuncio de hallarse ya cerca la codiciada presa.

Ambos bandidos se pararon y fijaron su mirada, deseando abarcar los objetos; pero la luna se hallaba en su primer cuarto y era demasiado débil la luz que hacía llegar a la tierra.

A los pocos instantes sonó la detonación de una arma de fuego, y casi en seguida otros disparos más opacos, que juzgaron ser de pistola.

—¿Qué habrá sucedido? –preguntó el Capitán sobresaltado.

—Pronto lo sabremos –contestó Teodoro con la vista fija en las ondulaciones riscosas del terreno:

—¡Patiño es valiente!... no creo se deje arrebatar a la chica... –murmuró Colombo distraídamente.

—¡Mucha confianza tienes en ese bicho de Patiño! – dijo Teodoro con acento sarcástico.

—¿No la tienes tú también, Teodoro?

—Siento decirlo; pero de algunos días a esta parte le desconfío y... ¡hasta quisiera que nos deshiciéramos de él!

—Perderíamos un buen brazo, Teodoro; pero dices tienes motivos para sospechar...

—Ninguno que merezca la pena –se apresuró a contestar Teodoro–; pero noto en él hace algunos días, un cambio extraordinario; se vuelve ambicioso, ceñudo y hasta hipócrita. Yo no sé por qué, pero me temo que el día menos pensado nos juegue una mala partida.

—¡Por Barrabás! Que si tal hace, le colgaré del palo más alto –exclamó Colombo con voz de trueno y en seguida cambiando de tono, añadió con serenidad:

—No será lo que dices: Patiño es buen amigo y... ¡no lo hará! tus apreciaciones, respecto de él, son hijas de una imaginación engañada.

Teodoro no contestó; acaba de percibir algunos bultos que subían y tomando a Colombo por el brazo exclamó:

—¡Ya están ahí!

Bajáronse violentamente para encontrarles y tomando por el declive de una cuchilla, pronto se hallaron en el fondo de una barranquilla, por donde corría un hilo de agua blanca y pura, quebrada en pequeños cristales y parecía dormir entre los lirios y las margaritas silvestres.

Junto a aquel manantial se hallaba una de las muchas entradas subterráneas que poseían.

Al llegar allí vieron a Patiño, que parecía esperarlos, con los brazos cruzados.

—¿Y la hija del coronel? –preguntó Colombo con inquietud, mirándole solo.

—Nos la han arrebatado –contestó aquél secamente.

—¡Que os la han arrebatado! —exclamó Colombo con mal reprimida cólera; ¿y desde cuándo os volvéis mandrias, para dejar que otros os desplumen y se rían de vuestras barbas?

—Mal hace mi Capitán, en llamarme mandria —dijo Patiño poniéndose lívido; yo hubiera defendido la presa hasta morir; pero el Gigante me llevaba una ventaja que no pude salvar, para caminar a su lado y evitar el fracaso.

—¡Ira de Dios! ¿Me habrá vendido el Gigante? —gritó el Capitán casi furioso.

—Si tal hizo, perdónale porque ha muerto —dijo Patiño con imperturbable calma.

—¿Tú le has matado?

—No, el raptor es quien lo ha hecho.

—Entonces —murmuró Teodoro—, no ha traicionado; porque ningún traidor vende para que lo maten. Aquí lo que se ve es la falta de tino para asegurar el negocio hecho.

—¡Tino...! —dijo Patiño mirando a Teodoro con desprecio; a ti te hubiera sucedido lo que a mí, si te hubieras hallado en mi lugar!

Teodoro sonrió desdeñosamente sin contestarle y Patiño les refirió de aquel lance todo lo que mis lectores saben, menos su entrevista con María, verdadero motivo a que debía no haber podido auxiliar al Gigante en aquel asalto imprevisto en que el misterioso riflero tuvo tan feliz éxito, pues a la hora que atacó a Patiño y sus cómplices, andaban diseminados y sin orden.

Después de la relación de Patiño, siguieron los comentarios sobre el paradero de Cecilia, y se acordó tomar nuevos informes para asegurar el golpe de una manera más fácil y segura.

Pocas horas después, Colombo estaba en su dormitorio mohíno y colérico.

Era la primera vez que veía fracasar una empresa; y como era algo supersticioso, creyó que su estrella comenzaba a serle contraria.

Mil negros pensamientos le saltaron; concluyendo por pasar el resto de la noche pensando en María, la que acostumbrada ya a otra clase de vida, no podía resignarse en lo adelante, a la soledad de aquellas rocas y de aquellos agrestes picachos, siempre cubiertos de hielo.

Era preciso a su corazón ambicioso y sediento de la dicha de su hija, aceptar un medio decisivo que le llevase al logro de sus deseos.

Por lo que hace a Teodoro y a Patiño, al separarse del Capitán, fueron a reunirse a sus camaradas, aparentando una tranquilidad amistosa que no tenían, pues que en realidad se odiaban y comenzaban a desconfiarse.

Dícese, y con razón, que la desconfianza es el primer nublado en el cielo del cariño, bajo cualquier punto de vista que se le considere. Y efectivamente, desde que la duda aparece en su horizonte; la desconfianza, hija de aquella, disminuye el brillo y la magnitud de tan hermoso cielo, con su mirada torva.

Entre Teodoro y Patiño, no cabe este aserto, porque estaban muy lejos de cariño; pero ello es que se dejaba sentir entre los dos un recelo mutuo que les auguraba funestos resultados.

Teodoro, adicto y fiel a Colombo, como el siervo a su amo, había comenzado a recelar de Patiño; quizá por ese instinto desconocido que llamamos presentimiento y que tan pocas veces nos engaña, o porque el mismo cariño le hiciese adivinar peligros donde acaso ni los había; sea por una u otra causa, ponían siempre malos ojos a cualquiera confianza que de éste se hacía.

Patiño a su vez, desconfiaba de Teodoro, porque era como decía con frecuencia, el ojo derecho y la sombra de Colombo. En sus miras, que ya conocemos, le tenía como obstáculo principal opuesto a la realización de sus deseos.

Su desconfianza, pues, no era más que la vanguardia de su odio, siempre adelante, siempre abriendo brecha a la venganza de éste; porque Patiño ansiaba destruir todo lo que de alguna manera se interponía entre él y su amor.

Porque era Patiño uno de esos hombres que sienten el amor, no dulce, tranquilo y abnegado; sino borrascoso, egoísta, caprichoso y cruel: uno de esos hombres cuya pasión es un torrente, que no conoce dique que le contenga, capaz de arrastrarlo todo en su desbordamiento. Para él no existía más ley, más virtud, ni más soberano que su voluntad; y como a todos los hombres de su condición, para llegar al logro de ella, nada le importaba el camino por donde lo hiciera; ni los medios de que echara mano, con tal, como dije, de alcanzar el objeto.

Orgulloso por naturaleza, de sentimientos viles y rastreros, acariciaba la venganza, único recurso que le quedaba, desde que sabía que su amor era despreciado por María. De aquí que, al ver a Rafael frente a los balcones de María y al Vizconde salir de la casa de ella, dejase escapar estas palabras que ya conocemos:

—¡Yo me vengaré de ella, y ese par de zopencos!

¡Tal era el corazón de Patiño; tal se hallaba en la noche a que me refiero!

Pero ya que le conocemos a fondo, permítaseme añadir que entre sus defectos, poseía la audacia, el valor y la astucia, tres cualidades que le habrían servido para engrandecerse fuera del camino del vandalismo.

A estas cualidades debió siempre la preferencia que Colombo le daba en sus negocios, como hemos visto; pudiendo decirse de él y de Teodoro, respecto de aquél, que éste, era su segundo, su brazo derecho, su depositario de todos sus secretos; el que disponía y vigilaba en ausencia del Capitán; en fin, el centinela eterno de aquella inexpugnable fortaleza, de la que raras veces se alejaba. Patiño, por el contrario era el móvil de su brazo, el ejecutor de sus pensamientos, el vigía ambulante; que entraba y salía a su antojo, sin que nadie lo extrañara; tan acostumbrados estaban todos a sus pensamientos ordinarios.

Pero volvamos a Colombo.

Cuando las amarguras de aquella noche aciaga para él, por haber visto fracasar en ella su más acariciado proyecto, se disiparon un tanto; cuando vio surgir las primeras horas del día, envueltas primero en el tenue velo del alba, y después radiosas y brillantes con su espléndida corona de luz, su manto de flores y su concierto de aves; tuvo un pensamiento y le acarició por vía de distracción, y como un medio para distraer su mal humor; este fue tener una entrevista con el Vizconde, para ver si por su influjo o consejos, se abría un nuevo camino a sus anhelos.

Hemos visto ya los resultados de esta entrevista en que Colombo, sin explicarse aún con el Vizconde, sobre el verdadero motivo de su viaje, fue sorprendido por éste, con una respuesta de matrimonio entre él y María.

Desde que le fue hecha, guardó Colombo silencio sobre su verdadera visita, porque así le convenía. Nada dijo y aún se mostró afectado; pero en realidad aquella propuesta halagando todos sus deseos, fue aceptada por él, como negocio en que ganaría mucho sin exponerse a pérdida.

La seguridad de este proyecto necesitó de otra víctima, y se apoderó de Rafael, bastante conocido nos es este detalle.

A partir desde ese día en que Colombo vislumbró para su hija la corona de virreina, cesaron todos sus planes sobre Cecilia y hasta pareció olvidarse del coronel Miranda, quien no viendo a su enemigo cerca de sí, como antes, importunándole, comenzó a abrigar nuevas esperanzas de una remota libertad.

Los alimentos que Teodoro le llevaba no eran para provocar apetito, sino al contrario para quitarlo; pero hizo un esfuerzo para aprovecharlos en la rehabilitación de sus caídas fuerzas.

Interiorizados nosotros del estado de ánimo en que cada cual de nuestros personajes se hallaba, dejémosle para ir en busca de otros hilos. Dejemos a Colombo acariciando sus más risueñas esperanzas viendo a su hija poderosa, rodeada de prestigio y de adulación, por medio de su enlace con el Vizconde y viéndose él mismo disfrutando sus riquezas fabulosas a la sombra de su yerno, quien no podía menos de atenderle, dadas las circunstancias excepcionales que los unían.

Dejemos a Teodoro desconfiando de Patiño: a éste dando vida en su cerebro a una venganza que le hiciera dueño de María y le librase de todo lo que pudiera hacer sombra a su proyecto; al coronel Miranda soñando en una libertad remota, con la fe de mártir y la resignación del cristiano, y volvamos a María, a quien sabemos ya que la policía no había encontrado en su domicilio, el día siguiente del asesinato de Flores.

¿Qué era de ella, dónde se encontraba?

Para saberlo nos veremos obligados a retroceder a la infausta noche en que Rafael tuvo con ella, al parecer, la última entrevista.

Hemos visto a Ordóñez dejar la casa de María, loco de celos, ebrio de despecho y desesperado; y siguiendo su vertiginoso paso, hemos presenciado su plagio, pues que a su agresión no cuadra mejor otro nombre, por las circunstancias de que fue revestido; pero siguiendo los episodios de esa noche, levantaremos un hilo pendiente sobre lo que en ella toca a la infortunada joven quien poseyendo una alma noble y generosa y un corazón en que irradiaban los más bellos sentimientos, se veía envuelta entre las redes de oscuros crímenes y de ambiciones viles; de donde ¡pobre paloma! trataba en vano de salir.

Cuando hubo perdido de vista a Rafael, volviéndose a la sala en un estado de excitación nerviosa, difícil de explicar, y dejándose caer en una silla, abrumada por el dolor, dejó correr sus abundantes lágrimas.

La noche pasó para nuestra joven, como el día; el sueño, dulce reparador de las perdidas fuerzas, huyó de sus párpados: su frente abrazada por lo recuerdos parecía arder y ante sus ojos, en alas de la imaginación calenturienta, pasó su vida toda. Más de una vez, se deslizó a sus ojos la figura de Paula, de aquella mártir del vandalismo que siendo su madre parecía acariciarla y sonreír, o llorar con ella, en aquellos instantes de amargura y secreta lucha.

—¡Pobre, madre mía! –exclamaba entonces, como si realmente la viese, viendo estás que tu hija es tan desgraciada como tú...! Implora a Dios porque yo pueda consumar el sacrificio que ha de salvar a Cecilia y a su padre...!

En el transcurso de esa noche funesta, las fuerzas de su alma parecieron agotarse. Y sin embargo otro golpe rudo la esperaba con los primeros albores del sol, como vamos a verlo.

Acababa de trasponer el umbral de su dormitorio en busca del ambiente matinal, que fresco y alegre, parece ahuyentar con su apacible contacto los dolores del espíritu, cuando Martín yendo a su encuentro, le dijo con cierto misterio:

—Tengo que hablarte donde no nos oigan.

—En la antesala, –murmuró María guiándole.

Cuando estuvieron en la antesala, entornó ella la puerta sigilosamente, diciendo:

—Habla, Martín, estamos solos.

El indio suspiró como si aquella misión le quemase el alma, y dijo en seguida:

—¿Tendrás valor...?

—¡Valor...! –repitió la joven ¿crees que me falte? Di lo que tengas que decirme; días hace que la negra mano del dolor me hiere a todas horas ¿por qué temes pronunciar palabras en que ya entreveo un nuevo golpe? ¡Ah...! éste golpe no será más que una gota pequeña en el raudal en que me anego...!

—Dices bien ¡y esa gota de hiel voy a derramarla yo que te amo tanto...! –exclamó Martín, oprimiéndose el corazón con ambas manos. Enseguida añadió:

—Acabo de saber, por un criado del Vizconde, que ha sido asaltado don Rafael, por unos hombres...

—¡Dios mío! –exclamó la joven con angustia indefinible, sintiendo agitarse todo su ser ante aquella nueva inesperada y terrible: ¡oh!... acaba de revelármelo todo ¿qué ha sucedido? ¿dónde está Rafael?

—¡Ha desaparecido...!

—¡Desaparecido! ¿estás cierto de ello?

—Como lo estoy de estar hablando contigo, María; escucha: el ayuda de cámara del Vizconde me ha dicho que el mismo Vizconde presenció su agresión, por un incidente casual...

—¡El Vizconde! ¡oh, ese hombre en todo...! – exclamó la joven con desaliento; y luego añadió: ¿pero no crees que sus asaltantes le hayan asesinado?

—¡Oh! no; la policía no ha encontrado su cadáver, de lo contrario ya habría dado cuenta; el golpe fue misterioso, pero yo sé de donde parte –dijo el indio, mostrándole sus dos hileras de dientes blancos con una sonrisa despreciativa.

—¿De dónde...? –murmuró María con voz imperceptible.

—Patiño estaba aquí ayer; hoy no ésta, lo sé bien; ha dado el golpe, y ha huido llevándose a la víctima.

María dio un pequeño grito, y se dejó caer en una silla. Por su imaginación acababa de cruzar la escena que le tocó durante el rapto de Cecilia; vio a Patiño amenazarla de una manera ruda y brutal y juzgó que lo sucedido con Rafael, era principio de su venganza.

—¡Oh, a estas horas quizá Rafael ha muerto! – murmuró, dejando asomar las lágrimas a sus ojos.

—No –contestó el indio; es claro como ya te dije, que no se trató de asesinarle, porque lo habrían hecho luego. Tu padre debe haber ordenado un arresto para el que tú amas, mientras eres del Vizcondesa... Yo presiento algo y creo que a estas horas le conducen a nuestros subterráneos.

—Entonces, Martín, le salvaremos: tú me ayudarás ¡no es verdad? –preguntó María con una mirada suplicante.

—¿Qué no hago yo por ti? A él, lo odio pero tú le mas, y eso me basta para ser hasta su esclavo.

—¡Gracias Martín! –exclamó la joven tomándole una mano con gratitud, Rafael te compensará más tarde, por que es bueno.

La joven comprendía lo que pasaba en el alma del generoso Martín y le compadecía en silencio.

Martín la amaba; pero su amor era el amor puro y noble que se sacrifica y se torna sublime en los rudos combates porque tiene que atravesar.

Largo rato conferenciaron aún nuestros dos jóvenes sobre la extraña situación de Rafael y lo que debería hacer para salvarle, dado el caso que no le hubiesen asesinado.

Al día siguiente, María y Rosa su doncella entraban a un coche y partían sigilosamente al Sur. Sin embargo, al llegar a Sayula, pretextó María su deseo de detenerse allí para conocer la población, y mandó a Rosa al lado de Juana.

Cuando aquella hubo partido, María y Martín desaparecieron a su vez de Sayula.

¿A dónde iban?

Corramos un velo sobre los viajeros, al menos por ahora, pues que pronto volveremos a encontrarlos.

LIBRO IV - LA MANO DE DIOS

CAPÍTULO I

EL CAZADOR DEL NEVADO

En el centro de un valle abierto entre dos colinas verdes y que más parecían una ancha cuchilla por su forma triangular terminado en cúspide, y por hallarse entre el declive de aquellos dos centinelas de la naturaleza que le servían de límite con sus achatadas cimas y su manto de musgo siempre delicioso, siempre blando y fresco; había en la época a que me refiero un ranchillo de adobe cuyo techo de zacate ennegrecido por el sol y las tormentas le daban un aspecto casi miserable. Sin embargo y a pesar de su aspecto, aquel rancho era risueño si atendemos a la parte topográfica del terreno en que estaba situado.

Hacia donde el cerro se dividía formando las dos colinas mencionadas, se destacaba un grupo de árboles seculares, cuyas ramas entretejidas formaban una verdadera enramada, donde los rayos del sol eran escasos, pues que sólo penetraban en cortos jirones y pequeñas ruedecillas.

Frescas enredaderas suspendían sus delgadas y flexibles guías de las ramas añosas de algunos de aquellos árboles lozanos y se columpiaban al beso del ambiente tímido, a la ardorosa caricia del abrasado viento, quien al barrer las amarillentas hojas, forman ese rumor que tanto tiene de melancólico como de dulce y misterioso para los seres contemplativos.

A lo lejos, como un chal azul flotando en el espacio se extendía el horizonte con sus mil paisajes nubíferos, sus millares de brillantes soles y su inmensidad ¡dilatada siempre, siempre majestuosa!

Multitud de labores, ya de riego, ya del temporal, se extendían en torno, del sitio que nos ocupa, como verdes sábanas y balanceaban sus blancas espigas y sus jilotes rubios, al compás del murmullo que formaban sus largas y delgadas hojas movidas por el viento.

Algunas chozas esparcidas aquí y allí, mal cobijadas por los árboles o tendidas a pleno sol en sus laderas cercanas, completaban la poética armonía de aquel pedazo de tierra, a donde hoy nos dirigimos.

En el rancho descrito habitaban dos seres respetados y queridos de cuantos les conocían; a quienes todos llamaban: el tío Pablo y la señora Francisca.

No formaban matrimonio; el tío Pablo era solo y la señora Francisca era su parienta.

El tío Pablo, aunque frisaba en los 60 era un hombre alto de fuerte musculación, derecho, de fisonomía dulce y triste.

Su rostro surcado de arrugas y enriquecido con una barba abundante que bajaba hasta el pecho, un tanto amarillenta por el humo del tabaco, conservaba siempre esa expresión agradable que imprime la mano de la virtud; y más que en otros, en la frente del anciano.

Debido a su naturaleza de hierro, su pulso no había perdido su tino ni su vigor; y no era extraño, por lo tanto, verlo cazar ánades, venados y otros muchos animales de que constantemente proveía su cocina.

Por lo demás, su vida era un tanto rara: un tinte de melancólica tristeza se dibujaba constantemente en su ruda fisonomía y con frecuencia se le veía suspirar, como si algún recuerdo penoso levantase en su alma la imagen lejana de alguna ventura perdida.

Acostumbraba levantarse cuando todavía cintilaban las estrellas, esas arenas de plata regadas en el cielo para deleitar los ojos de los mortales; y al despuntar el día, después de recorrer su labor, se alejaba con su carabina al hombro y su morral a la espalda.

¿A dónde iba? Quien hubiera de seguirle todos los días, tendría que cerciorarse que sus excursiones diarias no tenían más punto que el Volcán, ni al parecer más objeto que cazar animales; por lo que todos le daban, además de su nombre de pila, el de «El Cazador del Nevado».

Al caer la tarde tornaba por lo regular a su choza, trayendo la caza que hiciera durante el día, y que la señora Francisca sazonaba para la cena, reservando lo que de ella restaba para la comida del día siguiente y para obsequiar a los labradores vecinos.

Algunas veces, sus excursiones duraban dos, tres o cuatro días, en cuyo tiempo la buena Francisca rezaba por él y se afligía, temiendo por su larga ausencia.

En estas veces el tío Pablo se remontaba hasta los picachos más altos de la montaña, vagaba por las barranquillas más inaccesibles y profundas, pasaba horas enteras devorando con sus miradas todo lo que le rodeaba, como si procurase encontrar algún indicio, alguna huella que llenase sus pensamientos.

¿Quién era tío Pablo? ¿Qué interés tenía en pasar horas enteras, días y más días en aquella montaña, morada de salteadores, quienes por otra parte, nunca se fijaban en él, despreciándole quizá por su pobreza o por la costumbre de verle todos los días?

Los acontecimientos nos lo dirán, supuesto que vamos a seguirle en ellos muy de cerca, retrocediendo unos cuantos días a las últimas peripecias que he narrado, hasta el día anterior.

En una de las excursiones del tío Pablo, y el día tercero de su ausencia, Francisca se levantó más temprano que de costumbre.

Estaba inquieta y miraba con frecuencia a las veredas por donde solía llegar aquél.

Aquellas ausencias del tío, la ponían siempre de mal humor, y le quitaban la tranquilidad en sus faenas diarias.

Sin embargo, preparó sus guisos de costumbre para esperarle, guisos que no pasaban de carne asada, huevos, chile y frijoles, teniendo a poco rato que resignarse a comer sola.

Púsose enseguida a tejer al torno una servilleta, levantando siempre los ojos cubiertos con grandes antiparras blancas, mientras las manos callosas corrían con agilidad por la tela, jugando por decirlo así, con los azumos y el zozopaxtle.

Comenzaba el sol a desaparecer, y sus últimos rayos teñían las montañas con esa luz vaga, indecisa, que puebla de imágenes el espíritu, y que parece sonreírnos con sus últimos besos.

La tía Francisca abandonó el torno, y tomando un canasto con maíz, comenzó a llamar a sus gallinas, que momentos después, la rodearon cacareando; algunas de ellas saltaban al canasto recibiendo una caricia o un regaño de su dueña.

Alzó después el canasto, y fue a sentarse a la puerta murmurando:

—Pablo no ha de parar en bien, con esas idas al Volcán. ¡Dios le acompañe!

Ya hacía rato que las sombras de la noche lo habían envuelto todo con su ropaje negro; el cielo se había engalanado con sus chispeantes estrellas, esas lámparas eternas del espacio, esa corona de brillantes que ciñe tan majestuosamente su frente y que parece decirnos cuando la miramos: bendice al Ser Supremo que me ha clavado en los cielos para recreo de tu vista y esperanza de tu alma.

Todo se hallaba reconcentrado en el más profundo silencio; los medieros de labores y sus familias dormían dando descanso a sus fatigados miembros; sólo la tía Francisca velaba, rezando sus oraciones de costumbre, dentro de su rancho, cuya puerta había sido atrancada con un palo grueso de encino.

De repente sonaron a la puerta dos golpes, que por la manera de darlos, le fueron conocidos.

—¡Vamos –exclamó con alegría, ya viene! ¡qué hombre tan extraño! no ha de parar hasta que lo ahorquen los bandidos.

—¡Abre presto mujer –dijo el tío impaciente, desde afuera; abre presto! –tornó a decir.

—Ahora vienes con prisas –murmuró ella, poniéndose las pantuflas de gamuza, que se había quitado mientras rezaba.

Abrió enseguida, y el tío Pablo entró conduciendo en sus brazos a una joven que Francisca miraba con curiosidad y sorpresa.

—¡Ea! –dijo el tío, poniéndola en un jergón que cubría un tapeixte, levantado del suelo por unos horcones ; tu cama va a servir para que repose esta pobre muchacha, que tú y yo cuidaremos.

La tía Francisca era buena, y hospitalaria, sobre todo; por lo que se apresuró a desalojar la cama de todo estorbo. Le ayudó a colocar a la joven y viendo que estaba desmayada, deslizó entre sus labios algunas gotas de agua; la frotó con aguardiente, consiguiendo al fin que abriese los ojos al poco rato, y murmurase:

—¡Madre...! madre...!

Estas dos palabras arrancadas por la desesperación, parecieron agotar todas sus fuerzas, porque cerrando los ojos, pareció aletargarse de nuevo.

—¿Qué ha sucedido? –preguntó la buena mujer.

—Silencio Francisca, yo te lo contaré todo; pero no en estos momentos en que la joven reclama todos nuestros cuidados.

Efectivamente la desconocida era víctima de una violenta calentura que hacía convulsos todos sus miembros; y hacia la media noche un espantoso delirio se desarrolló en ella. La fiebre se había declarado.

—Es necesario –dijo el tío Pablo que nadie sepa lo que ha pasado esta noche; ni que esta joven está aquí, porque sus raptores tratarán de recobrar su presa.

Francisca se propuso guardar silencio, y vigilar para que ninguno de los campesinos que vivían cerca, pudiese ni aún sospechar que existía con ellos una mujer desconocida.

Como no tenían criados, el secreto no podía evaporarse y les fue fácil guardarle.

Entre tanto, con un esmero casi maternal, procuraban cortar aquella fiebre, que devoraba a la enferma, aplicándole esas medicinas propias de la gente campesina, y que, en aquella naturaleza joven se negaban a operar de una manera favorable.

El tío Pablo, había abandonado por primera vez su método de vida; ya no salía, y pasaba la mayor parte del día y de la noche velando a la cabecera de la enferma.

—¡Dios mío! –exclamaba el buen hombre a cada momento; no permitas que esta joven muera lejos de su madre. ¡Es tan grande, es tan terrible el dolor de perder a un hijo...!

Un mes entero luchó la joven entre la vida y la muerte; pero un día, por fin, la calentura desapareció y la joven viendo al tío Pablo, preguntó con acento débil y apagado:

—¿Dónde estoy?

—Estas en una casa que te ha deparado la Providencia, y al lado de dos ancianos que te aman —le contestó Pablo con amorosa solicitud.

La joven suspiró y cerrando los ojos, pareció dormir.

Diálogos semejantes a éste, y en el que solía aparecer el nombre de ¡Madre! se entablaron algunos días entre aquellos tres seres.

Pero al fin, como aquella naturaleza enferma, era tan joven, el mal cedió por completo; y la convalecencia no se hizo esperar mucho tiempo.

La joven recobró el vigor, y aunque algo pálida y delicada, pudo hacer ostentación de una belleza, que los ancianos admiraban cada día más.

—¿Cómo te llamas? —la preguntó un día Francisca.

—Cecilia —contestó la joven con dulzura, y luego añadió, ¡os debo mucho, mucho...! me habéis salvado con vuestros cuidados y desvelos, de una muerte cierta.

—¿Recuerdas... algo...? —preguntó la anciana con timidez.

La joven llevó su mano a la frente, y exclamó:

—Como a través de una niebla densa, porque mis recuerdos aún están muy confusos; veo un acontecimiento muy horrible, que me ha separado en un momento de los seres que me eran más queridos, acontecimiento que me ha envuelto en la mayor desgracia.

—Pero esa desgracia no es tan grande como la juzgas, hija mía —dijo Pablo, la Providencia te ha salvado, haciendo que mi pulso fuese certero como siempre; y ahora que sé, que tienes una madre que te llora, te devolveré a ella, y seréis felices otra vez las dos.

—¡Oh sí, sí: esa promesa, es ya una felicidad para mí!

Desde ese día, la joven fue mejorándose con asombrosa rapidez; tanto puede la moral sobre los males físicos que nos aquejan.

Había contado a los ancianos las desgracias de su familia, y su misterioso rapto, y aquella confidencia íntima, aligeró los sufrimientos de su corazón.

Quedábale empero, una llaga viva y palpitante; era el dolor de su madre, que no adquiriría noticias suyas, y que indudablemente la lloraba sin esperanza.

Propuso al anciano varias veces, hacerla saber su paradero; pero éste le contestaba siempre:

—No soy de esa opinión: mientras no estés en estado de caminar, debemos guardar reserva.

En todo lo que concierne a nuestra familia, hallo la mano de un enemigo oculto y terrible; y es necesario burlar la vigilancia de ese enemigo. El gusto de la madre podría ocasionar la pérdida de la hija y la suya propia.

Estas y otras razones convencían a Cecilia, que esperaba con ansia el día en que pudiese de nuevo abrazar a su madre. Pensaba en ella, en Adolfo y en María, tres amores distintos, que llenaban su alma en distinta escala.

Un día, el tío Pablo anunció a la joven que a la mañana siguiente salía él solo, con objeto de investigar la mejor senda para conducirla al lado de su familia, con toda seguridad.

Cecilia se estremeció de alegría, y estrechó con efusión las manos del anciano entre las suyas.

La esperanza, esa hada preciosa que se cierne sobre la frente del infortunado, y que parece decirle: «Estoy junto de ti, no te acobardes», ese sueño dorado, que hace al artista avanzar por el camino de la gloria; esa flor abierta, cuyo aroma perfuma el camino que sigue la juventud; ese fuego sagrado a cuya bendita flama, se agrupan todos los seres para leer en el libro del provenir una dorada página, que quizá ni existe; pero que buscan anhelantes; la esperanza, repito, brilló entonces para la joven, no ya dudosa, sino clara y alegre como lámpara suspendida al techo de un salón de baile.

¡Con cuánto gozo; pero también con cuanto sobresalto por su pronta y feliz vuelta vio salir al anciano!

Sus ojos le siguieron, hasta que no pudieron ya percibirle, y sólo entonces cayendo de rodillas, murmuro una oración por su protector, por su pronto y feliz regreso.

El alba en aquellos momentos desdoblaba apenas su fino y transparente velo, y sobre un paisaje medio dormido aún, y palpitante entre los besos y las caricias de los nocturnos vientecillos; las aves aleteaban dejando sus nidos y formaban besándose y cantando, esa dulce algarabía que, unida a los mil rumores y cadencias del crepúsculo vespertino, precede a la salida del padre del día.

¡El corazón de Cecilia despertaba también, y sonreía embriagado con la luz de la esperanza...!

La tía Francisca se le acercó de puntillas, y le echó un brazo al cuello.

—Ahora sí –le dijo, pronto verás a tu madre, porque a Pablo ni ríos crecidos lo detienen.

—La Providencia, que hizo certero su brazo para libarme de la ignominia que me esperaba en poder de los bandidos, le ha de proteger para que vuelva salvo, y me conduzca a los brazos de mi madre.

Poco después el sol de levantaba sobre los montes; las aves gorjeaban; los labradores dejaban sus chozas para emprender el trabajo; y toda la naturaleza se alegraba: aquella alegría común, perecía reanimar a Cecilia, que se juzgaba ya en los brazos de doña Mercedes.

¡Tal es el poder de la ilusión, débil vaso que mientras no se quiebra, nos presenta bajo su transparencia, y envueltas en colores de un prisma, las imágenes realizadas de nuestros más ardientes deseos; aunque después nos ofrezca, con toda la desnudez del desengaño, el esqueleto destruido de aquello que más alimentó nuestras esperanzas!

Pero dejemos a Cecilia esperando el regreso del cazador; y a éste indagando el mejor y más seguro sendero para conducirla al lado de su madre.

Otros sucesos nos esperan, cuyas tramas tenemos que seguir, si hemos de imponernos bien de todos ellos.

Capítulo II

¡Nunca falta un Judas!

Retrocediendo como por encanto, a algunas noches antes del hilo de nuestra narración, vamos a seguir a un hombre, que embozado en un zarape jaspeado, atravesaba sigiloso la ancha plaza de toros de Zapotlán[47] y torciendo una callejuela hacia el oriente, conocida hoy con el nombre de calle de «La Montaña,»[48] después de andar dos cuadras contó a la derecha cuatro puertas o zahuanes y deteniéndose en el último, dio tres golpes con la mano izquierda, mientras que su derecha se apoyaba en el frío mango de un acerado puñal.

A los pocos momentos, se oyó el ruido pesado de una aldaba que caía y la puerta giró media ala misteriosamente sobre sus goznes.

Nuestro hombre entró, entornando la puerta, pero sin avanzar un paso que le separase de ella.

Levantóse entonces de una mala silla, que se hallaba otro hombre de mediana estatura, grueso, trigueño, de facciones severas, y con el rostro perfectamente afeitado y un hombrecillo bajo y de mirada astuta, que era el que había quitado la aldaba, se apresuró a tomar la vela en la mano, sin hablar palabra, pero no sin dejar de dirigir miradas furtivas al extraño visitante.

—A tu puesto Benito —dijo el personaje de la silla a su sirviente, que era sin duda el hombre de la aldaba, quitándole la vela. Vigila bien, para que nadie nos interrumpa ni nos oiga.

El hombrecillo fue entonces a ocupar su puesto en una ventanilla pequeña, que había en una extremidad de la sala.

Volviéndose nuestro personaje al desconocido, y le dijo con voz agria, en que se traslucía repugnancia y desprecio:

—Seguidme.

---

47 Desde 1906 el Parque Juárez se encuentra en este lugar. (Archivo Histórico Municipal de Zapotlán el Grande, Jalisco)
48 La calle «la Montaña» es hoy Lázaro Cárdenas del Río. (Archivo Histórico Municipal de Zapotlán el Grande, Jalisco).

—Os sigo —contestó el del zarape en voz baja; pero os advierto antes, que si me vendéis lo perdéis todo, porque me dejaré matar antes de hacer entrega de mis secretos.

—Tengo 50 años y jamás he vendido a nadie – murmuró el que guiaba, con dignidad y orgullo: seguidme a otra pieza para que hablemos solos, como lo deseáis.

Al terminar estas palabras volvió la espalda y comenzó a guiarle.

El visitante le siguió, acariciando siempre el puñal, y dirigiendo en torno suyo miradas recelosas.

La casa de que hablamos, era una finca sola y escueta, casi en ruinas. Sus paredes de adobe, sólo conservaban de su blanqueo, uno que otro lamparón amarillento y sucio, lleno de telarañas: su suelo sembrado de posos, estaba cubierto de una tela de polvo y sus techos apuntalados en partes, parecían pronto a desplomarse.

Nuestros hombres, atravesaron la sala y un pequeño cuarto, cuya puerta cerraron al entrar a otro contiguo.

¿Cómo era, que aquella casa horripilante, que según su apariencia desagradable y sucia, anunciaba mucho tiempo de estar sola, se hallaba ocupada en aquellas horas, por tan extraños personajes?

Vamos a saberlo.

Desde algún tiempo hacía, la casa mencionada gozaba de una fama nada agradable por cierto: la vulgaridad, le había atribuido fantasmas y apariciones, que habían hecho helar la sangre a más de cuatro desgraciados que la habían habitado.

Mucho habían hablado de esto, no sólo los inquilinos, sino el vecindario. Quien aseguraba haber visto a una mujer atravesar el patio y entrar a la sala, donde se perdía; quién otro, a un hombre de cara larga que le seguía, levantándole de su cama mientras dormía; quién aseguraba que las puertas se habrían y se cerraban a ciertas horas de la noche; y quién en fin, oía ruidos de pasos, gemidos tristes y aún patético sonido de osamentas que le torturaban hasta en el día; y entre todos éstos no faltaba quien se lamentase de unos fríos por tal o cual visión.

Estas habladurías llegaron a tener tal eco, entre la gente baja, que bien pronto, no hubo un solo inquilino que procurase domiciliarse allí.

¿Tenían razón los que ahí hablaban, o eran simples suposiciones basadas por el miedo?

Ni una ni otra cosa. No eran suposiciones, porque efectivamente, no habían faltado aparecidos ni ciertos ruidos extraños, que el que los oía o los tomaba según su exaltada imaginación, los figuraba.

No tenían razón, porque los ruidos y apariciones de aquella casa, eran debidos a la astucia de los bandidos, que procuraban tenerla deshabitada, y darle una apariencia de horror, cubriéndola con el velo de la superstición más absurda y ridícula, para alejar de ella toda mirada curiosa; cosa que les fue muy fácil, porque hasta el dueño, hombre crédulo y vulgar, la dejó en abandono y casi en ruinas, por tal de no sufrir un mal percance con los aparecidos.

Como estaba a la salida de la calle, muy despoblada entonces; y lindaba al Oriente y al Sur con algunos solares baldíos, los bandidos la utilizaron, sirviéndose de ella, como de un escondite, cuando les era necesario.

Hecha esta reseña, volvamos a nuestros hombres.

Sentado el uno frente al otro, parecían esperar ambos el rompimiento del silencio, hasta que el mencionado como habitante de la casa, sacó del bolsillo de la chaqueta un papel; y acercándose al otro le dijo:

—¿Conoce Ud., esta firma y esta letra?

—Es mía; y por más seña diré a Ud., que con ese papel fue la llave de esta casa, citando al señor alcalde para que viniese aquí hoy a arreglar un asunto que le era de interés a él y a mí también, –añadió el visitante con desfachatez y sangre fría.

—La aventura es singular, –dijo el alcalde riendo.

—Y no nos ha faltado valor, señor alcalde; pudimos ambos tendernos una celada y caer en ella como ratones en la ratonera.

—No tal por mi parte –dijo el alcalde, porque los negocios los arreglo según se me presentan; y para el caso de que en esta cita misteriosa, se tratara de asesinarme, he venido bien armado. Pero vamos al negocio; ¿qué tenéis que tratar conmigo?

—La entrega de los bandidos del volcán, como los llamáis vosotros.

El alcalde dio un salto en una silla, como si le hubiese prendido el aguijón de un animal; tanto así le sorprendió aquella inesperada propuesta.

—Vamos –dijo a su interlocutor, ¿y qué os mueve a dar este paso?

—¡El amor a la venganza! –murmuró sordamente el otro.

—¡Diantre! –exclamó el alcalde ¿y qué recompensa o premio solicita el que vende a sus compañeros?

El visitante se mordió los labios con despecho; pero reponiéndose contestó:

—La recompensa es sencilla y de poco costo: un pasaporte para ir a donde quiera con su mujer, y sin que se le moleste. Es lo que pide Andrés Patiño.

El alcalde sacó un lápiz y un papel, y escribió el nombre que su interlocutor acababa de pronunciar.

—¿Y el nombre de esa mujer? –preguntó el alcalde.

—En blanco, por si se me antojare cambiarla de seguido, –contestó Patiño socarronamente.

—Bien, pero veamos ahora ¿en que término ofrecéis hacer esa entrega?

—En término de tres días, a contar desde mañana.

—¿Y juzgáis cumplir lo que prometéis? Porque mucho se puede dudar del que traiciona para vender; –dijo el alcalde.

—Lo juro, ¿Y vos juráis, no atentar contra la vida o mi libertad ni antes ni después de este asunto? —preguntó Patiño con entereza.

—Lo juro —dijo a su vez el alcalde. Ahora ponedme al tanto de vuestro plan, para saber lo que tengo que hacer.

—Lo que haréis, será esperar hasta pasado mañana, en que a esta misma hora, nos veremos aquí solos como hoy, para ponernos al corriente de mi plan.

—Esta bien: el éxito de ese plan, será premiado con el pasaporte, como lo pedís.

—¡Eso no! —contestó Patiño: pasado mañana, en esta casa recibo el pasaporte, o no hay nada de lo dicho.

Andrés Patiño, sólo una palabra tiene, y no falta a ella nunca, señor alcalde.

El alcalde clavó en el bandido su penetrante mirada; y enseguida se puso a mirar los techos como si nada le preocupase.

Al cabo de un rato de silencio, murmuró como vacilando:

—Sea... tendréis el pasaporte, siempre que el plan sea satisfactorio. Podéis iros, puesto que la llave de esta casa, quedará en mi poder hasta la segunda cita.

Patiño y el alcalde, se pararon casi al mismo tiempo; y antes que el segundo se diera cuenta de ello, el primero desapareció por uno de aquellos solares baldíos que lindaban con la casa.

El alcalde, estupefacto de la agilidad del bandido, y deseando salir de aquella casa, cuyos secretos había comprendido esa noche, se acercó al ventanillo, llamó a su criado, que se había dormido, y calándose el sombrero hasta los ojos, salió de allí, cerrando cuidadosamente la puerta, y guardando la llave en uno de sus bolsillos. Aquella llave había sido mandada hacer por Patiño, para abrir y cerrar la casa a su antojo.

Capítulo III

Lo que puede hacer una mujer enamorada

Vamos a seguir a María, a quien hemos dejado abandonando la capital, ansiosa de llegar a tiempo de salvar a Rafael, a quien acertadamente juzgaba en poder de Colombo.

Pasemos por alto el camino que hizo entre mil sobresaltos y temores; pasemos por alto, la primer entrevista que tuvo con su padre, al tornar de nuevo a aquella morada subterránea, en que su niñez, se había deslizado tranquila y en que Colombo, sorprendido al pronto por su aparición, se había dejado dominar de una inmensa alegría, y sigámosla unas cuantas horas después de su llegada.

La noche había tendido su denso velo; y aunque en el interior de aquellos subterráneos, todo era noche, ésta sin embargo, a su llegada, se hacía sentir, porque la velada de sus primeras horas, cuando no había asalto, era para los bandidos un rato de solaz libertinaje en que cada cual procuraba divertirse a su manera.

En torno a una gran mesa improvisada sobre algunas cajas vacías, y aún parte de ellas, sobre mantas se encontraban todos los moradores de aquella mansión subterránea, cuyas murallas defensoras eran la misma naturaleza ruda y agreste, que hacía imposible toda pesquisa e infructuosa toda tentativa.

Alternaban en ella ricos platillos de sardinas, carne en asado, y algunos manjares sencillos y propios de aquel lugar, con espumosos vasos de vino, entre los que no escaseaba la champaña, ni se echaba de menos el tinto.

Aquel extraño banquete, era presidido por María, a quien su padre contemplaba con orgullo; y cuyo despego y donaire le tenían encantado.

Era la primera vez que la veía hacer los honores de la mesa; y también era la primera, en que permitía su presencia entre sus camaradas de pillaje.

—¡Padre –le había dicho María por la tarde, voy a casarme con el Vizconde como tú lo deseas y yo lo quiero; pero antes de esclavizarme a las ruines exigencias de la alta vida social, he querido venir a esta morada que me sirvió de cuna, a este sitio en que los recuerdos de mi niñez están escritos con el fuego puro de tu amor! ¡Mañana me iré...!

pero no quiero hacerlo sin dejar un recuerdo de dulce alegría entre todos los que te acompañan. ¿Me permitirás, pues, obsequiarlos a todos con una cena de familia, que yo y tú presidiremos?

—No tengo inconveniente en darte gusto –la contestó Colombo; mucho menos cuando, como dices, será la última vez que penetres aquí.

Haz todo lo que deseas, segura de que nadie habrá de faltar al convite.

El Capitán había encontrado tan natural el capricho de su hija, que para resolver, no se detuvo a reflexionar.

La mesa, pues, estaba obsequiada por todos los bandidos, excepto por Patiño, que según el Capitán, se hallaba de vigía.

La falta de éste pareció inquietar algo a María; pero fiada en que estaba afuera de allí, hubo de tranquilizarse.

A la hora que nos ocupa, la joven, que ya había adquirido ese tino delicado de la culta sociedad, se esmeraba en hacerse obsequiosa y agradable; atrayéndose la confianza con su amabilidad y talento.

Todos estaban pendientes de sus labios siempre recatados y dulces al expresarse.

Los vasos se vaciaban con rapidez impulsados por ella; quien a su vez se excusaba de tomar, instando a todos los demás para que tomasen.

De cuando en cuando, María dirigía a Martín señas o demostraciones de ojos inteligibles para que no se embriagase; y éste dejando ver sus blancos dientes con una sonrisa imperceptible, parecía demostrarle que estaba enteramente a sus órdenes.

Poco a poco se fueron trasformando todos los cerebros; los cuerpos de aquellos hombres perdieron el equilibrio; y sus rostros tostados y llenos de cicatrices, se hicieron todavía más repugnantes de lo que eran.

Este momento parecía esperado por la joven, porque inmediatamente que se dio cuenta de la embriaguez general de sus obsequiados tomó una botella que parecía reservada para los postres, y propuso un brindis a su salud.

Los bandidos aplaudieron la idea y aprontaron sus vasos, que la misma joven se ocupó de llenar, reforzando la primera botella con otras que Martín le presentó.

Enseguida tomó una copa de vino tinto para ella; pero antes de llevarla a sus labios, exclamó:

—¡Deseo que esta noche no se borre jamás de vuestra memoria; y que mañana, cuando veáis a la Vizcondesa de Tuneranda, recordéis con gusto, que tenéis en ella una amiga, más aún, una hermana, pues esto será siempre para vosotros María Colombo!

Colombo sonrió y los bandidos exclamaron, apurando todo el contenido de sus vasos:

—¡Viva la hermosa hija de nuestro Capitán! ¡Viva María Colombo! ¡Viva la futura Vizcondesa!

El Capitán y María apuraron entonces el contenido de sus vasos.

Pocos momentos después de esta escena, descrita a grandes rasgos, la embriaguez había llegado a su último grado. Un sopor, que ninguno pudo resistir, se apoderó de todos aquellos miserables, sus miembros perdieron su fuerza; sus piernas se doblaron; sus párpados se hicieron pesados y su cabeza abrumada, tuvo que apoyarse en la mesa o en la silla para no caer. Un sueño pesado se apoderó instantáneamente de todos, comenzando por Colombo.

Y en breve, en torno de aquella mesa tan animada poco antes, no reinó más ruido que el desigual ronquido de unos, o la respiración fuerte de otros.

Solamente María y Martín permanecían en pie, esperando quizá, que aquel sueño se hiciere más pesado aún.

María estudió separadamente a cada uno de aquellos hombres; y terminando su examen, dijo a media voz:

—¡El opio ha hecho su efecto; guía, Martín!

Martín tomó una bujía y echó a andar, seguido de la joven, que no se olvidó de llevar consigo una botella de jerez y un pequeño vaso.

Cuando estuvieron a una regular distancia del banquete, preguntó ésta a su guía:

—¿Encontraste a Cecilia?

—Nos hemos engañado; porque tu amiga no está aquí; la he buscado en todos los sitios que me son conocidos, sin hallarla –contestó Martín impasible.

—Pero entonces ¿dónde está? ¿qué ha sido de ella? Sus huellas se han perdido envueltas en un misterio completo ¡Pobre Cecilia! Pobre madre la suya!

La joven abatida con este desengaño guardó silencio y se detuvo, añadiendo con una tristeza indefinible:

—Yo había creído, viendo que no se hacía luz ninguna sobre la desaparición de Cecilia, que ésta se hallaba aquí; y que Rafael y Adolfo se habían engañado, imaginándose fuera Cecilia, la víctima de aquel extraño asalto en la falda del Volcán. Ahora estoy segura que otro hombre la arrebat–, pero ¿quién ha sido ese hombre? ¿dónde encontrar a Cecilia...?

—¡María –dijo Martín, lo pensarás después porque si el tiempo se nos pasa, todo lo hecho será inútil!

—Dices bien, Martín, sigamos adelante, ¡Dios nos iluminará después...!

Y ambos continuaron su interrumpido camino por aquellos largos y obscuros subterráneos.

El silencio era sepulcral y en aquella hora, y allí donde se hallaban, no se oía más ruido que el latir del corazón de María y las pisadas de Martín.

De repente se detuvo éste, y moviendo una piedra que se hallaba a un lado del sitio donde se parara, y que cubría la abertura de una oquedad húmeda y hedionda, dijo a María:

—Hemos llegado a la prisión del Coronel Miranda.

—Entremos, pues, y que Dios nos proteja, – murmuró la joven adelantándose.

El prisionero dormía sobre la manta sucia en que le vimos al principio, y que era todo lo que constituía su lecho.

Una emoción desconocida se apoderó de María, cuando al acercarse a él, le vio dormir tranquilo en el duro suelo y rodeado de enemigos, con la muerte suspendida quizá en aquella noche sobre si cabeza.

—¡Ah! –se dijo, su sueño debe ser más tranquilo que el de mi padre...!

Arrodillándose al borde de la manta, y colocando suavemente una mano sobre el hombro izquierdo del coronel, le movió, murmurando con acento dulce y quedo a la vez:

—¡Soy yo, despertad!

El infeliz preso abrió los ojos con sobresalto; y viendo ante sí aquella mujer deslumbradora por su belleza y ricamente ataviada, cruzó las manos sobre el pecho; la contempló como una visión celeste que hubiese descendido a consolarle en su soledad, y exclamó con respeto y admiración:

—¿Estoy soñando, o me ha mandado Dios uno de sus ángeles...? ¡Bendito sea el Señor...!

—Ni una cosa ni la otra cosa de mí –dijo María; ni soñáis ni soy un ángel; por lo que hace al Señor, hacéis bien en bendecirle, porque permite a una mujer llegar esta noche hasta aquí para salvaros y devolveros a vuestra familia.

—¡Mi familia...! ¿la conocéis acaso? ¡Oh, habladme de ella; hace tiempo que no la veo...! –exclamó el Coronel con acento doloroso.

—¡Estáis conmovido, calmaos! ¡No es tiempo de hablar de ella, que os recibirá con toda la efusión de la alegría...!

¡En este instante el recuerdo de Cecilia cruzó por la imaginación de nuestra heroína, bien así como pasa un esquife enturbiando la tersura de un lago. Su rostro palideció; su corazón se sintió oprimido y una lágrima asomó a sus ojos. El coronel y doña Mercedes se verían, pero solos, sin aquella hija querida!

Sin embargo, reponiéndose de aquel dolor oculto, añadió con aparente tranquilidad:

—¡El tiempo urge, señor, dentro de breves instantes estaréis fuera de aquí...!

—¡Ah! –exclamó el prisionero, dando unos pasos, ¿no ha de engañarme tanta felicidad?

—Tened fe en Dios, coronel, y disponeos a salir. Este hombre que me acompaña, vendrá a sacaros dentro de media hora, lo más tarde: seguidle sin vacilar, a la hora que se presente.

Enseguida, llenó la joven un vaso de jerez y lo puso en las manos del coronel añadiendo:

—Tomaos este vino para que recobréis un poco vuestras fuerzas.

El coronel apuró el contenido del vaso, y se puso a dar vueltas para ejercitar su paso, murmurando:

—No temáis señora, que las fuerzas me falten, al contrario, me sobrarán pensando en que voy a ver a mi esposa y a mi hija, de quienes me hallo separado tanto tiempo hace.

—¡Dios lo quiera! –dijo la joven despidiéndose del preso.

—¡Vuestro nombre... señora...! ¿no me lo diréis...? quiero bendecirlo a todas horas durante el resto de mi vida, –dijo el coronel viendo que trataba de alejarse.

—Lo sabréis quizá más tarde... mañana tal vez... Hoy no puedo decíroslo.

Después de estas palabras, la joven salió seguida de Martín, quien durante todo este diálogo, había permanecido velando la entrada, y algo encubierto con la sombra proyectada por el lado transversal de la linterna.

El coronel la siguió con la vista, sin osar aún dar crédito a lo que le pasaba. ¡Iba a verse libre! ¡Libre como los pájaros que cruzan el espacio y ya suben hasta las nubes, ya bajan a la orilla de los riachuelos o ya arrullan en los árboles!

¿Pero sería esto cierto? ¿No le levantaría aquella mujer desconocida al pináculo de una dicha fugitiva, cuyo despertar fuera un abismo funesto?

Pero dejémosle a él alimentándose con la esperanza, cuyo desenlace le hacía temer y gozar al mismo tiempo; y sigamos a María, cuyo corazón conmovido, parecía salírsele del pecho, sacudido por tantas y tan distintas emociones con que estaba luchando desde que esperara aquel extraño banquete, en que el opio preparado por ella misma, debía dejarla dueña de sus acciones, al menos por aquella noche.

Fuera de aquel antro obscuro y fétido, Martín tornó a guiarla, deteniéndose a pocos pasos y mostrando a su ama la entrada de otro subterráneo que lindaba con el que ocupaba el coronel.

María desalojó de su sitio la piedra que lo cubría: y que entonces dejó libre el paso que conducía a su interior.

El corazón de María palpitó con más fuerza; su cabeza tuvo un vértigo; y sus pies parecieron hundirse faltos de fuerza. ¡En aquel instante, la palidez de su rostro denunciaba terriblemente el estado de su alma!

Hizo, sin embargo, un supremo esfuerzo para serenarse y aparecer tranquila; pero a su pesar, en aquella lucha del corazón, sentía vergüenza de presentarse a la vista de Rafael, en aquella morada del crimen.

Por primera vez, al poner el pie en aquellos umbrales de piedra y polvo, se arrepintió del paso que daba para salvarle, y quiso retroceder.

Pero hay instantes supremos y decisivos, en que lo hecho, si nos arranca un suspiro o una lágrima que tenga por fondo la convicción del mal, es para empujarnos hacia delante con más fuerza que el agua que empuja las ruedas de un molino.

¡Flaqueza humana! diremos: esta es la disciplina que desde la caída de Adán nos acompaña!

¡Y no es otra cosa que el sarcasmo arrojado al rostro con nuestra propia mano!

María pues, escudándose sin duda con esa tan trillada disculpa, avanzó hacia adentro, dejando a Martín vigilando la entrada.

¡Cuán distinto al del coronel, era el aspecto que presentaba Rafael a los ojos apasionados de María!

El coronel dormía tranquilamente, cuando llegó hasta él, revelando, si no tranquilidad, resignación y fuerza de ánimo; Rafael por el contrario, iba y venía desesperadamente, buscando en vano en su imaginación los medios de recobrar su libertad.

En los pocos días que allí tenía, había enflaquecido notablemente; y profundas huellas habían impreso en su rostro las noches de insomnio y de tortura porque estaba pasando.

—¡Rafael! –murmuró la joven con acento doloroso y tierno.

Rafael levantó la cabeza con un movimiento brusco y enojoso, creyendo que alguno de los seres mezquinos y criminales que le rodeaban, venía a interrumpir su soledad; pero al verla, al encontrarse frente a ella tan inesperadamente, lanzó un grito de alegría; grito del alma en que se escapó repetido el nombre de «¡María!»

Pero casi al mismo tiempo, retrocedió dos pasos hacía atrás, cruzando los brazos con estoica indiferencia: indiferencia que podía compararse con un monte de ceniza, bajo cuyo exterior apagado se alienta el fuego que ha de producir la llama, y con la llama el incendio, y con el incendio, la explosión que arrasa y lo devasta todo.

Un pensamiento obscuro como la noche, y rápido como una exhalación, acaba de asaltarle.

¿Qué hacía María en aquellos terribles subterráneos, en que el vicio se enseñoreaba, y de los que la virtud huía espantada?

El velo misterioso de que siempre se había rodeado a sus ojos, pareció descorrerse en aquellos momentos ante su imaginación calenturienta, para presentarla con el sello de la ignominia y el de los criminales.

Mil pensamientos le asaltaron; mil ideas se resolvieron en su mente, confusas y siniestras como las olas azotadas por el chubasco.

María con ese tacto delicado y penetrante de la mujer, que instintivamente presiente la borrasca que agita el sereno lago del alma, y aun más si ésta se desata en el cielo de su amor, midió aquel abismo de dudas, que había en el corazón de Rafael, aquel torrente próximo a desbordarse; y deseando ponerle término abreviando aquella tan fatal entrevista para ambos, le dijo con acento digno y tranquilo:

—Leo demasiado claro lo que pasa en tu alma: las apariencias me condenan a tus ojos; pero no importa, he venido a salvarte.

—¡A salvarme...! ¿Y quieres decirme a quién deberé mi salvación? –preguntó Ordóñez con ironía.

—Me extraña tu pregunta, supuesto que nadie más que yo, viene a ofrecerte la libertad, –dijo María con amargo reproche.

—¡Que te extraña mi pregunta...! ¿acaso sé quién eres en este momento, viéndote aquí en estos sepulcros donde reina el crimen y donde la virtud huye espantada? ¿No eres tú la sobrina del Vizconde, joven, rica, noble y hermosa? ¿qué haces aquí...? ¿qué misterio te rodea...? ¿quién eres tú en fin? ¡Dímelo, dímelo porque mi cabeza se aturde, y creo volverme loco...! –exclamó Rafael con acento frenético.

De los ojos de María se desprendieron algunas lágrimas; su garganta se oprimió haciendo imposible la articulación de toda frase; y guardó silencio.

Rafael vio correr aquellas lágrimas, y sintió que el corazón se le oprimía; pero no avanzó un paso hacia delante para enjugarlas: espectador indiferente, pues tal quería serlo, trató de disimular su emoción, clavando sus ojos en la joven con despecho, y casi con altanería.

Pero sus ideas se atumultaban, cayendo sobre su corazón como un alud[49] y haciéndole a su pesar, un juguete frágil de su misma alucinación.

¿Era María, una aparición del cielo o un ángel caído, hermoso y sublime aún en su misma desgracia?

Estas y otras mil preguntas se hacía el joven en la obscuridad tormentosa de su imaginación, al contemplar a la joven, que con la frente inclinada al peso de un sentimiento profundo, y casi superior a sus fuerzas, parecía huir de sus miradas.

Y sin embargo, y a pesar del despecho y la duda que la dominaban, podía asegurarse que su alma toda y todos sus sentidos, estaban pendientes de ella. ¡Estaba tan hermosa...!

Los contornos de su rostro virginal, las suaves líneas de su frente; los bien modelados brazos, y la redondeada garganta, levantándose sobre el pecho como un copo de blanca nieve, eran irresistibles y fascinaban el corazón y los ojos ardientes del abogado, que concluyó por decirse:

—¡No, no es posible...! ¡Tanta belleza no puede existir para el fango del crimen...! ¡Oh! si pudiese verla sin amarla; y olvidarla, como se olvida la imagen que acariciamos en el sueño, cuando la luz viene a disiparle... ¡como se olvida una esperanza fugitiva, que no deja de su paso más que una huella perdida en los hielos de la indiferencia...!

María entre tanto había enjugado sus ojos, y haciéndose un esfuerzo su-

---

49   En la edición de 1887, dice ataúd pero en la «Erratas Notables» que se encuentra al final de la novela, se corrige con alud.

premo, había logrado serenar la tormenta de su alma. Y recobrando su altiva dignidad, herida por el hombre que más amaba, irguió la frente; y sonriendo con amargura, extendió su brazo derecho hacia la salida de aquella fétida prisión, murmurando con acento dulce; pero a la vez imponente y altivo:

—¡No hablemos más! ¡Entre los dos todo ha terminado! Nunca mi nombre volverá a turbar la tranquilidad de tu corazón; pero si alguna vez cruza por tu mente un recuerdo mío, quiero que este recuerdo vaya a decirte: «¡A ella debí mi libertad!»

Ahí te espera Martín, síguele sin perder un instante... Rafael; estás en salvo. ¡Adiós!

María hizo un ademán de irse; pero Rafael se le interpuso, exclamando:

—¡No te irás: soy un infame dudando de ti. Perdóname, María, soy un loco que no tiene conciencia de lo que dice, cuando te ofende a ti, tan grande y generosa...!

—¡Oh, cuánto bien me hacen tus últimas palabras...! –dijo la joven con apasionado acento.

—¿Me perdonas, ángel mío? Porque tú debes ser un ángel traspasando las etéreas regiones para venir a consolarme... ¡dime que me perdonas...!

—¡Oh, sí, estás perdonado! ¡Pero huye Rafael, huye pronto de aquí...! –exclamó María con tono suplicante.

—Y tú... ¿te quedarás...?

—No me lo preguntes... ¡no lo sé...! –balbuceó la joven.

—Entonces, correré tu suerte; –dijo resueltamente Rafael.

—Nunca; no lo consentiré –exclamó enérgicamente María; tú debes salir para que devuelvas a doña Mercedes parte de su reposo y de su dicha, porque sábelo de una vez, el coronel Miranda irá contigo; y tú servirás de apoyo y de guía.

—¡El coronel Miranda....! –exclamó Rafael estupefacto, no osando creer lo que oía.

María dejó asomar a sus labios una sonrisa de dulce satisfacción, y añadió:

—Vamos, es necesario; es preciso que concluyas mi obra: el coronel Miranda te espera; ambos obedeceréis a Martín, hasta que el frío de la noche, besando libre vuestra frente, os dé a conocer que estáis libres. Seguid sus instrucciones ciegamente, y llegaréis con felicidad a Zapotlán.

—¿Y tú...? –le preguntó Rafael.

—Saldré unos pocos momentos después, –le contestó María, mirándole cariñosamente.

—María, estoy pronto bajo esa condición, pero no quiero salir sin que me digas quien eres... ¿Qué poder tienes para penetrar a esta terrible morada? ¿quién te ha conducido hasta aquí...? ¿a quién obedeces?

—No me preguntes, Rafael, lo que no puedo contestarle hoy; algún día lo sabrás todo...! quizá mañana...! si, mañana tal vez, –repitió distraídamente la joven.

—¡Siempre ese misterio, María! ese misterio que en vano lucho por aclarar, y que me volvería loco, si el amor y la esperanza no me alentasen! –dijo Rafael con acento amargo y doloroso.

La joven le dirigió una mirada suplicante; y tendiéndole la mano con cariñoso abandono murmuró casi por lo bajo:

—¡Adiós Rafael, la noche avanza...! ¡huye; y que Dios te proteja!

Al pronunciar estas palabras, María desapareció, sin que Rafael se hubiese atrevido a detenerla. Martín se adelantó entonces hacia Rafael, y le dijo secamente:

—¡Seguidme...!

Rafael obedeció sin pronunciar una palabra, y pocos momentos después, tres hombres salían de aquellos obscuros subterráneos: eran Martín, Rafael y el coronel Miranda.

CAPÍTULO IV

D ejemos a nuestros prisioneros saboreando los goces de una libertad imprevista, y ya en camino de su casa, soñar con las dichas que en ella les aguardaban o temer con los sufrimientos que bajo su techo se albergasen; dejémosles respirando el aire puro de la montaña, y sigamos a María hasta el desenlace de tan interesante escena, por ella promovida, y llevada hasta allí a feliz término.

Después que la vimos separarse de Rafael, se apresuró a volver al subterráneo, donde en derredor de la mesa, dormían todos los bandidos, entorpecidos por el opio que su mano les había preparado.

En aquella mesa se veían los restos de la abundante cena, saboreada pocos momentos antes.

Entre los fragmentos de pan, queso y carne, y los vasos a medias y vacíos, que quedaban allí diseminados, una espumosa copa de vino parecía convidar tentadoramente a gustarla.

María, presa de una agitación nerviosa, y después de dirigir a todos aquellos rostros vinosos y repugnantes una mirada de lástima, fue a sentarse en un sitial, distante un tiro de brazo de la mesa; y precisamente en el lado donde la copa mencionada se encontraba.

Su espíritu estaba dominado por una vaga inquietud, revelada a grandes rasgos en la tersura de su frente, que en aquellos momentos aparecía velada por una ligera sombra de dolorosa contracción.

La escena habida pocos momentos antes, entre ella y Rafael, había dejado en su alma una herida profunda que aún estaba sangrando. Había sufrido mucho; pero no era esto lo último que debía atormentarla. Su padre se despertaría de aquel letargo que también era su remordimiento, y apercibiéndose de la fuga de sus prisioneros, trataría de aclarar el autor del hecho, de que sólo ella y nadie más era culpable.

Trató pues, de combinar un plan que sin comprometer a los demás, apartase de ella toda sospecha.

Pero en vano; su cabeza ardía, y su corazón lleno de la imagen de Rafael, no marcaba otros horizontes luminosos a su pensamiento, que aquellos que éste le inspiraba.

Acariciaba mil ideas que tan pronto tomaban vida, cuando ya morían desechadas por su medrosa imaginación,

o por que no se le presentaban a la altura de su deseo.

En aquella lucha de inútil afán, sintió que sus labios, abrasados y secos, necesitaban refrescarse; y maquinalmente llevó la mano a la espumosa copa que tan cerca tenía. La acercó a sus labios con precipitación, y apuró su contenido, volviendo a dejarla sobre la mesa enteramente vacía. Y más alentada se entregó de nuevo a discurrir, aunque sin mejor resultado que antes.

Después de algún rato de revolver su pensamiento con afanosa precipitación, concluyó por esperar los acontecimientos y dejarse guiar por ellos.

Levantó su corazón a Dios, único Ser de quien se recibe la fuerza y el consuelo; y sus labios se movieron maquinalmente murmurando una corta oración.

Pero apenas la hubo murmurado, cuando sus párpados se hicieron pesados: su cabeza abrumada por un sueño violento, tuvo que buscar apoyo en el respaldo de la silla; y sus brazos cayeron pesadamente sobre la falda azul de su vaporoso vestido; quedando así los brillantes riquísimos de sus anillos, como estrellas en un cielo sereno y brillante.

¡En vano, al sentir aquel extraño sopor, trató de ahuyentarle; a cada instante pasado, tomaba más creces, apoderándose de todo su ser!

De pronto cruzó una sospecha por su imaginación, y como respondiendo a ella, un temblor convulsivo agitó todos sus miembros.

Giró la vista, con espanto y en un supremo esfuerzo, en torno de aquella mesa, que entonces halló fatídica; vio que todos dormían aletargados por un sueño cuya causa no le era desconocida, e impresionada y como fuera de sí, trató de levantarse para huir de aquel sitio. Pero sus pies se resistieron, y una angustia indefinible, aterradora, se pintó en su semblante, al verse sujeta en aquel asiento por una fuerza superior e irresistible.

Tornó a levantarla la copa cuyo contenido había apurado: vio a su fondo, y un ¡ay! desgarrador se escapó de su pecho, al distinguir que el asiento de ella, contenía como un polvo muy fino y blanquecino.

—¡Dios mío...! —balbuceó con desmayado acento, yo misma he preparado el opio que debía castigarme...!

No concluyó: sus ojos se cerraron y la copa fatal rodó de sus manos con estrépito...

Un silencio profundo sucedió al ruido que hiciera el cristal al romperse contra el suelo.

La cabeza de la joven cayó hacia atrás y su rostro pálido como la cera, iluminado de lleno por la clara luz de la bujía, que ardía sobre la mesa, no ostentaba más sombra que la de sus negras pestañas, semejantes a un fleco de seda.

Una palpitación tranquila levantaba su pecho, haciendo mover levemente los encajes que le cubrían.

¡Indudablemente estaba hermosa con aquel sueño terrible e involuntario!

Cortos momentos habían transcurrido desde que el letargo del opio la dominara, cuando la silueta de un hombre se dibujó en una de aquellas sombrías paredes. Era Patiño que acaba de entrar, y al ver a sus camaradas dormidos, se había detenido a la puerta sorprendido.

Adelantándose al fin, y su asombro creció viendo a María figurar en aquel cuadro del poder de Morfeo.

Se paró junto a ella y se puso a contemplarla con arrobamiento.

—¡Ay! —exclamó después de breves instantes de absorta contemplación, pasárme aquí toda la noche, deleitándome en su belleza; pero no debo ni puedo perder el tiempo que ha de hacerla mía...! Mía, sin que nadie me la pueda disputar!

Y Patiño, tras este discurso, sonrío como si ya viese colmadas sus ilusiones; y después de un breve silencio, añadió:

—¡No me ama! Pero ¿qué importa? Algún día me amará como la amo... ¿No es por ella, y solo por ella, por quién he vendido a todos éstos? ¡Mañana seré dueño de ella; y capitán de estos subterráneos, poseeré sólo todos sus secretos y todas sus riquezas...!

Al decir las últimas palabras, se acercó a María, y levantándola en los brazos, como si fuera un niño pequeño, o una paja, atravesó con rapidez aquel espacioso subterráneo, y penetrando al que servía de alcoba a la joven cuando la conocimos, es decir, al principio de esta novela, la colocó en un sillón y tornando a verla con incentivos ojos, volvió silenciosamente a donde sus compañeros dormían.

Acercóse a Colombo, y moviéndose con fuerza trató de recordarle; pero en vano, porque su sueño era profundo.

Sacudió enseguida la cabeza y cruzando los brazos, murmuró:

—¡Es imposible que este sueño dure más; mis planes quedarían por tierra, y yo... Si habrán tomado opio...! Es muy posible, puesto que duermen como lirones.

—¿Qué hacer...? ¡ah! —exclamó dándose una palmada en la frente, el capitán posee unas gotas eficaces en estos casos... deben de estar en su dormitorio...

Y Patiño, interrumpiéndose, salió rápidamente, volviendo poco después con un frasco en la mano.

Enjuagó un vaso, y poniendo agua en él, le mezcló una dosis de aquel líquido verdoso contenido en el frasco y con una cucharilla introdujo entre los labios de los narcotizados la cantidad que juzgó necesaria.

Pasado un corto tiempo, acercóse de nuevo a Colombo para observarle; y viendo sin duda, que la medicina hacía su efecto, le hablo por su nombre dos veces seguidas.

El Capitán abrió por fin los ojos, bostezando largamente, como si el sueño rudo que acababa de sacudir le abrumase aún.

—¿Qué hay? —preguntó con voz ofuscada. —¡Que el enemigo está encima, mi capitán y pronto le tendremos entre nosotros!

—¿Qué dices? —preguntó de nuevo Colombo, parándose frente a Patiño.

—¡Que nos han vendido miserablemente! —dijo éste, fingidamente exaltado. Todas las entradas de estos subterráneos, han dejado de ser un secreto para el gobierno.

Oculto tras unos matorrales les he oído ciertos detalles mientras subían hacia acá. Pero afortunadamente son torpes tratándose de estos terrenos, por lo que he podido adelantarme a tiempo.

Colombo apretó los puños con rabia, crujió los dientes y se irguió más, preguntando:

—¿Y quién es el Judas de mi gavilla?

—Según pude escuchar fue Martín quien ofreció entregarnos a todos aletargados por el opio en torno de esta mesa.

—¡Maldición! —exclamó Colombo, golpeando el suelo con el pie.

—¡Huyamos, mi Capitán, huyamos! —dijo Patiño con melodramático acento.

—¡Huir...! dejar mi fortuna sin defender... ¡eso nunca!

Y como si tratase de unir la acción a la palabra, añadió con voz enérgica:

—¡A las armas, que el enemigo está cerca! ¡Ea! despertad pronto; y el traidor que nos ha vendido, sepa de una vez, que la mano de Colombo no tiembla para atravesarle el corazón con una bala, si no me es dado escupirle a la cara!

Los efectos del opio habían terminado en su totalidad, gracias a las gotas que Patiño prepara tan a tiempo. Así fue que a las voces de su jefe, todos los bandidos estuvieron en pie, denotando en su exterior la confusión y sorpresa que les embargaba.

—Hay un traidor entre nosotros: Martín ha vendido nuestra fortaleza con todos sus secretos ¿puedo contar con vosotros...?

—¡La defenderemos hasta morir! —gritaron en coro los bandidos.

—¡Bien! ¡mañana, muchachos, victoriosos o muertos! ¡juradlo!

—¡Lo juramos! —repitieron todos a su tiempo.

Durante este diálogo, Teodoro no había apartado los ojos de Patiño; en aquella mirada tenaz, podían leerse estas palabras:

«Patiño es quien nos vende».

Colombo dio sus instrucciones, a aquellos sectarios del crimen.

—¡Nada se habrá perdido si matamos al traidor; Martín es quien nos vende; no lo olvidéis!

Los bandidos desfilaron por aquellas extensas cuevas; pero no con la energía de otras veces: la sorpresa de que habían sido presa, levantaba en su alma cierto terror desconocido para ellos hasta entonces.

El Capitán y Teodoro cerraban aquella marcha que tenía algo de fúnebre dada la hora y las circunstancias que la rodeaban.

—¿Y María? —preguntó Teodoro.

—Duerme —contestó Colombo lacónicamente.

—Antes de salir al frente del enemigo —dijo Teodoro; es preciso Colombo que sepas quien es el Judas que nos vende.

—Le conozco, y ya me has oído sentenciarle: Martín morirá como mueren los traidores.

—Quizá muera yo en la refriega —dijo Teodoro, sentenciosamente: si me sobrevives, acuérdate de lo que voy a decirte: ¡hay un traidor, ese traidor es Andrés Patiño!

Colombo guardó silencio un corto rato, murmurando enseguida con voz terrible:

—¡Si es Patiño, le haré ahorcar del palo más alto!

Entre tanto, habían salido al campo libre, y se encontraban juntos en una de las salidas exteriores situada en una barranquilla sombreada por tiernos madroños y elevadas encinas que, a través de las sombras, aumentaban el pánico de los hombres con sus ramas movibles y ruidosas.

—Situémonos en esa meseta del frente —dijo Colombo; y desde esa altura, mataremos a todos los que traten de escalarla, asegurando así el triunfo de nuestras armas.

Aprobaron todos lo propuesto y comenzaron la ascensión de la meseta; pero apenas se entraron en ella, cuando una granizada de balas los envolvió instantáneamente por los cuatro vientos.

Los bandidos eran valientes y estaban acostumbrados a toda clase de refriegas; pero la sorpresa de aquel ataque inesperado y brusco, les hizo retroceder algunos pasos.

Sin embargo, un poco repuestos, atacaron con cólera y desesperación a sus adversarios; quienes más peritos en el arte de la guerra, y mayores en número, tenían ventajas de consideración sobre los bandoleros.

La meseta había sido asaltada en un segundo, sin que Colombo ni los suyos pudiesen impedirlo.

Y en estas circunstancias críticas, los asaltados replegados a un extremo de ella se defendían desesperadamente.

—¡Cargad fuerte sobre ellos; matadles como a perros! —gritó de repente una voz entre los soldados.

Estas palabras hirieron terriblemente el amor propio de Colombo; y abalanzándose sobre el campo enemigo, arremetió con tal fuerza a sus contrarios que les hizo retroceder algunos pasos.

Teodoro a su vez hacía prodigios de valor, y a ejemplo suyo, los demás bandidos.

¡Pero estaba escrito que aquella noche sería la última de su dominio sobre la montaña; y que aquella meseta guardaría en mudas páginas la última hazaña de su valor!

Los soldados, cortándoles toda retirada, y batiéndoles bizarramente, lograron terminar aquel combate de horas, con una victoria completa por su parte.

En medio de aquella humillante derrota, y ya sin esperanza de salvación, Colombo se acordó de María que iba a quedar sola en aquellos inmensos subterráneos.

Midió la distancia que le separaba de ella, y también la altura de la meseta...

Entonces una lágrima ruda se desprendió de sus ojos; un ahogado suspiro se escapó de su pecho, y murmuró con voz firme:

—¡No; yo defenderé a mi hija hasta el último aliento...!

Y antes que el enemigo pudiera darse cuenta de lo que hacía, se lanzó por el voladero.

Pero en el mismo instante; y cuando quizá ya se consideraba en salvo, una detonación rasgó el aire; las rocas se estremecieron; y al vislumbre del tiro, pudo verse de pié, sobre una peña bastante alta, a un arrogante y bizarro joven de cuyas manos había partido el siniestro tiro. Era Adolfo Diéguez, que asechando silencioso los movimientos de Colombo, acababa de matarle.

Teodoro, testigo presencial de tan trágica escena, viendo que se acercaban algunos soldados a desarmarle, como a sus infortunados compañeros, exclamó con voz resuelta y terrible:

—¡Antes que prisionero... muerto!

Al mismo tiempo, preparándose la pistola al corazón, se dio un tiro; y una blasfemia se escapó de sus labios, al caer sobre la yerba.

—¡Ha muerto como un valiente –dijeron los prisioneros al verle, así debimos morir nosotros, antes que dejarnos maniatar como perros!

—¡Ha muerto como un cobarde! –murmuró Adolfo.

Y es la verdad, por más que muchos sostengan que suicidarse sólo puede un valiente.

¡Suicidarse sólo puede un cobarde, de corazón ruin y alma pequeña, donde no cabe la grandeza de la resignación! ¡Suicidarse sólo puede un loco que ha perdido la razón o un ateo para quien la moral divina es una fantasmagoría, una mentira la virtud, y un ídolo la razón!

Al amanecer del día que venimos narrando, aquel campo de batalla presentaba un aspecto triste; los bandidos del Volcán habían sido exterminados en su totalidad, pues que los que no eran cadáveres, yacían prisioneros; pero esto a costa de muchas vidas por parte de sus contrarios. Toda la meseta estaba regada de sangre.

Los cadáveres aún calientes eran arrojados en hoyos apenas abiertos; los heridos, conducidos a Zapotlán en angarillas, y los prisioneros bien escoltados, comenzaban a hacer el descenso de la montaña.

Adolfo, jefe de aquel asalto, se ocupó gran rato de hacer pesquisas inútiles, para averiguar las entradas de aquellas cuevas, donde según sus cálculos se debía encontrarse Cecilia.

Interrogó varias veces a los prisioneros, empleando promesas y amenazas para que le descubriesen los secretos de aquellas guaridas; pero éstos, alentados quizá por la esperanza de salvar la vida o por otro motivo cualquiera, guardaron silencio.

Viendo que se obstinaban en callar se puso en camino, después de levantar el campo, con toda su gente.

Dejémosles proseguir su descenso por la montaña, y retrocedamos. Otros personajes nos aguardan; cuyos hechos en esta fatal noche nos son aún desconocidos.

Hablo de María, de Patiño y de Martín, de quienes no hemos hecho mención en la escena precedente; y que según hemos visto, sirvió de tumba al poderío de Colombo.

Capítulo V

Celos y sombras

Al abandonar Colombo la sala del festín, para salir al frente del enemigo que iba a sorprenderle a las altas horas de la noche, guiado por la traición, aun se veían algunas copas llenas y platillos sobre la mesa. Y ya hemos visto como una de esas copas se había encontrado fatalmente al alcance del brazo de María, privándola de toda acción y defensa.

Dejémosla aletargada y ajena por esta causa a los peligros que corría su padre y aún ella misma; y sigamos al judas de la gavilla de Colombo.

Andrés Patiño, astuto, sagaz y afortunado como todos los traidores, hallo oportunidad para separarse de sus compañeros, cuando salían fuera de los subterráneos.

Aprovechando la confusión que en ellos reinaba, ocultóse en el hueco obscuro que formaban dos rocas salientes.

Desde allí les vio tomar sus puntos de defensa.

Los desgraciados estaban poseídos de un pánico terrible; y abrumados aún por el sopor de la borrachera, sólo pensaban en vender cara su vida.

Después que Patiño vio desfilar desde su escondite a todos aquellos hombres con quienes tantas veces había compartido el peligro y rico botín de la rapiña, y a quienes entonces sacrificaba en aras de una pasión borrascosa y volcánica, tornó con paso rápido hacia la sala del festín, cerrando antes por dentro aquella salida, para que nadie pudiera penetrar por ella.

Encendió una pajuela, buscó una linterna que había siempre a la entrada, y proporcionándose la luz necesaria, atravesó los grandes subterráneos, hasta llegar a la alcoba de María, que dormía profundamente donde él la había colocado.

Detúvose frente a ella unos breves instantes, y la contempló, no con arrobamiento y adoración del amor del alma, sino con el atrevimiento de la pasión de los sentidos, con la fría sonrisa del amor impuro.

—¡Por fin soy dueño de ella y de todo lo que me rodea –exclamó con orgullo, dando un paso hacia delante. Nadie puede disputarme tan hermoso tesoro... Ella será mía... y yo viviré aquí como un rey...!

¡Sí, cuando todos mis compañeros hayan muerto a manos de la justicia, y ésta se duerma tranquila y orgullosa con su triunfo, creyendo terminado para siempre nuestro dominio en esta montaña, yo estaré aquí, yo seré el capitán que se enseñoree sobre estas rocas y en estos ignorados subterráneos, tremolando el pendón de su libertad y de su poder!

Al terminar este monólogo, un retumbido sordo y siniestro estremeció las rocas; las paredes de aquellos antros obscuros parecieron prontas a derrumbarse. Y como si aquel estruendo hubiese sido la voz del remordimiento que marcaba a Patiño su hora más terrible, la hora del castigo o de expiación, sintió éste que la sangre se le helaba en sus venas; vaciló sobre sus pies; sus ojos crecieron en grandor; su cara se puso lívida, y todo su ser reveló en aquellos momentos el pánico de una conciencia criminal.

¡A toda su vida de maldades había añadido la traición...!

En aquellos momentos le parecía ver los espectros lívidos de todos aquellos hombres que morían vendidos por él, pidiéndole cuenta de su sangre.

Pálido y agitado enjugó el sudor de su frente con la manga de la camisa, y una sonrisa feroz reanimó sus gruesos labios, tornando aún más repugnantes sus embrutecidas facciones.

Adelantóse hacia María, murmurando con acento tembloroso:

—¡Es preciso ocultarla, huir con ella, no sea que el diablo me juegue una chicana... Colombo puede venir en busca de su hija... si tal sucede, puedo perderlo todo... Aprovecharé su letargo para llevármela donde nadie me la dispute...! ¿No tengo un pasaporte para ir sin temor a donde quiera?

El bandido engolfado en sus pensamientos, acariciando ensueños de locas esperanzas y asaltado por supersticiosos temores de ver desaparecer su felicidad cuando apenas le parecía vislumbrarla, se hallaba a dos pasos de María, e iba a extender hacia ella los brazos para arrebatarla consigo, cuando una voz hueca y terrible que le era bastante conocida, exclamó cerca de él:

—¡Detente o te mato como a un miserable...!

Patiño tembló, y desviando la vista del objeto codiciado, de aquella mujer de quien se creía ya absoluto poseedor, fue a fijarla en un hombre que, al frente de él, amartillaba una pistola lleno de ira.

—¡Martín...! –murmuró Patiño lívido de cólera.

—¡Sí, Martín que te disputará tan hermosa presa. Martín que acecha tus pasos, desde que has puesto tus ojos en lo que más amo; Martín que sabrá defender a la hija de su capitán y que te matará antes que toques uno solo de sus cabellos!

Patiño se irguió como la víbora cuando se ve asaltada de improviso; y abalanzándose sobre el indio, con una rapidez asombrosa, le disparó un tiro a quema ropa.

Pero éste previendo al asalto, desvió el cuerpo; y la bala que debía haberle muerto, pasó a la pared, rozándole levemente el hombro.

La linterna de Patiño, colocada en el suelo, despedía una luz opaca, que proyectándose indecisa en las sombrías paredes, daba forma a mil sombras que semejaban fantasmas negros, errando en torno de aquella escena sombría provocada por los celos en el misterioso seno de aquellos sepulcros de vivientes.

Al sentirse Martín herido, aunque levemente, se arrojó sobre Patiño, y antes que éste pudiese hacer uso nuevamente de su arma, le asió por el brazo con tal fuerza que le hizo soltar el arma.

Sin embargo, Patiño era valiente, y no se desanimó por esto, sino que cobrando nuevos bríos, dio una media vuelta y se abrazo al cuerpo de Martín tratando de derribarle, desarmándole a su vez.

—¡Una es la mujer que nos disputamos; los celos nos impulsan con el mismo odio; el amor premiará al más valiente o al más afortunado; la lucha es pues a muerte, porque sólo uno de los dos cabe desde hoy en la tierra! – dijo Patiño ebrio de cólera.

—¡Sea así...! –exclamó Martín lacónicamente.

Patiño pudo entonces evadirse del círculo de hierro que le oprimía, pues tal cosa parecían los brazos del indio en aquella lucha, y llevando la mano al ancho puñal que guardaba en la cintura, se arrojó nuevamente sobre su adversario.

—No habrá ventaja en el combate y ya que me atacas con el puñal, con él te recibo –exclamó Martín echando mano a su cuchillo, y arrojando a un lado la pistola.

En aquel momento brillaron los dos puñales siniestramente. Por ambas partes se luchaba con igual ardor y pericia. Y hubo momentos en que la victoria pareció decidirse por Patiño.

Pero de repente, el golpe de un cuerpo que daba en el suelo, unido a un ¡ay! casi apagado, puso término a tan encarnizada lucha.

La luz de la linterna parecía entonces extinguirse. Sin embargo, a través de su dudosa claridad, pudo verse a Martín de pié junto al cuerpo exánime de Patiño.

María continuaba sumida en ese sueño profundo y pesado que trae consigo el opio.

Martín se inclinó y apoyó su mano en el corazón de Patiño, murmurando luego:

—¡Está bien muerto!

Llevó en seguida aquella misma mano a los bolsillos de la chaqueta que el cadáver tenía puesta y extrajo de uno de ellos una cartera.

Su ojos negros como las alas del cuervo, se fijaron en una de sus hojas; estaba suelta y era un pasaporte, y extendido bajo las condiciones de estilo.

En la hoja del frente se hallaba estipulada la venta de Colombo y sus compañeros, sin más precio que aquel pasaporte.

Guardó la cartera e irguiéndose con orgullo exclamó:

—¡Era un traidor! yo no he sido más que el brazo de la justicia de Dios, para castigarle y vengar a mi capitán...!

Guardó silencio unos breves momentos y añadió:

—¿Qué hacer...? este miserable entregó sin duda el secreto de estos subterráneos que nos han servido de morada hace tanto tiempo...! De un momento a otro estará aquí el enemigo...! ¿y ella...? ¡Oh! la matarán...! Es preciso sacarla de aquí cuanto antes... El subterráneo que ve al oriente es el más seguro... ¡Sí, por allí huiremos...!

En aquellos instantes se oyó una granizada de tiros que se repetían tenebrosamente.

El indio tomó la linterna, y abrazando a María como si fuese un niño, echó a andar rápidamente por un subterráneo cuyo declive era más amplio y menos colgado.

Le atravesó en menos tiempo del que hubiera podido imaginarse; tal era el temor que le dominaba, dándole alas para la fuga.

Cuando estuvo fuera y al aire libre oreó su frente, coloco a la joven sobre el césped; dejó caer una enorme piedra para cubrir la entrada; la luz de la linterna chisporrote, lanzando su último destello, y las sombras cubrieron por completo aquel subterráneo que guardaba un cadáver, reliquia ensangrentada del obscuro drama que acababa de ejecutarse sin testigo alguno, o mejor dicho, sin más testigo que Dios.

Un hondo suspiro levantó el pecho del noble indio, y quien a través de la obscuridad hubiese podido contemplar su tostado rostro, habría visto que algunas lágrimas le salpicaban.

¡Huía quizá, para no volver, de aquel recinto, que a pesar de todo le era tan querido!

¡Allí había visto cruzar la mayor parte de su vida; allí se encerraban sus más caros recuerdos; allí quedaba aroma de sus más dulces afecciones!

Inclinó una rodilla sobre el césped, y volviendo a tomar en sus brazos a María para alejarse de aquel sitio, murmuró con acento entrecortado:

—¡Toda nuestra fuerza y poderío ha desaparecido como un soplo...! hoy, esta morada de nuestro orgullo, no guarda en su seno más que un cadáver...! Si alguno de mis infortunados compañeros se salva, no podrá volver aquí...!

Su voz cortada no pudo continuar; dio una última mirada a la montaña, y siguió descendiendo con paso rápido...

Libro V - En poder de la justicia

Capítulo I.

Descendiendo por la montaña

A cababa el día de despertarse, y su beso tibio aún comenzaba a secar las gotitas de agua derramadas del seno de la aurora, y columpiadas airosamente en las hojas verdes de los árboles. Una capa blanquecina apenas deshecha, se extendía en torno a la montaña; ligera niebla que como un velo transparente envolvía a la reina de Colima, coronada de eternas nieves, y festejada siempre por una corte de alegres pájaros.

Los soldados, sin orden alguno, avanzaban llevando en el centro varios prisioneros, último resto de la famosa cuadrilla de Colombo; en tanto que a su espalda, y ya algo lejos, un grupo de hombres se ocupaba aún inútilmente en investigar los secretos desconocidos, las entradas ocultas de aquella morada impenetrable.

Este grupo se componía de Adolfo Diéguez y cinco soldados de toda su confianza.

Diéguez estaba desesperado; y comenzaba a presentir que aquella refriega; y aquella venta de Patiño, no darían resultado, al menos en el orden de sus afecciones.

Y sin embargo, por cada esperanza que huía de su alma parecía aumentar el incentivo de su amor. ¡Cecilia estaba ante sus ojos, en su alma, en su corazón y en su pensamiento, con toda su idealidad y su poesía, con todas sus gracias, con todo su candor!

Ni aún en los lances más apurados dejaba de verla.

Así fue, que más de una vez, durante su asalto a los bandidos, aquella imagen querida cruzó por su imaginación más enamorada y más bella que nunca, semejante a esas nubes que tan presto se dibujaban en el horizonte, cuando ya se desvanece al contacto glacial del aire.

¡Más de una vez el suspiro de su pecho voló confundido con la bala de su pistola!

Y era que el recuerdo de ella, su imagen vaporosa y pura, se destacaba a su vista sobre el negro fondo de la desgracia.

Y después, cuando aquel combate terminó, dando a sus armas la victoria, cuando vio que de aquella turba de forajidos, en cuyo poder suponía a Cecilia, sólo quedaban unos cuantos prisioneros, su primer cuidado fue interrogar a éstos sobre lo acaecido en aquel rapto, y más aún sobre su existencia.

Pero ni sus promesas ni sus amenazas pudieron arrancar de aquellos hombres degradados una sola palabra que arrojase un rayo de luz sobre el paradero de la víctima de tan triste acontecimiento.

—¡Es extraño –se dijo Adolfo, que ninguno de estos miserables canallas confiese algo...! ¡La vida es muy amable; y sin embargo de ofrecerla al que me diga donde se halla Cecilia, permanecen mudos!

¡Oh! si hallase la entrada de esos laberintos...!

A pesar de todo, Adolfo no quiso devolverse sin escudriñar a su gusto toda la montaña, para lo que eligió algunos compañeros, como hemos visto, y seguido de ellos comenzó sus indagaciones.

La esbelta montaña vestida aún con el frescor de la montaña, estaba hermosísima; sus salientes rocas, cubiertas de musgo o desnudas de verdor; sus profundos barrancos en cuyo fondo alzaban su lamentoso canto las palomas; y sus empinadas mesetas cubiertas de arbustos y árboles seculares en cuyas hojas comenzaba la nieve a derretirse, presentaban en conjunto un panorama delicioso. A veces las sinuosidades del terreno presentaban grutas caprichosas, donde el ruido de los madrueños y pinabetes, mecidos por un viento casi glacial, hería los oídos con ecos dulces y melancólicos. En esas lindas grutas, a quienes servían de atalaya constante los riscos volados o las colinas que en miniatura se elevaban en derredor, revoloteaban las calandrias de pecho amarillo, los rojos cardenales, los negros mulatos, y mil avecillas de canto dulce y armonioso; a cuyo concierto unía sus quejas la paloma y su silbido la serpiente venenosa de los bosques.

Algunos hilos de agua azul serpeaban en las barranquillas, brillando a los rayos de sol y sirviendo de espejo a los lirios silvestres y a las moradas violetas. Y todo el conjunto de tantas armónicas bellezas, la montaña, en fin, con su fondo azul, su variada vegetación, ostentando caprichosamente desde el verde más obscuro hasta el más claro; su profundo cráter coronado de blanca nieve y su manto de blancas nubes deleitaba la vista, embriagaba el corazón y hacía que el alma, rompiendo nubes y rasgando estrellas, se levantase a lo infinito para contemplar al Supremo Artífice, creador de tanta hermosura.

Adolfo, en medio de su abatimiento, se extasiaba con aquella belleza de rudas formas, y de suaves y deliciosos contornos.

Poco a poco fue subiendo el astro del día, trazando a su paso por el cenit, una roja cinta cuyos rayos perpendiculares y ardientes, caían sobre la tierra como una lluvia sutil de imperceptible y finísimo polvo de oro.

A la transparencia de la montaña, sucedió la galanura del día; a las dulces miradas del alba, de abrasantes caricias del sol.

Así como la belleza íntima de niña adolescente se despierta con la juventud y se desarrolla hasta convertirse en seductora, la montaña, entonces, tenía una belleza más vigorosa y más llena de encantos a los ojos del enamorado Adolfo que, un poco delante de sus compañeros, parecía entregado a profundas meditaciones.

De repente el eco débil de una voz que se hizo oír, no lejos del sitio en que se hallaba, le detuvo. Aquel acento partía del fondo de una barranquilla casi plana y en cuyo centro se agrupaban algunos árboles formando entre todos una sombra compacta y fresca en las calurosas horas del día.

Empero, para ir a ella del punto donde Adolfo se encontraba, era preciso o hacer un gran rodeo, o descender por un desfiladero bastante elevado por aquel lado y lleno de guijarros y escabrosidades.

Esperó a sus compañeros que, un poco atrás, departían amigablemente; y tomando por compañero a un soldado llamado Pascual, echó pie a tierra, entregando las bridas de su caballo a otro de los que debían seguir sus órdenes, dar la vuelta hasta cortar la orilla opuesta de la barranca donde se reunirían de nuevo.

Adolfo y Pascual, emprendieron el descenso de aquel despeñadero, no sin gran trabajo, pues al llegar al fondo, se encontraron con la ganancia loca de algunos arañazos y rozaduras y también con una cantidad de polvo que sacudirse.

Pascual, que no tenía ni la amorosa desesperación ni el interés de Adolfo, le seguía en estas peripecias, maldiciendo en su interior, lo que llamaba extravagancias locas de su capitán.

Ya abajo, ambos expedicionarios tornaron a escuchar aquel acento, más claro y más cercano.

Apresuraron el paso hacia el grupo de árboles antes mencionados.

Al pie de aquellos árboles mecidos levemente por el viento, había un grupo interesante.

Un hombre, mayor de edad y consumido por una vejez prematura, yacía tirado sobre la fresca yerba, casi sin aliento; en tanto que un joven arrodillado a su lado, deslizaba entre los labios secos del enfermo algunas gotas de agua limpia y azulada recogida en el hueco de la mano.

Aquel grupo, en aquella soledad, habría dado modelo para un magnífico cuadro, si lo hubiese podido contemplar un pintor, un artista de sentimiento.

¡Pero cual no sería la sorpresa de Adolfo, cuando al acercarse allí, vio que aquel grupo era formado por dos personas que le eran demasiado queridas!

—¡El coronel Miranda y Rafael! —exclamó casi loco de alegría, poniéndose a su lado.

El coronel parecía aletargado.

—¡Silencio! –murmuró Rafael, no le hables; espera que al abrir los ojos te halle él aquí, y se sorprenda agradablemente.

—Pero ¿está muy grave? –preguntó Adolfo con interés.

—¡Oh, no; ha sido un vahído que pasará pronto; está tan débil...! –contestó Rafael.

Efectivamente, pocos segundos después el coronel abrió los ojos; Adolfo se había replegado hacia atrás; pero no tanto que aquella mirada no le alcanzase.

¿Veo bien o me engaña la vista? –preguntó el coronel, tratando de ponerse en pieó. ¿Eres tú mi querido Adolfo, eres tú...?

La contestación de éste, fue arrojarse a sus brazos.

—¡Sí, yo soy; no se ha engañado usted! –exclamó Adolfo.

—¡Oh que feliz comienzo a ser...! –balbuceó el coronel con voz cortada.

Y reponiéndose un poco de la emoción que le embargaba continuó con visible interés:

—¿Y mi hija y mi esposa? ¡háblame de ellas...! ¡cómo quisiera abreviar la distancia que aún tengo que salvar para verlas...! Me creerán muerto, ¿no es verdad, Adolfo? ¡qué hermosa ha de estar mi Cecilia...!

Adolfo sentía que se ahogaba, le pareció sofocante el aire de la montaña en aquellos momentos. ¿Qué contestarle de Cecilia, cuando él mismo ignoraba su suerte? ¿qué decirle de su esposa tan terriblemente herida por el infortunio?

Rafael llamó entonces toda su atención con una leve tosida, acompañada de una mirada preventiva que equivalía a éstas o semejantes palabras:

—¡Le matarás si le dices la verdad!

Y Adolfo comprendiendo el lenguaje mudo de los ojos de su amigo, hizo un esfuerzo murmurando:

—Han llorado mucho por Ud., pero no hablemos de ellas que tiempo nos sobra para ello –y dirigiéndose a Rafael, con una variación de tono instantánea, preguntó: ¿ha tomado el coronel algún alimento?

—¡Ninguno –contestó Rafael tristemente; perdidos en esta montaña, a pie, sin guía y sin provisiones, hemos venido a dar a esta barranca, donde ya sin fuerzas el coronel para proseguir en busca del camino, nos hemos detenido, en espera de la Providencia que nunca abandona al que sufre. Dios te ha conducido hasta aquí Adolfo; y ayudados por ti podremos continuar sin peligro!

Adolfo sacó de uno de sus bolsillos un frasco de aguardiente, tomó una poca de agua, y la mezcló en el frasco, presentando en seguida este espirituoso alimento a sus amigos, les dijo:

—Esto os fortalecerá ¡tomad un trago a la salud de nuestro triunfo sobre los bandidos!

—¡Ah...! –exclamaron a un tiempo el coronel y Rafael; luego ¿ese tiroteo de la madrugada...?

—Lo sostuvimos nosotros, obteniendo una victoria completa.

—¿Y Colombo? –preguntó el coronel.

—Le he matado yo, cuando trataba de huir cobardemente –contestó Adolfo con orgullo.

—¡Un abrazo, mi Adolfo, un abrazo; porque has vengado dos años de sufrimiento que he pasado en su poder! –exclamó Miranda apretando al joven contra su pecho.

Pocas horas después, los compañeros de Adolfo llegados allí, haciendo alto, ataban los caballos con unas sogas para que pastasen.

Pascual había encendido lumbre. Cada cual tomó de sus cantinas el comestible que contenía, poniéndolo a calentar.

Mientras la comida estaba lista, algunos más diestros o más glotones, cazaron perdices, que asadas, aumentaron el bastimento.

El apetito nunca hace falta en el campo, así fue que al corto rato, sus limpias servilletas extendidas sobre la yerba, daban lugar a una verdadera comida campestre y deliciosa, en que cada cual se servía a su manera.

Durante el almuerzo, el coronel refirió a sus amigos su larga prisión, cuyo relato arrancó a su corto auditorio algunas lágrimas.

Enseguida se comentó a grandes rasgos la venta que Patiño había hecho de sus compañeros y todas las demás escenas ocurridas hasta allí.

Solamente del rapto de Cecilia no se hizo mención: todos guardaban un absoluto silencio a cerca de él.

En todo aquel largo relato, el nombre de María había aparecido varias veces, mortificando a Rafael, quien había aparentado ante el coronel y los demás no conocer a la joven que les había dado la libertad, durante la noche de ese día, a él y al coronel.

Rafael obrando así, evitaba toda sospecha que pudiera caer sobre María.

La prudencia está muy lejos de ser una virtud ejercitada por los enamorados. Muy al contrario, gustan de atropellarla cuantas veces pueden, porque su temperamento ardiente y atrabiliario, no se conforma con la apacibilidad de aquélla.

Pero Rafael, en este caso, daba a entender que no siempre la prudencia es incompatible con los enamorados.

Después del almuerzo, el coronel, débil y fatigado como estaba, se había recostado sobre el musgo.

Cuando el estómago ha estado falto de alimento por algún tiempo, al satisfacer tan apremiante necesidad, el cuerpo se hace pesado, los párpados obedecen a la influencia del sueño que los abruma, y las ideas se tornan confusas y aletargadas. En este estado acogemos el reposo de nuestro ser como una necesidad, y a pesar nuestro nos dormimos.

El coronel, ya recostado, concluyó por dormirse, cosa que cualquiera de mis lectores habría hecho hallándose en su lugar.

Viéndole dormido, todos guardaron silencio.

Rafael imitó, o mejor dicho, trató de imitarle; pero no pudo conciliar el sueño: la imagen de María, grabada en su alma con un buril de fuego, no le dejaba un solo instante. Y en aquellos momentos, frescas como estaban las últimas impresiones de su alma, la tenía delante de sí, envuelta en el misterio, penetrando aquel laberinto de obscuros subterráneos, sepulcro de espantosos crímenes, para darle libertad.

¡Y esta visión le torturaba el alma terriblemente, hasta el grado de desear haber muerto a manos de los bandidos, antes que deber su libertad a María; antes que dudar de ella, como dudaba!

Su corazón era un abismo del que nadie podía librarle.

—¡Amor, duda, celos, vergüenza; he aquí el abismo en que su fe y su amor estaban prontos a naufragar!

No lejos de Rafael, Adolfo luchaba también con su dolor y sus pensamientos. Alejado de los demás, investigaba por última vez con miradas penetrantes aquellas ásperas rocas, que mudas y silenciosas, no podían darle razón de su amada.

Tenía perdida toda esperanza de encontrarla: cruzaba ese anchuroso lago de realidad amarga, en que perdida la fe, no hay un puerto contra los vientos de la decepción.

Así como las tempestades azotan los árboles más altivos y levantados, los grandes infortunios asuelan las alegrías del alma; con tanto más dolor, cuanto que al herir por vez primera, encienden la luz de una esperanza que decrece gradualmente, hasta que apagada del todo, con la perseverancia de aquellos, deja en torno de nosotros obscuridad y tinieblas. Entonces, si el alma no está templada por el bálsamo de la Religión, suele extraviarse hasta llegar al suicidio.

Pero dejemos a nuestros jóvenes, y vayamos a reunirnos al cuerpo de tropa que al mando del teniente Mendoza, hemos visto desfilar por la montaña, conduciendo en el centro a los prisioneros.

Se encontraba ésta hacia la mitad de la media altura de la montaña, lo que indica que tomaba dicha altura desde su vértice, dejaba la tropa a su espalda las tres cuartas partes, e iba en descenso de la última de ellas, cuando el teniente distinguió a través de una persiana de enredaderas silvestres, a un hombre, que al parecer trataba de ocultarse a las miradas suspicaces de los que por allí iban, procurando verles pasar sin ser visto.

Adelantóse Mendoza con rapidez, pues no le faltaba valor en su profesión de soldado, y colocándose a diez pasos del desconocido, le ordenó salir de aquel escondite.

Una indefinible angustia se pintó en el rostro del desconocido, de esas angustias que revelan una necesidad, una idea contrariada, la irrealización de un proyecto que nos augura un bien, la pérdida, en fin, de una esperanza acariciada quizá por largo tiempo. Quiso huir; pero la voz aterradora de Mendoza le contuvo.

—¡Alto ahí, o sois muerto! –gritó, preparando el arma.

—Estoy a vuestras órdenes ¿qué deseáis? – preguntó el desconocido.

—Que marchéis adelante: el que se oculta, algo debe; y más si lo hace en estos sitios.

—Soy hombre honrado, y si me he ocultado ha sido temiendo que se me confundiera con los bandidos. Un negocio importante, la dicha de ser querido me ha conducido a este sitio: ¡dejadme libre, puesto que nada tengo que pagar!

—¡Os hacéis el muerto...! ¡Ea! marchad –dijo el teniente sin bajar la pistola.

—¡Por la memoria de vuestra santa madre, dejadme volver a mi casa...! –exclamó el hombre con desesperación.

—No puedo dejaros libre; iréis preso con vuestros compañeros... Sí, no cabe duda; hasta el arma que portáis os denuncia como secuaz de la camarilla de Colombo, quien a estas horas dará cuenta al diablo de sus hechos. Con que dadme la carabina, y adelante.

Nuestro hombre comprendió que era inútil tratar de persuadir a Mendoza, y se resignó con su suerte. Le entregó el arma exhalando un suspiro, y levantó su corazón a Dios murmuró para sí:

—La hoja del árbol no se mueve sin la voluntad de su Creador; que se haga, pues su voluntad.

Volvióse después al teniente, y le dijo en tono tranquilo y suplicante:

—En mi cabeza brilla la plata de los años: mi frente lleva impresas las arrugas del tiempo; y todo mi ser demuestra ya los estragos de la edad; y no obstante esto, no dais crédito a mis palabras, y me hacéis la ofensa de confundirme con unos miserables bandidos. ¡Sea! Os perdono, porque en fin no me conocéis, pero os ruego que no me confundáis con esos hombres; conducidme preso en hora buena; pero separado de ellos porque su sola vista me horroriza.

Mendoza se sintió conmovido; y se mostró menos duro con su nuevo prisionero.

—Os llevaré cerca de mí, le dijo; y a fe que sois el primero que recibe tal gracia.

—Yo os juro que no os arrepentiréis de habérmela concedido.

Mendoza guardó silencio: nada dijo; aunque en realidad comenzaba a serle simpático el nuevo prisionero.

Capítulo II

¡A tiempo!

Dos días después de los sucesos que acabo de narrar, entre las diez y once de la mañana, se tomaba declaración a los presos del Volcán.

Apiñábase la gente lo mejor que podía en torno a ellos para verlos de cerca y no perder una palabra del interrogatorio que tenía lugar entre ellos y el juez, y cuyo desenlace preveían que sería fatal para aquellos desgraciados.

Todo aquel auditorio estaba en espera de la sentencia; y conforme a su deseo, daba por terminado el proceso que se les instruía.

Pero no sucedía lo mismo con el juez, cuyas averiguaciones no se limitaban a dejar confesos a los criminales en su profesión de bandidaje, sino que se proponía emplear toda su sagacidad, toda su sangre fría y aplomo, hasta lograr de alguno de ellos la aclaración deseada sobre el obscuro crimen en que se envolvía el rapto de Cecilia Miranda, de cuya suerte ni un indicio había.

Así es que los presos volvieron a sus calabozos como el día anterior, sin aclarar nada sobre este punto; y los curiosos tuvieron que marcharse, pensando volver al día siguiente.

—¡O nada saben éstos —se dijo el juez viéndoles ir, —o se obstinan en callar...!

¿Era en efecto una obstinación?

No; por una rara casualidad, los que tomaron parte en el robo de Cecilia habían muerto todos; así es que los presos nada sabían, y por consiguiente nada podían decir.

Pero el juez no era hombre que cejara muy fácilmente, y se propuso tener paciencia hasta dar con Cecilia; cuya desaparición no era más que continuación del plagio del coronel.

Algo mohíno, devanaba sus pensamientos, cuando se le presentó el coronel Miranda deseoso de saber algo sobre su hija.

—¿Ha aclarado Ud. algo, señor? —le preguntó después del saludo ordinario.

—Nada todavía; pero paciencia, coronel, os prometo dar con el hilo... o de lo contrario me arranco los cuatro pelos de barba que Dios me ha dado.

—¿Y si os proporciono la extremidad de ese hilo?

—¡Vos...! —exclamó el juez estupefacto.

—¡Perdóneme Dios, tal vez no es así; pero he visto una joven que si no es la que me dio la libertad, será su hermana gemela!

—¿Y puedo saber quién es ella?

—La alta dama... la señorita María Granados.

—¡Rayo de luz! El Vizconde su tío está exhortado por crímenes de falsificación... Sí, bien puede ser ella... ¡Su ida de aquí...!

El juez bajo la cabeza, se colocó el índice sobre los labios y guardó silencio. Reflexionaba...

De repente se puso en pié; y tomando su sombrero y su bastón de oficio, ofreció su brazo al coronel.

—¿A dónde vamos? —preguntó éste.

—A tomar la extremidad del hilo antes que se rompa.

—Pero no olvidéis que esto es pura sospecha, —dijo el coronel.

—Dejáos conducir; que ante todo, haré mi deber, antes que como juez, como caballero.

Adolfo se reunió a ellos cuando salían, y el juez le invitó para que sirviera de testigo.

Dejémosles en camino. Y como supongo que mis lectores querrán saber algo sobre la llegada del coronel a su casa, voy a satisfacer brevemente su curiosidad.

El que oye a otro, tiene derecho de exigir; y el que narra, tiene la obligación de complacer.

Así pues, lectores, adelantándome a vuestra justa exigencia, si la tenéis, voy a ser complaciente.

Doña Mercedes fue preparada por sus amigos para recibir, no sé si la alegría o el pesar por la vuelta de su esposo, pues en sus tristes circunstancias todo podía caber.

Además, en el matrimonio la mujer lleva la peor parte en todo lo que a él atañe; y ni mis lectores lo negarán, ni mis lindas lectoras dejarán de afirmarlo.

Sucede un acontecimiento fatal en la familia, y el hombre culpa a la mujer, aunque ella no tenga la culpa.

Quizá doña Mercedes esperaba reproches, y quizá los recibió... no lo sabemos. Prosigo.

La vista entre ambos esposos después de dos años amargos, fue dolorosa y por demás desgarradora.

El coronel, no hallando a su hija, vio su casa desierta, y una lágrima rodó de sus ojos.

¡Faltaba allí el capullo de su amor, el sol de su alegría, la estrella de su felicidad!

Empero aquel rapto le había sido anunciado por Colombo, como una venganza, y no dudó un instante que Cecilia hubiese sido su víctima.

Pero ¿dónde encontrarla ahora? La resistencia de la joven era un secreto que hasta allí nadie había descubierto.

El corto tiempo que hacía desde su llegada, lo había pasado cavilando y revolviendo sus pensamientos; recogiendo al cabo de aquella revuelta, la misma obscuridad, la misma realidad triste y amarga, el mismo dolor causado por una herida fresca y palpitante todavía.

En la mañana del día a que hacemos referencia en este capítulo, María había ido a saludar a doña Mercedes, estando allí el coronel. Apenas éste oyó su voz, y apenas sus ojos se fijaron en ella, cuando una emoción extraña se apoderó de todo su ser.

Era una sorpresa dudosa que lo tenía clavado en su asiento y lleno de ansiedad.

Miraba a María, y tornaba a verla; y cuanto más la miraba, más palidecía.

—¡Es ella... es ella...! –pensaba; ella me ha salvado... sí; pero ella debe saber donde está mi Cecilia...! Ella que ha penetrado hasta allí, debe conocer toda la trama tejida contra la inocencia!

Apenas María se despidió, cuando el coronel, tomando su sombrero y guardando una reserva absoluta para doña Mercedes, sobre aquella sospecha, se dirigió a la casa del juez.

Ya hemos visto cual fue el resultado de este paso, y por lo mismo continuaremos la marcha de los acontecimientos.

Cuando yo era niña, solían referirme algunos cuentos de encantadoras, en los que varitas mágicas encendían en mí deseos irrealizables, y me hacían gozar con una perspectiva agradable en que las mesas se servían solas con mil delicados manjares; y los desiertos se convertían en jardines; y los jardines en zarzales; y otras mil cosas por el estilo, que concluían por dejarme deseando poseer una de aquellas varitas prodigiosas, o una hada por madrina que me concediera todos sus dones.

Hoy, gracias a Dios, he llegado a alcanzar una varita de aquellas, por la que puedo a mi antojo, cruzar en un segundo los mares, visitar el Viejo Continente, el Nuevo y el Austral: en una palabra, entrar y salir a donde quiero, sin pedir licencia: andar tan de prisa que dejo atrás a los que iban delante; y oigo y observo, sin que nadie me observe a su vez.

Aprovechando, pues, la virtud de esa varita, vamos a anticiparnos unas cuantas horas, entrando a la casa de María a quien no vemos desde aquella noche fatal para Colombo y los suyos.

Tres personas se hallaban allí hablando reservadamente al parecer, porque su voz es tan baja, que su eco no traspasa más allá de los umbrales de la puerta.

Se hallaba ésta entrecerrada, dando lugar a una media luz que temblaba las sombras al proyectarse en las paredes.

Entre paréntesis, perdonadme la distracción de haber principiado esta escena en presente, para conducirla tan bruscamente al pasado. Todo puede perdonarse al novelista, con tal que mienta con gracia, aunque en lo último me quede a obscuras, respecto de mí.

Las personas que ocupan el aposento indicado, eran María, Juana y Martín.

Vestía la joven un traje de terciopelo negro sumamente sencillo, en cuyo fondo obscuro, resaltaba la palidez mate de su rostro angelical; cuyas líneas suaves y puras, parecían haber perdido algo su lozanía y frescor en el día que tornamos a encontrarla.

Un rebozo envolvía por completo su cabeza, yendo sus puntas a cruzarse sobre el hombro izquierdo con un descuido verdaderamente encantador.

En torno de sus ojos grandes y negros, como su vestido, se veía un círculo azul obscuro que revelaba las dolencias del alma, el estrago de abrasadoras lágrimas.

Una tristeza profunda e indefinible se revelaba en todo su ser, y aún la misma estancia en que se hallaba parecía participar de ella.

¡El aposento que se elige para derramar lágrimas, tiene siempre el aspecto de una tumba; y es que el dolor se comunica y se extiende a todo lo que le rodea como una mancha de grasa!

Martín y Juana apenas osaban levantar los ojos y mirarla, participando de aquel pesar inmenso que respetaban, y cuya causa no les era desconocida.

Al fin la joven rompiendo el silencio que guardaban, dijo, dirigiéndose a Martín:

—Me siento con la energía necesaria para escuchar de tu boca todos los detalles correspondientes a la muerte de mi padre... Cuéntame todo lo que sepas de tan fatal episodio, en el que tristemente, sin saberlo, tomé una parte cuyo recuerdo abruma mi conciencia.

—Yo como tú, ignoro esos detalles, supuesto que me hallaba a tu servicio –contestó Martín.

—¡Ah, es verdad...! –murmuró María con amargura.

—¡Pero puedo decirte lo que quizá no sabes –dijo Martín, reanudando sus palabras: y es que el miserable de Andrés Patiño fue nuestro judas!

–¡Desgraciado...! –exclamó María con exaltación.

Pero luego moderando aquel sentimiento de ira, añadió dulcemente:

—¡Yo... le perdono!

—¡No puedes hacer otra cosa después que le he quitado del mundo!

—¡Dios mío, cuánta sangre y cuánto crimen...! – murmuró la joven con dolor.

—¡Era preciso vengar a mi Capitán, y librarle de un enemigo terrible; además los traidores sobran en el mundo!

Martín al terminar estas palabras mostró la hilera de sus blancos dientes con una sonrisa de satisfacción, que cuadraba muy bien con su terrible lógica.

Enseguida, contó a María su encuentro providencial con Patiño al volverse, después de dejar en libertad a Rafael y al coronel; y cómo lo había matado, recibiendo en cambio un ligero rozón de bala.

Lo demás que siguió a este acontecimiento lo sabía la joven; debía su vida, su honra y su libertad a Martín, que valiente la había conducido hasta su casa al lado de Juana; así es que fue pasado por alto en su narración.

Juana, que hasta entonces hubiera guardado silencio, dijo con acento bajo y receloso:

—Niña, bueno es no tratar de estos asuntos ahora que los acontecimientos están tan recientes...

—¿Tienes miedo de que alguien nos observe y nos denuncie? Hablamos tan bajo...

—Es que... como dice el refrán, las paredes tienen oídos. Además hasta ese vestido negro que traes hace dos días, me asusta; revela un riguroso luto que puede traer sospechas sobre ti –dijo Juana.

—Tales sospechas serían tan ciertas como la luz del día, mi buena Juana; soy la hija de Colombo, y no porque este haya sido un bandido, deja de ser mi padre. Este vestido negro no es más que la expresión de mi justo sentimiento; me amó demasiado para que yo pueda ver indiferente su triste fin, –murmuró María llevando el pañuelo a sus ojos para enjugarse una lágrima.

—¿Y que has resuelto? ¿nos vamos siempre? –se aventuró a preguntarla Martín.

—¡Siempre...! ¡Mañana, cuando el sol corone la cumbre de los montes, estaremos muy lejos de aquí! –dijo María con doloroso acento.

Esta noche... –continuó, cuándo todo repose en el silencio, cuándo todos duerman, partiremos de aquí.

—¡Dios lo quiera! –murmuró Juana.

Acababa Juana de pronunciar estas palabras, cuando Rafael, desde el dintel de la puerta pidió permiso para entrar.

—Martín –dijo la joven hazle entrar a la sala.

Martín salió a encontrarlo; y María enjugándose los ojos lo mejor que pudo, y dando a su semblante un aire risueño, se apresuró a entrar a la sala de recibo donde la aguardaba Rafael.

—¡Gracias a Dios que te hallo más contenta! – exclamó Rafael estrechando la pequeña mano de María.

—Es que... según está el corazón recibe las impresiones y percibe los objetos. Tu eres el que, sin duda, estás hoy de mejor humor, –dijo María con acento amigable.

—¿Es decir que tú no has sufrido un cambio en los últimos días, cambio moral, que afectando tu alma, obscurece tu frente, nubla tus ojos, y te rodea de no sé que atmósfera luctuosa, cuyo aliento me aniquila porque no alcanzo a penetrarle?

—Puede ser... –balbuceó la joven.

—Cada vez te comprendo menos –dijo Rafael con marcado despecho: ¡siempre la reserva, la duda siempre....! ¡oh! ¡tú no me amas, ni me amarás nunca...!

—Y sin embargo –dijo dulcemente María te he dado pruebas de un amor sin límites.

—Si te refieres a aquella noche terrible cuyos secretos te obstinas en ocultarme, no puedo negar que te debo la libertad, la vida, y sobre todo la felicidad de volver a verte; ¿pero fue esa acción tuya, hija del amor o del capricho? Sea cual fuere su móvil, ella ha encendido aún más mi pasión. ¡María, tú no sabes lo inmenso de mi cariño, tú no sabes que tu imagen vive en mi imaginación calenturienta dándole vida a mi alma, fuego a mi corazón, luz a mis ojos: tú no sabes que vivir siempre unido a ti, es mi deseo constante y será mi suprema aventura...!

—¡Quisiera creerlo, Rafael, porque esa creencia sería un consuelo en mis amarguras; pero ¿cómo, si en mi corazón está escrita con caracteres de hielo, esa noche cuyo recuerdo has evocado; esa noche en que por cambio de mi amorosa abnegación y de la libertad que te ofrecía, recibí de tus labios las frases más duras que el despecho y la ira puedan dictar nunca...? Allí Rafael, he visto huir el ángel de mi amor, arrojando a mis pies los jirones de una venda que hacía mi ventura, tornando en flores las espinas que ocultaba... ¡Oh! cuando esa venda fatal cayó a mis pies, y tus palabras injustas hirieron mis oídos, mis ojos contemplaron llorando los desiertos del corazón, y herida en lo más puro de mis afectos, en mi amor propio, en mi virtud, sentí que la vida me abandonaba, que mi sien ardía y que todo mi ser se aniquilaba en un instante!

—¡Perdón, María, perdón! –exclamó Rafael comprendiendo por primera vez el peso de sus palabras en aquella terrible noche, soy culpable, porque el sitio en que te hallabas me hizo dudar...

—¡Así sois los hombres todos –dijo la joven, así sois: juzgáis, aborrecéis y despreciáis, sin examinar primero la causa, y sólo porque las apariencias os hablan engañosamente...! ¡Cuán distinto es mi amor del tuyo, cuán distinto! Si yo te viese con la marca infame del presidiario en la frente, rodeado de criminales, arrastrando las cadenas más oprobiosas en aquel albergue miserable, mi corazón no te habría confundido; habría creído en tu fatalidad; pero no en tu difamación; y mis labios te habrían dicho con más ternura y amor: «¡tú no eres igual a ellos; te condenan las apariencias, pero yo las desprecio...!» Te habría compadecido, pero no te habría insultado: habría enjugado tus lágrimas y habría tratado de endulzar tus penas, ya que no fuera dable curarlas!

—¡Tienes razón...! –murmuró Rafael anonadado ante tanta abnegación.

Y tomando enseguida, una mano de su amada entre las suyas, añadió con vehemencia:

—¡Echemos un velo a lo pasado: olvida ese involuntario momento de locura febril, olvídate por la memoria de tu bendita madre...!

—Lo perdono...! Olvidarlo... es imposible!

—¡Cuánto bien me haces, María! ¿Qué importa que no lo olvides, si me perdonas? Yo te amaré siempre a pesar del misterio que te envuelve y cuyo velo no osaré nunca levantar.

María le oyó con arrobamiento y una dulce sonrisa iluminó sus ojos, al jugar en sus labios.

¡Tan pronta es la mujer en perdonar y devolver sus sonrisas, como en sentirse ofendida y en derramar lágrimas!

—Tú no levantarás ese velo, es cierto; porque... ¡ni podrías! Pero yo le levantaré; sabrás quién soy, aunque el decírtelo sea un sacrificio para mí.

¡Sí, porque demasiado comprendo que vas a despreciarme, que te avergonzarás de haberme amado; aun cuando ninguna culpa pese sobre mí...!

Rafael guardó silencio; quizá en aquel instante temía escuchar las revelaciones de María; quién al contrario parecía resuelta a descubrir ante el abogado la mancha de su nacimiento, su pasado en fin.

—¡Confidencia es esta que sólo tú debes escuchar...! Acerca tu silla a la mía.

Rafael obedeció, colocando su silla a la izquierda de María.

Pero al mismo tiempo, cuando ésta iba a comenzar su relato, sonaron en la puerta dos fuertes golpes; apareciendo seguidamente a la entrada de la sala, el juez, el coronel Miranda y Adolfo.

María tembló instintivamente y Rafael palideció, presintiendo una escena desagradable.

A una insinuación de la joven tomaron asiento, y Rafael que se había levantado a recibirlos, hizo lo mismo, pero sin cambiar de asiento.

El juez dirigió una mirada vaga hacia los techos, con esa indiferencia que denota al hombre despreocupado, o que trata de parecerlo así.

Y aquella mirada, por final de cuentas, buscó un punto culminante, su tema de acentuación. Este era María.

—Señorita –le dijo adoptando cierto énfasis que cuadraba perfectamente con su carácter de juez inquisidor, sin duda mi presencia le será extraña en este lugar.

—Algo señor... –murmuró María.

El juez tomó un sorbo de tabaco, cosa muy usada de él, y continuó:

—Acontecimientos terribles y por demás obscuros y misteriosos, han pasado con la familia Miranda, comenzando por el señor coronel que ha permanecido en secuestro más de dos años; su hija, la señorita Cecilia ha sido víctima de un rapto escandaloso, de cuyo rapto Ud. fue testigo ocular. Aunque Ud. entonces aseguró no conocer a ninguno de los raptores, hoy se tienen indicios de que... perdone Ud., su aseveración fue equivocada, con intención... ¡o sin ella!

Todos los presentes palidecieron, la indagación tomaba un carácter serio, pues que el juez mismo se constituía rotundamente primer acusador de María.

Esta, sin embargo, aún dueña de toda su energía, contestó sin vacilar:

—Lo que entonces dije a mis amigos, fue la verdad; debe Ud. suponer que ésa terrible escena llevada a cabo en la obscuridad, fue tan violenta, que ni aún el número de hombres que la ejecutaban me fue conocido; mucho menos podía haberme fijado en el personal de aquellos miserables, que a más de miedo me causaban horror.

El juez movió la cabeza, sonriendo maliciosamente, y dijo:

—Me convencería todo lo expuesto por Ud. si un último episodio en que bondadosamente ha figurado (hablo de la libertad del coronel y el Sr. Ordóñez), no pusiera de manifiesto que Ud. guarda ciertas relaciones... o que al menos tenía algún prestigio sobre los bandidos del Volcán.

El juez tomó un segundo sorbo de tabaco, y Rafael inclinándose al oído de María, murmuró disimuladamente:

—¡Niega, María, niega!

María le agradeció con una sonrisa aquella demostración de cariño, y contestó sin vacilar:

—No sé con quién se me pueda confundir, porque sólo así me explico tan injusta acusación. ¿En qué se funda Ud. para echarme en cara relaciones y prestigio que nunca he tenido nunca con esos desgraciados?

—Dos personas hay aquí que pueden contestar en mi lugar, testificando la presencia de la Señorita Granados en los desconocidos subterráneos del Volcán, –dijo el juez algo mohíno.

—¡Niego todo eso! –dijo María con admirable calma.

—¡Sr. Ordóñez –exclamó el juez, dirigiéndose al mencionado diga Ud. lo que sepa relativo a este asunto!

María permaneció tranquila; segura de que Rafael, siendo su defensor, buscaría los medios de poner su honra y su libertad a cubierto de sospecha. Y Rafael impasible y sereno, fingiendo estudiar la personalidad de la joven, con una mirada curiosa, contestó:

—Mi libertad la debo, en primer lugar, a la Providencia; y en segundo, a una mujer que... ¡no conozco!

—Ciudadano Ordóñez —dijo el juez, Ud. mismo ha dicho al Sr. Adolfo en un arranque de pasión, que su libertad la debía a su amada.

—Yo mismo me engañé cuando tal creí, lo confieso; pero las circunstancias en que me hallaba eran excepcionales y muy propias para trastornar mi cerebro... ¡Solo! en un obscuro subterráneo, con la imagen de mi amada ante mis ojos; el eco de su voz en mis oídos; su amor llenando mi corazón y mi alma, en aquella tumba que me alejaba de ella quizá para siempre; vi de repente el reflejo de una luz que reflejándose en las frías paredes ahuyentaba las sombras que me cercaban y en el centro de aquella luz, una mujer, una joven... parecida a María, como una gota de agua a otra gota... ¡María! exclamé al verla, ¡María! —»No me llamo María, me contestó; pero poco te importa mi nombre, he visto que sufrías mucho y he venido a darte la libertad que deseas. Este hombre, añadió señalando a uno que la acompañaba, te conducirá fuera de aquí».

Al terminar estas palabras desapareció, sin que mis esfuerzos por oír de ella otra palabra fueran satisfechos. Seguí al desconocido, sin apartar de mí tan dulce visión, en la que creía ver a María...

¡Pero no tardé en conocer que era una pura ficción, ocasionada por el fuego del corazón en las cavidades del cerebro, todo lo que me había imaginado!

Vi a María... y la diferencia entre ella y mi salvadora, me pareció, no dudosa, sino cierta y notable.

Esta última, aunque parecida, era más alta, de más edad y menos blanca que ella.

—Gracias Rafael, —murmuró María de quedo.

El juez no pareció satisfecho con el relato de Ordóñez; así es que tomando otro sorbo de tabaco, se dirigió al coronel, diciendo:

—Sr. Miranda, ¿es esta señorita la joven que penetró a su prisión para darle libertad?

—Creo no engañarme, asegurando que ella es... Sí; la reconozco... ¡su misma voz, su porte majestuoso como el de una reina, su belleza casi ideal...! —exclamó el coronel como recordando.

—El señor coronel puede engañarse —interrumpió Adolfo, que hasta entonces no había desplegado los labios, y que comprendiendo la situación difícil de la joven, trataba de ayudarla a salir de ella. ¿No ven con frecuencia personas de gran parecido? ¡Quién puede asegurar que aquella joven y la Señorita Granados sean una misma persona?

Ante estas palabras cruzó por la mente del coronel un pensamiento rápido; y dudó. ¿No había existido una semejanza que bien pudiera llamarse igualdad, entre él y Colombo?

Tuvo remordimiento de haber confundido a María con una mujer que sin duda pertenecía a la banda de forajidos.

Levantó la cabeza y murmuró:

—Quizá Adolfo tiene razón; he juzgado ligeramente a la Señorita Granados. Hay otra razón en su favor; y es, que si ella hubiera sido nuestra libertadora, no creo que hubiera dejado en olvido a Cecilia, que sin duda se halla en aquellos tristes subterráneos.

El Juez se encogió de hombros; tosió fuertemente como si tratase de tomar o disimular su disgusto; y dijo con enérgica entonación, dirigiéndose a María:

—Tomando en cuenta las dudas que se han versado en este interrogatorio; y en atención a que los hechos, que acaban de pasar han coincidido con la repentina marcha de Ud. y su vuelta aquí, en los mismos días en que se procede judicialmente contra el Vizconde su tío, usando la autorización que la ley concede, declaro a Ud. en arresto hasta que se pruebe de una manera clara su inocencia.

¡Arrestada! —exclamaron a un tiempo los que presenciaban tal escena.

—¡Eso es una arbitrariedad...! —exclamó Rafael.

—¡Estoy pronta a obedecer —dijo María con altiva dignidad, e interrumpiendo a Rafael: no ha de decirse mañana que me ha faltado valor para morir, si es necesario! Guiad, ¿a dónde debo ir...?

Tanta resolución causó en el juez una viva conmoción, que suavizo su proceder contra la joven.

—Tenéis una alma grande —la dijo; y no creo perder nada al consignaros presa en vuestra propia habitación.

—Permitidme, señor —dijo entonces el coronel dirigiéndose al juez, que os pida la suspensión del acto que ejecutáis; yo soy la parte que demanda justicia; pero no contra esta señorita.

—¡Cumplo con mi deber, coronel...! Levantar el velo que envuelve los crímenes es la misión de la justicia...! Este paso tal vez es la clave que ha de conducirnos al descubrimiento de Cecilia Miranda, vuestra hija!

—¡Cecilia Miranda...! —repitió una voz fuerte y varonil, a la puerta de la sala.

Todas las miradas se volvieron al sitio indicado, movidas por la curiosidad de ver al que tan inopinadamente pronunciaba el nombre de la joven que daba lugar a la escena ya descrita. Y mientras esto sucedía, un hombre ya viejo, pero fuerte y robusto, avanzaba con reposado continente al centro de la sala.

—¿Qué queréis? ¿Quién os ha introducido aquí...? ¿quién sois? —preguntó el juez al desconocido, con austero semblante.

—He entrado guiado por el deber de mi conciencia; y soy el que ha podido llegar a tiempo, señor alcalde, para evitar a la justicia el error de castigar a una señora que morirá; pero que no podría deciros nunca donde se halla la joven que buscáis, porque ¡no lo sabe!

—¡Mi hija, mi hija...! —exclamó el coronel dando dos pasos hacia el desconocido, ¡vos debéis saber dónde está...!

—¡Ah! ¿Sois el padre de ella? —preguntó nuestro hombre.

—¡Sí; pero acabad...! —contestó el coronel impaciente.

—Pues bien, señor, vuestra hija se halla en mi casa, en la casa de este pobre viejo que, con el auxilio de Dios, pudo salvarla del poder de sus raptores.

El Juez se puso en pie y todos los demás circunstantes hicieron lo mismo; el coronel quiso adelantarse a estrechar la mano ruda de aquel hombre; pero el juez se lo impidió diciéndole:

—Coronel, quien os devuelve a vuestra hija, no es más que uno de los bandidos que se están procesando. ¡Dios, sin duda, le ha tocado la conciencia!

—¡Dios mío! —exclamó con angustia nuestro desconocido: —¡soy honrado y no se me cree...!

En estas palabras pareció brotar toda la ternura, todo el sentimiento que puede albergarse en un corazón noble y generoso; toda la fe de una alma creyente.

El coronel, no obstante las duras palabras del juez, se sintió conmovido al oírlas, y exclamó:

—Bandido o no, ha salvado a mi hija y...

—Bien puede el señor coronel estrechar mi mano encallecida por el trabajo, —dijo el procesado; y luego levantando la voz añadió:

—¡Pablo Medina no ha sido nunca bandido...!

—¡Pablo Medina! —exclamó María adelantándose maquinalmente hacia el que acababa de salvarla.

Al casi grito de María, el tío Pablo, pues no era otro aquel personaje, fijó en ella sus ojos: su rostro tostado por el sol se puso lívido de sorpresa: su frente arrugada pareció dilatarse como si su epidermis fuera a romperse con el calor de recuerdos adormecidos por mucho tiempo, e instantáneamente despiertos, a la influencia de una reacción galvanizadora y adelantándose al encuentro de María, abrió sus brazos para recibirla, exclamando con acento tierno, expansivo y conmovedor:

—¡Paula...! Paula...! Así era ella cuando tenía veinte años!

—¡Padre...! padre...! —exclamó María, cayendo desfallecida en los brazos del tío Pablo.

Todos los que presenciaban aquella escena sentimental formaron un círculo en torno de tan interesante grupo.

Y Rafael, con el desaliento del que ve deshechas en un momento todas sus ilusiones, murmuró:

—¡María! ¡Ella... la hija de un bandido...!

Y esta frase deshonrosa, estas palabras, cuyo aterrador sonido sólo puede explicarse el ser a quien van dirigidas; estas palabras, puñal agudo en que la injusticia hiere el corazón del hijo a quien tocó un mal padre; y que, sea cual fuere el escalón del crimen en que éste hubiera caído, pues sólo varía por el epíteto, estas palabras, repito, fueron reproducidas en eco despreciativo por todos aquellos labios glaciales, permítaseme el calificativo, puesto que el hielo del corazón cuando sube a los labios, mata moralmente más seres, que los que físicamente puede matar el hielo de los polos.

A los oídos del tío Pablo llegó el eco que ellas producían, como un clamor de muerte. Desasió suavemente la hermosa cabeza de María de entre sus brazos, y volviéndose al coronel, le dijo:

—Se me ha confundido miserablemente con los bandidos; pero Dios ha puesto a vuestra hija bajo el techo de mi pobre casa, y ella será la que ha de salvarme.

—¡No! –dijo Adolfo–, desde el momento en que entreguéis a Cecilia, seréis libre, porque yo responderé por vos!

—¡Gracias, Adolfo! –murmuró María, levantando sus ojos llenos de lágrimas.

En la tarde de ese mismo día, el tío Pablo, Adolfo y el coronel, partieron alegremente en busca de Cecilia.

Dejémosles caminar: al uno relatando lo que sobre Cecilia sabemos, de su rapto a esta parte; y los otros escuchando y comentando con interés siempre creciente.

La hilación de nuestra novela, nos llama a otra parte.

Capítulo III

Hemos seguido paso a paso a nuestra linda joven protagonista, desde su salida de Guadalajara, hasta el momento en que, envuelta por sospechas en un odioso crimen, encontró los brazos de su abuelo, llegando tan a tiempo para salvarla de un arresto que le habría sido bochornoso.

Retrocedamos ahora hasta el día aciago en que el Vizconde, viendo su casa cateada por la policía, trató de ocultarse a sus pesquisas.

Y decimos aciago, porque efectivamente lo fue para el Vizconde, que por primera vez veía nublarse el cielo de su buena fortuna; y no como quiera, sino amenazándole con un eclipse total. Y era que la declinación de su estrella comenzaba a sentirse en un descenso de grandes proporciones.

Había en su casa un emparedado hecho de tal manera, en que la mirada más perspicaz no había podido descubrirle. En este emparedado tenía recopilados todos sus tesoros y alhajas de más precio.

Azorado y fuera de sí (porque cuanto más encumbrado se ha visto el hombre es más cobarde en la caída), buscó el Vizconde en aquel escondite su salvación; y abriendo la incrustada puerta que le cubría, entró sigilosamente a él; y acomodándose sobre el oro, esperó su suerte conteniendo hasta el aliento; porque aunque estaba seguro de no ser encontrado, tenía miedo. ¡Tal es el hombre cuya conciencia es un acusador terrible! No halla un lugar seguro donde guarecerse, ni alcanza paz, ni logra estar sólo en ningún sitio, porque donde quiera escucha la voz de ese juez invisible; donde quiera ve la imagen de sus maldades clavando en él su mirada torva y repugnante!

¡Oh! si el hombre tuviera un dominio absoluto sobre sus pasiones, esclavo de la virtud por convencimiento, por voluntad y por amor al bien, gozaría de una libertad perfecta; y nunca aquellas podrían arrojar a su cuello en dogal del vicio, que arrastrándole impotente en pos de sí, le torna en un mito despreciable, cuyo mayor castigo es la intranquilidad de la conciencia!

Pero por desgracia no sucede así y el hombre dominado por sus pasiones se sirve de su inteligencia para correr al abismo, en que al fin ha de naufragar, se sirve de toda su razón para encenegarse en el lodo, pisoteando sus más santos y nobles deberes.

He dicho que el Vizconde tenía miedo; diré más, temblaba sobre aquellos montones de oro que entonces para nada le servían, si no era para atormentarle más.

¡Desde allí observó cómo la justicia lo escudriñaba todo buscándole, el murmullo de voces llegaba a sus oídos en eco siniestro y pavoroso! ¡Y cuando las pisadas se sentían cerca de donde estaba oculto, se replegaba hacia atrás como si cien ojos le estuviesen ya acechando, otras tantas manos se apoyasen en la frágil puerta!

Gruesas gotas de sudor corrieron por su frente durante aquel siglo, pues tal le pareció el tiempo en aquel corto intervalo que el juez se ocupó en registrar su casa.

Al fin oyó cerrar las puertas: los pasos se alejaron, las voces se perdieron; giró el zahuán sobre sus goznes, chilló la llave en la cerradura, y... todo quedó en silencio.

El Vizconde abrió, asomó un ojo, luego toda la cara, y no viendo a nadie se aventuró a salir de escondite. Las puertas interiores estaban entornadas: buscó un saco y lo llenó de oro, y aunque no sin trabajo, le condujo junto a la tapia del segundo patio: allí fue depositada en pequeñas cajas toda su fortuna, y ya terminada su faena se dispuso a esperar la noche.

Pocos momentos después sintió pasos a su espalda, y tomando una pistola que traía consigo, se dispuso a vender cara su vida.

Pero el que así llegaba no era otro que Fortún; y el Vizconde al verle, creyó que la fortuna no le abandonaba aún.

—¿Cómo es que te encuentras aquí Fortún? – preguntó el Vizconde gozoso.

Se me olvidaba decir que el día a que hago referencia era el segundo del arresto de criados y por consiguiente se había practicado en esta vez, una segunda averiguación sobre la causa, no sabemos debido a qué circunstancia.

Así es que el Vizconde tenía allí dos días, a la esperanza de salvar su oro.

No dejó Fortún de sorprenderse al encontrarlo; pero pasada su sorpresa le contestó con esa hilaridad que acostumbran los criados:

—Me hallo aquí, mi amo, por un verdadero milagro. Hoy cuando nos sacaron a declaración, pude fugarme, gracias al gentío que nos rodeaba y a mi agilidad... Y aquí me escondo y allí me meto, pude llegar aquí, con el fin de ocultarme y salvar mis hilachos viejos que buena falta me han de hacer en lo de adelante.

Fortún mentía bonitamente; al penetrar allí, conociendo las riquezas del Vizconde, lo hacía con la intención de realizar una vez más aquel adagio de nuestros abuelos: «A río crecido, ganancia de pescadores».

—Ayúdame, Fortún, a salvar mi fortuna –le dijo el Vizconde a media voz, y te haré rico cuando estemos lejos de aquí, cuando atravesando el Golfo de California, nos hallemos en San Francisco donde pienso permanecer unos días.

—¿En qué puedo servir a Ud., mi amo? ordene y sabrá que Fortún es el mismo en el escalón de abajo que en el de arriba.

El Vizconde estrechó con gratitud la mano de su criado, diciéndole:

—Cuando la noche llegue, vas a la calle del Arenal, ya sabes a qué casa; arreglas tres mulas: una ensillada para mí y dos aparejadas, para conducir todo lo que aquí ves: a tu astucia dejo los medios de arreglarlo lo mejor que se pueda. Ahora lo que importa es ver como abrimos la cochera para cargar aquí dentro. La calle es sola y todo irá bien.

—Déjeme Ud. a mí ese cuento. Tengo mis artimañas que aprendí antes de estar a su servicio. ¡Ahora veo que todo sirve en este mundo...!

El Vizconde dio a su criado un bolsillo con oro para que pudiese arreglar todo a su gusto.

Inútil es decir que Fortún anduvo listo; la cochera fue abierta; las mulas cargadas con paja a la vista, se entiende. La noche favoreció sus planes, cambiando en ella amo y criado sus papeles, pues el Vizconde obedecía ciegamente a Fortún.

A la mañana siguiente ambos se encontraban a una gran distancia de Guadalajara. El Vizconde marchaba adelante, a una regular distancia, y como si ni aún conociese a Fortún, quien yendo a pie arreaba sus mulas tarareando algunas tonadillas de vihuela.

El primero llevaba en su maleta una gran cantidad de dinero y algo de ropa.

—Nada importa –se decía, que hayan fracasado mis últimos planes.

Tres días llevaban de camino; ya desviando senderos, ya ocultándose en algunos parajes que se les hacían sospechosos, o ya caminando con la noche.

El Vizconde se encontraba en los primeros declives de la Barranca de Beltrán.

La mañana estaba nublada; y parodeando a los poetas, pudiéramos decir melancólica, impregnada de vagos rumores que entristecían al alma; un velo blanquecino de espesa niebla cubría por completo todo el panorama bellísimo que allí se despliega ante los seres capaces de admirar o sentir. Los árboles, que vistos de lejos semejaban espectros en blanco sudario, al acercarse los ojos a ellos parecían renacer la vida abandonando su delgada y pálida túnica.

¡Así debe el alma salir de las nieblas de su mortalidad para idealizarse en esa vida superior porque anhelamos los creyentes durante nuestro paso por el mundo!

A través de aquella niebla que todo lo envolvía, se oía el dulce trinar de los pájaros y el triste lamentar de las palomas que revolotean y anidan en aquellos sitios quebrados por la naturaleza; sitios de imponente belleza y poesía siempre nueva, que mis ojos han contemplado con deleite.

Sin saber por qué, el Vizconde se sentía oprimido por una de esas tristezas vagas, que agobian el espíritu y que llamamos presentimiento.

Así caminó largo trecho, hasta que el sol saliendo de entre sus persianas de nácar, comenzó a disipar la niebla, y a descubrir los objetos, dejándose ver extendidas sobre las rocas y colgando en los ramajes las guías del coralillo, con sus rosas nacaradas y sus verdes hojas brillantes de rocío. Flores y pájaros, aromas y céfiros, todo sonrió bajo la mirada del sol, que hacía resaltar en el fondo de la barranca el blanco cristal del arroyo que se desliza ruidoso entre las ramas y las violetas.

El corazón del Vizconde, pareció sacudir el peso que le oprimía, ante la belleza del sitio que cruzaba.

De repente una voz ladina resonó a su lado, murmurando:

—¡Buenos días, señor Vizconde! Quién me hubiera dicho que habríamos de ser compañeros de viaje!

Quien así hablaba, era un hombre de a pie con el calzón de manta enrollado arriba del tobillo, una banda encarnada, un ancho sombrero de petate, y un grueso palo en la mano.

El Vizconde le miró de reojo y el marcado gesto de disgusto que siguió a su observación, denotó a las claras que la compañía le disgustaba.

—No conozco a Ud., –dijo secamente.

El hombrecillo sonrió maliciosamente y contestó:

—Qué pronto se ha olvidado de Pancho el Jicote, aquel que despachó al otro mundo a don Remigio Flores...

—Bien, bien, supuesto que me conoces, está por demás el disimulo; arreglémonos como buenos amigos, aunque el negocio citado lo hiciste tan mal, que merecías una paliza que te dejara en el campo.

—Esa no es culpa mía sino de la mala suerte de Ud. ¡Algún día se pagan las verdes, no digo las ya maduras!

De buena gana hubiera el Vizconde acribillado a balazos a su aliado; pero temía que la detonación de su arma atrajese a algunos transeúntes de camino, que sospechando de él, le hiciesen perder todo lo ganado. Así es que, resuelto a jugar el lado bueno, dijo a Pancho sin darse por entendido de sus últimas palabras.

—¡Bien, bien, arreglémonos sin discusiones ni reclamos!

—Nada más justo, –dijo el jicote viendo a la maleta del Vizconde.

—¿Qué quieres para separarte de mí? Porque ya comprenderás, que no nos conviene caminar juntos, –dijo el Vizconde.

—Orita, orita no hay peligro[50]; el camino viene solo; nadie nos ve, creo que podemos echar un pisto de mi vinillo y un taco de su almuerzo.

---

50   «*Orita, orita* no hay peligro...» quiere decir «Ahora mismo no hay peligro...»

Diciendo esto, sacó Pancho del seno una botellita de vino de Tequila, y la presentó a su compañero.

—Con que pie a tierra y almorcemos un bocado, porque hace mucha hambre, y yo vengo con tía Clara. Ud. comprenderá que por lo de don Remigio ando por estos caminos de Dios, sin cuartilla y dado a la trampa.

—Pero, hombre, yo no puedo detenerme, necesito estar temprano en Colima.

—Le aseguro que no nos entretendremos: está la lumbre hecha, mire Ud. allí la humareda.

Efectivamente, antes de llegar al puente, se veía una lumbrada que Pancho atribuyó a algún arriero que le precedía.

Pero no era sí; Pancho había visto ir al Vizconde y sabiendo que huía, juzgó que la maleta llevaría mucho dinero, e intentó un plan para quedarse con ella, porque yendo el Vizconde bien armado, necesitaba astucia, y de ésta se valió.

Prontamente encendió la lumbrada con algunas ramas secas, y a favor de la niebla, desanduvo un trecho y fue colocarse a espaldas del Vizconde, saludándole por su título, como hemos visto.

Veamos ahora lo que pasó después.

Sea que el Vizconde sintiese la necesidad del almuerzo, o sea que quisiese por miedo ser consecuente con el Jicote, lo cierto es, que echando pie a tierra, sacó de las cantinas un poco de pan y un buen trozo de carne, que calentándolo a la lumbre, fue devorado por los dos aunque con mejor apetito Pancho, que se echó sobre el almuerzo un gran sorbo de vino.

Iba el Vizconde a tomar el estribo cuando Pancho le detuvo diciendo:

—Espero que su excelencia no se irá sin darme algo para el camino ¡que diablos! no le serví tan mal, y mi bolsa está vacía.

—¡Con mil de a caballo! –exclamó el Vizconde algo mohíno, y llevando la mano a la pistola, ¡creo que te burlas de mí!

Pancho dio un salto hacia el Vizconde; y antes que este tratara de impedirlo, le asió con tal fuerza el brazo, que le hizo soltar el arma.

—¿Cuánto quieres por dejarme libre...? –preguntó el Vizconde pálido de coraje.

—Lo que trae esa maleta, –dijo el Jicote con cinismo.

—¡Es decir, miserable, que lo que pretendes es robarme, dejarme en la miseria...!

—No tanto: quitarle a Ud. esa maleta, es quitarle un pelo a un gato. Con que démela y asunto arreglado. Pancho no volverá a detenerlo en su camino.

El Vizconde lanzo una blasfemia e hizo la tentativa de montar para alejarse a escape de allí. Pero su antagonista no le dio lugar, le abrazo fuertemente por la espalda, y a contar desde ese instante, se trabó una lucha terrible entre ambos enemigos. Pancho había sacado el puñal, arma terrible en sus manos, pero el Vizconde a su vez la hizo saltar de su mano.

En aquella desesperada lucha, Pancho tuvo una idea horrible; arrastró consigo al Vizconde, logrando colocarle a la orilla del puente.

En vano el Vizconde hizo para desasirse de aquellos brazos de hierro, no pudo: y extraviado de terror giró la vista buscando un auxilio.

Fortún debía estar cerca, pero no parecía aún y sólo alcanzó a ver la profundidad de la barranca llena de breñas y de rocas; aquel terrible abismo, en cuyo sima obscura, serpenteaba un arroyo, cuyo murmullo se perdía apagado por la distancia y que entonces le helaba de espanto.

¡Sus fuerzas estaban perdidas, sus piernas vacilaban...! Pancho le empujó sobre el abismo, dejando escuchar de sus labios una risa estridente e infernal, y el Vizconde sintiéndose perdido, reunió sus pocas fuerzas y asiéndole por el cuello, le arrastró en pos de sí a la profundidad de la barranca...

Entonces y como brotado de la tierra apareció Fortún arreando sus mulas y silbando una balona.

Montó en la mula del Vizconde y siguió adelante murmurando:

—¡Nadie sabe para quien trabaja; toda esta riqueza es mía...!

¡Dentro de tres días estaré en alta mar, para ir a gozarla en país extranjero!

Fortún había presenciado aquel doble crimen oculto en un recodo de la barranca.

Tres días después, el «San Francisco» contaba entre sus pasajeros a Fortún con el desconocido nombre de Marcos Carrasco.

En Colima se había provisto de buenos y elegantes vestidos y pasó a bordo como un rico comerciante, que iba a radicarse a California.

Dejémosle bogar viento en popa y retrocedamos en pos de otros acontecimientos.

Pero no esperéis, mis queridos lectores, volver a ver en el transcurso de esta novela, al heredero del Vizconde a quien no seguiremos más allá de los mares.

Libro VI - A la sombra de la religión

Capítulo I

¡Primero es Dios!

Cuando nos encontramos en una función teatral absorbemos en la contemplación de un paisaje bellísimo, que aunque pintado, nos encanta, al par que nos encantan las interesantes escenas que se describen allí y los torrentes de armonía arrancados a las dulcísimas notas que hieren nuestros oídos; cuando contemplamos ese paisaje, repito, cambia instantáneamente la decoración, el cuadro desaparece: la armonía que nos deleitaba huye, la escena toma otro aspecto y nuestra pasada impresión se substituye con otra.

¿Qué importa? El fondo es lo mismo, los colores pueden combinarse; las formas reducirse a una sola y los hilos adherirse de tal manera que ni juntura quede.

De la misma manera el novelista cambia a menudo las decoraciones de su fantasía: nada más justo; tiene tantas, cuantos son sus caprichos.

Yo, de la misma manera que mis predecesores y proseguidores, pues éstos harán lo mismo que los otros hicieron, voy a correr una decoración que cubra las obscuridades de los crímenes, con la luz de la fe y la poesía de la Religión.

¿Y quién es aquel que poseyendo un espíritu elevado a las grandezas de Dios, no se sienta arrobado por ese dulce misticismo que como un delicioso perfume, se desprende hasta de los actos más sencillos de nuestra Religión?

¡Amable es ella como el miraje de una alborada de Abril, dulce y tierna como un crepúsculo de primavera, grande y sublime como todo lo que dimana de Dios!

¿A dónde iríamos, pobres expatriados, si ella no guiase nuestros pasos por las desigualdades de la vida?

¿Qué sería de nosotros, pobres extraviados, si su regazo no acogiese nuestras lágrimas?

El mundo es un desierto de ardientes arenales, donde el simoun de la desgracia levanta continuamente huracanes que amenazan sepultarnos, donde el fuego de las pasiones lo abraza todo, todo... hasta el aire que respiramos y la luz que hiere nuestras pupilas.

¡Y ese desierto...! Tenemos que cruzarle aunque sea llorando!

¡Y ese desierto nos parece terrible y su perspectiva nos espantaría sin el ala amorosa de la Religión, la única que nos hace sombra y sostiene nuestra impotencia en la ruda adversidad!

El mecánico se deleita de ademar ruedas, pulir ejes y estudiar movimientos; el comerciante en balancear los gananciales; el filósofo en buscar consecuencias... Yo me deleito en hojear el sencillo tratado de mis creencias y que no es otra cosa que la cartilla del hogar puesta en la madre católica en las manos de sus hijos.

Perdonadme lectores, si os he entretenido con este párrafo, que a muchos de vosotros parecerá largo y que a mí me parece bastante corto.

La decoración que os presento tiene en el fondo una cruz: en torno de ésta se destacan bellísimas madonas, silenciosos monasterios, la vida que se extingue entre melodía de los cánticos, las notas del salterio y las armonías del órgano...

¡Contempladla...! Y entretanto, atención hacia las escenas que van a describirse bajo la irradiación de tan lindo paisaje!

¡Atención!

Vamos a introducirnos a una linda casita situada a corta distancia del convento de Carmelitas en Guadalajara[51]. Ve al oriente: no extrañéis por lo tanto, que la mañana risueña y coqueta, le regale algunos rayos de sol que se introducen indiscretos por las ventanas casi siempre abiertas.

Su patio que tiene la forma de un cuadrado perfecto, contiene diversas plantas colocadas simétricamente: unas de ellas cargada de flores; otras anunciando su lujo en graciosos botones, cuajados por la noche, de rocío...

Sin embargo de ser el patio cuadrado, no está cerrado entre corredores, como sucede con los de las casas de mayores dimensiones. Un solo corredor hay en ella: de arcos redondos cubiertos de madreselva y mosqueta.

Este corredor es el lugar preferente de asistencia para los inquilinos: pues los que allí viven no son propietarios.

A la hora que presento a mis lectores en la mencionada casa, un anciano, sentado en un ancho equipal, forrado de cuero, miraba distraído los manojos de rosas blancas y nacaradas que se columpiaban en las endebles ramas y digo distraído, porque al parecer escuchaba atentamente la lectura que, en un grueso volumen del Año Cristiano, daba una joven hermosa y sencillamente vestida, la que de cuando en cuando levantaba sus negros ojos del libro, para fijarlos en el anciano con amorosa solicitud.

De pronto cerró el libro, cruzo los brazos sobre la falda e inclinando el

---

51   Actualmente es hoy el recinto cultural Ex Convento del Carmen. (Archivo Histórico Municipal de Zapotlán el Grande, Jalisco)

busto hacia adelante se puso a contemplar al anciano sin que éste diera muestras de apercibirse de ello.

Al cabo de unos cuantos minutos, murmuró con acento bromista:

—Padre mío ¿a que no me dice Ud. dónde quedamos en la lectura?

—¡Ah! Ahora caigo... me distraje involuntariamente... ¡pienso tanto, hija mía...! –dijo el anciano con voz cortada.

La joven cambió instantáneamente la expresión alegre de su fisonomía, en grave y melancólica.

—Vamos, dijo, ¿puedo saber en qué...?

—Pienso en ti, María. ¿Tengo otra cosa en qué pensar que no sea en ti?

—Ya se ve que no, de lo contrario... ¡quién sabe si me encelara! Pero dígame Ud. ¿qué le preocupa tanto respecto de mí...?

—Me preocupa tu suerte, hija mía, si no ¿qué será de ti cuando yo desaparezca de la tierra? –preguntó el anciano.

—¡Qué cosas tiene Ud.! –exclamó la joven ¿por ventura puede saberse quién de los dos ha de morir primero? Cuando el huracán azota, lo mismo cae el tierno retoño que el tronco que lo sostiene y a veces...

—¡No te formes ilusiones: hablo del renuevo que brota al pié; éste por lo regular se torna hermoso, florece y fructifica, mientras que el tronco viejo tiene por razón natural que volver a la tierra. Yo siento que la vida me falta cada día más: me acerco a la tumba como el sol a su ocaso y esa muerte que hace tres meses me hubiera sido preciosa, hoy me asusta y me llena de tristeza, porque sé que tras de mí queda en el mundo la mitad de mi alma, sola y expuesta a los vaivenes del infortunio! –dijo el anciano con acento doloroso.

La joven hizo un esfuerzo para aparecer alegre, diciendo:

—Ese peligro lo veo lejos, padre mío; por si fuese cierto que pronto me faltarais, no debéis afligiros, supuesto que Dios vela por todas sus criaturas.

—Demasiado lo sé; pero esto no quita que debemos proporcionarnos los medios; para eso Dios nos ha dado inteligencia, facultad de obrar y...

Y vos ¿qué sacáis de tanto pensar?

—Que un buen esposo a tu lado sería la paz de mi muerte.

—Pero... –balbuceó la joven.

—No me interrumpas –dijo el anciano, en quien mis lectores habrán adivinado al tío Pablo, al cazador del monte, pues no es otro el que tenemos a la vista. Rafael es bueno, le amas y te ama ¡por qué, si él te ofrece la felicidad con el título de esposo, no le das tu mano en cambio de ella?

—Tocamos un terreno –dijo María, en que es preciso ser franca. Es cierto que Rafael me ama y que yo le amo más que a mi vida y sin embargo, hago el sacrificio de ese amor que sería mi ventura, si la suerte me hubiera colocado en otra escala. ¡No seré nunca su esposa, padre, nunca! ¿Y sabes por qué? Porque mi nombre, tarde o temprano, sería una mancha para el suyo.

La joven enjugó una lágrima que asomó a sus ojos, ahogó un suspiro y prosiguió:

—¡Por más que en su amor por mí, intentará cubrir con el espeso velo mi pasado, a través de ese velo, siendo su esposa, siempre yo sería la hija de un bandido, la hija del crimen...! ¡Oh! creédlo, padre mío, cuando esposa de Rafael, escuchase yo de sus labios ese sangriento reproche acusando mi origen, ¡me moriría de dolor...!

El anciano inclinó la frente con abatimiento, como si aquellas palabras le partiesen el alma y María tornó a reanudar el hilo de sus ideas, demasiado ciertas por desgracia:

—Las ilusiones son un velo transparente y fino, cuyo tejido no va más allá de las montañas del amor, y tiene que romperse al menor vaivén de ese huracán que desata la desilusión en el hondo abismo del corazón. Entonces la realidad tiene que asomar a nuestros ojos desnuda, severa y fría como la misma muerte; entonces, si el amor y la resignación no son capaces de llenar la desolación que inunda los jardines del alma, huimos espantados de nuestra propia obra... Y llorando tal vez nos arrepentimos del culto que dimos a un ser que, ya fuera de la ilusión, encontramos indigno de nuestro sacrificio... ¿Y quién me asegura que Rafael no tenga que pasar por esa desnudez del corazón, por esa desilusión terrible?

—¡Sería infame si así se portase contigo que eres buena! –dijo el tío Pablo apretando los puños.

—El egoísmo del amor paternal os hace atribuirme virtudes que no tengo y os lo agradezco en el fondo del alma. Pero volviendo a los serios temores que os afectan por mi porvenir, debo, como buena hija, desvanecerlos.

No; vuestra hermosa nieta, como me llamáis, no quedará sola ni expuesta a los infortunios de la orfandad, en caso de que Dios se sirva llevaros primero. Tiene elegido un esposo cual no le hay en toda la redondez de la tierra.

—¡María...! –exclamó el anciano emocionado de alegría y luego la preguntó con curiosidad de niño: ¿quién es ese esposo?

—¡Dios! –dijo la joven tranquilamente: ¡seré capuchina, padre!

—¡Esposa de Dios...! ¡Bendita seas...!

¡Cuan dichoso haces así a este pobre viejo...! –dijo el tío Pablo, tomando entre sus manos la negra cabeza de María y cubriendo su frente de besos.

—Pero dime –añadió después de una breve pausa , ¿no te apenará después el recuerdo del mundo, el recuerdo de... tu amor?

—No temáis nada; tengo fe y en mi corazón estará Dios antes que todo: primero será su nombre en mis oídos que el de Rafael; en una palabra ¡Dios será el primero en mi alma, en mi pensamiento y en toda mi ser! –dijo María con exaltación religiosa y después continuó con reposado acento:

—Carlos V dejó las grandezas y los honores; abdicó la corona con todos sus atractivos para sepultarse en la soledad de un monasterio. Yo ¿qué dejo tras de mí? ¡dolores y acaso remordimientos que allí borraré con lágrimas! Además, mi vida se nutrió a expensas del crimen; lo que de esta vida me resta, justo es consagrarlo a la oración y a la penitencia! Así, vivid tranquilo, puesto que el claustro se abrirá para recibirme, si me toca sobreviviros...

—¡Y Dios velará por ti! —dijo el anciano completando la frase.

Capítulo II

Hemos visto a María y a su abuelo conversar agradablemente acerca de la última resolución de la joven, pero antes de seguir adelante, aclararemos algo de los últimos acontecimientos acaecidos tres meses antes y en los que dejamos a Cecilia cerca de los brazos de su padre, puesto que éste iba a buscarla guiado por el buen Pablo, y a María llena de alegría con el encuentro del último todavía acusado de pertenecer a los bandidos.

¿Cómo o de que manera providencial había llegado el tío Pablo tan oportunamente para salvar a María del escándalo de un arresto tan denigrante y vergonzoso?

¡Casualidad, contestarán algunos; fortuna, dirán otros y no pocos juzgarán tal acontecimiento debido al acaso!

Pero yo contestaré a todas esas opiniones: ¡Providencia fue de Dios que vela siempre por sus criaturas, mayormente cuando éstas se constituyen apóstoles del bien!

El Teniente Mendoza cobró cariño al buen Pablo y aunque tarde, se arrepintió de haberlo hecho prisionero. Comprendió que era un hombre de bien y se propuso enmendar su yerro, ayudándole a recobrar su libertad.

Empero los jueces estaban en aquel proceso de bandidos, tan enérgicos y duros, que nada hasta allí había podido arreglarse por el que en justicia llamaba su víctima.

Aquel día, pues, en que María fue acusada de complicidad, el tío Pablo tomó una resolución: la de hablar con el coronel Miranda. Comunicó al teniente su pensamiento y éste se valió de todos los medios que estuvieron a su alcance para conseguir dos horas de excarcelamiento al cazador, garantizadas estas dos horas por el mismo teniente.

—¡Dios os pagará tan noble acción! –dijo el prisionero al que entonces le hacía gran bien, y se lanzó a la calle guiado por un soldado.

Rápido como un relámpago se dirigió a la casa del coronel en su busca, pero allí le dijeron que no estaba. Y tomando más informes, pudo averiguar que lo hallaría en casa de la Señorita Granados.

Dirigióse hacia allá...! ¡y ya hemos visto lo que pasó...!

El tío Pablo bendijo aquel acto de prisión, sin el cual quizá nunca habría encontrado a su linda nieta.

Cuando el teniente supo todo lo acaecido y que su protegido era ya libre, murmuró atusándose el grueso bigote:

—¡No se pierde una buena acción; yo estoy tan alegre y feliz como él!

Entretanto el tío Pablo, el coronel y Adolfo iban ya en busca de Cecilia, como dije en otro capítulo.

Cecilia y la buena Francisca habían derramado ya abundantes lágrimas, viendo que los días pasaban y el tío Pablo no tornaba a su casa, de donde le vimos salir en busca de un sendero seguro, por donde conducir a Cecilia al regazo de Doña. Mercedes.

La tarde de ese mismo día que venimos mencionando, Cecilia y Francisca, paradas a la puerta de aquella tranquila morada, seguían con los ojos todas las veredas que se extendían al frente de ellas, con esa melancólica ansiedad del que espera sin certidumbre.

El día declinaba: los campos parecían entrar en el mutismo del sueño, por que las aves retiradas del bullicio del día, escondían la cabeza entre sus alas, disponiéndose a dormir; las gallinas formaban esa algazara última, resultado de los picotazos que se dan unas a otras, tumbándose de las ramas del árbol que les sirve de techo.

—La oración de la tarde es muy agradable a Dios; recemos por la vuelta de Pablo, –dijo Francisca.

—Y por mi pronto regreso al lado de mi madre, – añadió Cecilia.

Y ambas mujeres se arrodillaron, guiando la primera el poético «Angelus Domini».

Apenas se hubieron puesto en pié cuando el tropel de algunos caballos que se acercaban, llamó fuertemente su atención.

Volvieron la cabeza hacía donde aquél se escuchaba y bien pronto vieron acercarse tres jinetes.

—¡Jesús me ampare! –exclamó Francisca; Pablo con dos señores y a caballo... ¿qué sucederá?

Cecilia fijó la vista en los que ya echaban pié a tierra; pero de improviso palideció, dio un grito y cayó sin sentido.

—Acababa de reconocer a su padre!

Me abstengo de describirles los detalles de escena tan tierna; cuadros son estos que no es posible legar a la pluma ni aun al pincel más acabado, porque los colores son pálidos.

El tío Pablo, libre desde aquel momento, lloraba de alegría, comparando su propia felicidad con la que allí presenciaba. Y Adolfo reía, daba vueltas por la casa, renovando en su imaginación todos sus proyectos de matrimonio.

Esta escena se repitió al día siguiente en Zapotlán, contando un actor más, que lo era doña Mercedes.

Entretanto el tío Pablo, su nieta y Juana, formaban otro cuadro encantador y tierno.

Un mes después de estos sucesos Cecilia y María se abrazaban, iban a separarse. La despedida fue triste, quizá era la última vez que se veían sobre la tierra.

La familia Miranda acompañada de Adolfo, partía para México después de largos sufrimientos, regresaba a su ciudad natal, donde celebrarían el matrimonio de su virtuosa hija con Adolfo y donde éste recibiría la cuantiosa herencia que tanto había codiciado el Vizconde.

A su vez Pablo, María, Martín, Juana y Francisca, seguidos muy de cerca por Rafael, fueron a radicar a Guadalajara, ocupando desde luego la casa en que hemos visto a los dos primeros.

Los prisioneros del Volcán fueron pasados por las armas, no quedando de aquella gavilla temible, capitaneada por Colombo, más que el noble indio Martín que nunca fue descubierto por la justicia como bandolero.

Tres meses datan de todos estos acontecimientos; tres meses de felicidad para el tío Pablo, que contaba sus horas por los dulces y cariñosos desvelos de su nieta, aquel ángel que endulzaba las frías amarguras de la vejez.

Pero esta felicidad era aparente y engañosa como la careta del carnaval, el mismo Pablo trataba de engañarse con ella, murmurando cuando lloraba: ¿por qué lloro... si soy tan feliz?

¡Cuando se mezcla el acíbar con un terrón de azúcar, resalta más el amargo!

El tío Pablo poseía la felicidad, puesto que María lo hacía feliz, con su amor y sus virtudes; pero se empeñaba en no serlo, alimentándose con dolorosos recuerdos.

El manuscrito de Paula era guardado por él religiosamente y ningún día dejaba de pasar su cansada vista por las amargas páginas de aquel amarillento cuaderno.

Esta era la hiel, prosaicamente hablando, que el buen Pablo mezclaba a su terrón de azúcar.

Tanta insistencia en remover las olvidadas cenizas, en apurar el tósigo de dolorosos recuerdos y en ulcerar las llagas cicatrizadas por el viento, fue arrebatando día por día su salud, física y moralmente.

Su carácter franco y jovial se volvió taciturno para todos, excepto para María a quien adoraba.

A la fecha en que volvimos a encontrarlo al lado de la joven, ya no salía de casa porque su mucha debilidad no se lo permitía.

El médico que lo visitaba había informado a María, que el día menos pensado moriría el anciano, y esta certeza la hacía derramar lágrimas en los momentos que estaba sola.

¿Qué enfermedad alejaba al tío Pablo de la vida, empujándole tan rápidamente hacia el sepulcro?

¡La consunción! enfermedad terrible, porque su dolencia más bien que al cuerpo pertenecía al alma.

La calentura lenta que le devoraba, no tenía bastante poder para arrancar de su imaginación la imagen de su hija.

Paula estaba siempre delante de sus ojos; la veía de niña, sonriente y juguetona como las mariposas; de joven, recatada, tierna y hermosa, como una fresca alborada; ¡y después... sepultada en ignorados laberintos, trémula y llorosa, escribir aquellos pliegos en que se derramaba toda su alma combatida por el más espantoso sufrimiento.

Quince soles habían coloreado el Oriente desde la conversación del anciano con María, conversación citada en el capítulo anterior; quince veces la luna había traspuesto la cumbre de los montes en su evolución diaria, para unos pueblos, de luz y para otros de sombra, cuando la gravedad del anciano tocó a su último período impidiéndole abandonar el lecho.

Todos los cuidados y auxilios que se empleaban para arrebatarle de las garras de la muerte, fueron inútiles.

El tío Pablo pagó su tributo a la naturaleza, muriendo cristianamente y bendiciendo a su nieta.

Al día siguiente mientras se trasladaba el cadáver a su última morada, María recibía una carta en que Adolfo y Cecilia le participaban su enlace.

—¡Dios los haga felices! —murmuró María doblando la carta.

En aquel momento Rafael penetró a la estancia. Acercóse a María y estrechando una mano que ella le tendió cariñosamente, le dijo:

—Has quedado huérfana y sola ¿puedo abrigar la esperanza de que serás mi esposa?

—¡No Rafael —contestó la joven con dulzura: un juramento sagrado me separa de ti, y hoy será la última vez que nos veamos sobre la tierra!

—¡No me amas...! nunca me has amado...!

—Frases son esas que pertenecen al pasado, Rafael; hoy la hija del bandido, pues no ignoras mi nacimiento, puede ofrecerte sin rubor, el amor santo de una hermana.

—¡María...! —exclamó Rafael en un arranque supremo de dolor.

—Esta misma noche el Monasterio de las Capuchinas abrirá sus puertas para recibirme. ¡Adiós...! No olvides que entre aquellas cuatro frías y solitarias paredes, hay una hermana que rezará por ti!

—¡No volveré a verte...! —exclamó Rafael con voz cortada.

—En la tierra... ¡nunca, allá... sí...! —dijo María señalando el cielo y tendiéndole después su mano para despedirse.

Rafael estrechó por última vez aquella mano querida y se alejó de allí con el corazón desgarrado y lo ojos llenos de lágrimas.

Aquella misma noche, María fue a aumentar el número de las monjas capuchinas.

Capítulo III

Al ponerse el sol

Han pasado algunos años desde los últimos acontecimientos que hemos narrado, desde que María tomó el velo de esposa de Jesucristo en el convento de Capuchinas, adoptando una vida de oración y pobreza.

En el paréntesis de este tiempo, que no es muy corto, quizá encontremos la última pincelada para nuestro libro, el último brochazo del cuadro que he venido delineando, aunque con colores bastante pálidos.

Acababa el sol de ponerse, dejando tras sí esa luz vaga y melancólica que llena de rumores las llanuras, y que huyendo a paso precipitado, descorre, sin embargo, muy reposadamente, el velo que cubre la rica diadema de la noche, incrustada de esos mil brillantes que giran regados en el espacio y que marcan cintilantes la huella prodigiosa del dedo de Dios en el libro de la inmensidad.

A través de esa luz nacarada, última mirada del día, último beso del sol a la tierra, podía verse el austero convento de Capuchinas envuelto en una mística poesía.

Sus altos muros arqueados y silenciosos, tenían en esos momentos un aspecto severo e imponente a los ojos; pero dulce y conmovedor al alma. Y era que tras ellos, se alzaba constantemente el himno grandioso de la oración brotado a torrentes de labios puros y virginales; era que tras ellos brotaban flores de virtud mecidas y arrulladas al son de armonías, solo inspiradas y sentidas en la paz del Amor Divino, en el silencio de las celdas.

Frente al edificio mencionado, a la hora que venimos describiendo, podía verse también una ventana abierta, perteneciente a una casa pequeña; pero aseada y graciosa.

Es el interior de la sala y casi frente de dicha ventana, había un enfermo cuyas manos enflaquecidas se perdían entre los dobleces de la colcha que le cubría. Sus ojos debilitados por la fiebre, se hallaban fijos en la negruzca tapia del monasterio, como atraídos por una fuerza irresistible y magnética. Suspiraba a menudo y en su semblante se adivinaban las huellas de la muerte marcando ya su paso con obscuras sombras.

A pesar de que la vida parecía escaparse de aquel cuerpo ya destruido por algunos dolores, el enfermo luchaba con una fuerza de ánimo superior por retener aquella vida que se le escapaba, como se escapa la esencia del vaso en que se la guarda.

En el ángulo de la sala que quedaba tras la piesera de la cama del enfermo, dos mujeres arrodilladas oraban en silencio.

Una tristeza profunda se dibujaba en el semblante de ambas mujeres, quienes no apartaban los ojos del enfermo. Estas mujeres eran Juana la compañera de María y Francisca la buena parienta del tío Pablo, y el enfermo a quien ellas cuidaban con amorosa solicitud, no era otro que Rafael.

La casa a que hacemos referencia, había sido comprada por María entes de encerrase en el claustro, para que sirviera de morada a las dos buenas mujeres que con esto recibieron un gran consuelo, pues gozarían en respirar el aire que tan presto jugase en las negruzcas almenas del convento, como en las bajas paredes de su casa.

Efectivamente, desde allí escuchaban con recogimiento, día a día, el concierto de vírgenes voces que se confundían y rasgaban los aires entre místicas armonías del órgano y entre las que creían distinguir siempre un eco más dulce, sentido y tierno... ¡el eco querido de la voz de María!

Una felicidad relativa alentaba su corazón cuando consideraban, y esto era todos los días, que entre ellas y María, no mediaban más que la ancha calle y los altos muros.

Ahora bien: ¿por qué circunstancia casual se encontraba allí Rafael el día que nos ocupa y en el estado en que le hemos visto?

Voy a explicarlo.

Desde aquel día fatal en que los restos del tío Pablo fueron depositados en la morada común; desde que María se despidió de él por última vez, levantando entre ambos un muro de hierro, las frías rejas del monasterio y el olvido del mundo, Rafael tomó la resolución de consagrar el resto de su vida a la independencia de su patria.

Una sorda resolución se agitaba en todo el país y ganaba terreno en todos los círculos sociales, aunque de una manera sigilosa y precavida. ¡Así suele el mar alentar una borrasca sin que asomen a su superficie las espumas airadas que rebotan en su seno.

¡Cada cerebro ardía, cada corazón palpitaba y cada brazo se prepara a la lucha que más tarde o más temprano tenía que desencadenarse al impulso de una idea común. En el centro de las ciudades, en las humildes chozas y hasta en el campo, mientras el arado rompía la tierra y el grano caía en el surco abierto, se pensaba en una era de libertad, de gloria, en fin para la cautiva México!

Y Rafael no era de los menos entusiastas en acariciar sueño tan delicioso.

¡La vida no le ofrecía ya encantos y ansiaba morir, pero morir con gloria!

Así fue que cuando el héroe sin rival de nuestras gloriosas patrias, cuando el inmortal Hidalgo proclamó la Independencia de México en el pueblo de Dolores, la memorable noche del 15 de septiembre de 1810, cuando su voz semejante a la del trueno que rasga el seno de las nubes, hizo estremecer las vírgenes selvas de la cautiva Anáhuac e hizo bambolear el trono de los virreyes levantado sobre mares de sangre y que sobre mares de sangre tenía que hundirse al peso de la justa causa; Rafael fue de los primeros que s e agruparon al pie del Pabellón Nacional levantado por las débiles manos de un anciano y entre cuyos colores simbólicos se destacaba la imagen venerada de nuestras creencias patrias, la dulce morena del Tepeyac, María de Guadalupe en fin.

En el árbol de la libertad se alzaba al parecer endeble; pero su crecimiento debía ser prodigioso, puesto que contaba en su antigua preponderancia, héroes como Cuauhtémoc, y en sus renuevos, caudillos tan gloriosos como Hidalgo y Morelos.

El corazón de Rafael pareció hallar un lenitivo a su constante melancolía, en la vida turbulenta a que entonces se consagraba.

Un amor borra otro amor y Rafael se creyó libre del recuerdo de María, al colocar en su alma el sentimiento patrio y libre del recuerdo de sus primeras afecciones, se soñó feliz... ¡Cuán fácil es el corazón humano en forjar el muñeco de la felicidad, cuya duración está sujeta al primer hilo que se rompe, al primer vaivén de la fortuna!

Empero la carrera de Rafael en el camino de las armas debía ser muy corta, por lo que pronto pudo cerciorarse de lo ilusorio de su felicidad.

Durante la batalla del Puente de Calderón dada el 17 de febrero de 1811, batalla funesta para las armas independientes, Rafael, como otros muchos de sus infortunados compañeros, fue herido gravemente por una bala enemiga.[52]

Hubiera perecido en manos de los españoles, si Martín, que desde la profesión de María, se había unido a él con un lazo casi fraternal, no le hubiese ocultado en un sitio seguro, prodigándole sus cuidados en medio de mil peligros, hasta que el enemigo desalojó el campo.

Cuando el nombre del terrible y orgulloso Calleja dejó de escucharse en aquel sitio donde la sangre había corrido, fecundando el árbol de la libertad, el noble indio, ayudado de un amigo suyo, trasladó al herido a la casa donde le hemos visto.

Rafael mismo había pedido a su compañero tal favor diciéndole con voz suplicante:

---

52   En *Notable Latin American Women*, Jerome R. Adams declara que la Batalla del Puente de Calderón, cerca de Guadalajara, ocurrió el 17 de enero de 1811 (135).

—¡Quiero morir cerca de ella, para que mi último suspiro, oreando su pura frente, arranque a sus labios una plegaria por mí...!

El cielo coronó los esfuerzos de Martín por complacer los últimos deseos de un moribundo.

Pero volvamos al punto interrumpido, puesto que ya sabemos cómo o por qué se hallaba allí Rafael.

De repente éste dejó escapar un quejido débil y doloroso. Las dos enfermeras se pusieron de pie al lecho y una de ellas presentó una bebida al enfermo, mientras la otra le levantaba la cabeza cariñosamente.

—¡Oh! dijo Rafael, rechazando suavemente la bebida, todo es inútil: el dolor que acabo de sentir es el anuncio de mi agonía...! Dejadme... os ruego...!

Ambas mujeres volvieron el rostro para ocultar sus lágrimas.

Efectivamente, pocos minutos después, una ansia fatigosa se apoderó del enfermo, creció la palidez de su frente y su mirada se tornó apagada como si perdiese toda su movilidad, toda la fuerza de su luz.

Martín se presentó en aquellos momentos y comprendiendo que la agonía se hacía sentir con paso rápido y que pronto de Rafael no quedaría más que el cadáver inanimado, tornó a salir en busca de un sacerdote que le ayudase en sus últimos momentos, encaminando su alma con las preces acostumbradas.

No tardó el indio en volver con un eclesiástico que se apresuró a dar al enfermo los últimos auxilios.

Poco después las dos mujeres oraban arrodilladas, el sacerdote leía las preces del moribundo y Martín murmuraba quedo la sencilla oración del «Ave María».

Un patético recogimiento hacía presentir allí la resignación cristiana con que se recibía aquella hora solemne que iba a abrir las puertas de la eternidad a un creyente cuya alma se había purificado con el sacramento de la Penitencia para entrar al seno de Dios.

De pronto las notas del órgano invadieron aquel aposento y un canto dulce, religioso y tierno, como debe ser el de los ángeles, hirió los oídos del enfermo. Hizo éste un esfuerzo supremo: los ojos parecieron perder su fijeza, hubiera podido creerse que renacían a la vida, vigorizándose como esas flores mustias que tornar a entreabrir sus pétalos ya cerrados, cuando el agua humedece su corola; una dulce sonrisa se dibujó en sus labios; entre aquella sonrisa se levantó un suspiro débil y sentido; sus ojos se fijaron en las negruzcas paredes del convento; pero aquella mirada fue tan rápida que casi al mismo tiempo murió, estrechada por los párpados que cayeron pesadamente.

Sin embargo, en aquel cuerpo inerte se alentaba un resto de vida sostenido tal vez por la melodía de aquel canto que cada momento parecía aumentar en dulzura como si tratase de arrebatar en sus aéreas ondulaciones, en sus virginales notas, al alma de Rafael.

Pero llegó un instante en que la materia triunfó cegando todas las arterías de la vida: los labios del enfermo se contrajeron murmurando débilmente esta sola frase:

—¡María...!

El sacerdote entonces le presentó el crucifijo; el enfermo le acercó a sus labios y expiró...

Pero dejemos esta lúgubre escena y veamos lo que a la misma hora pasaba en el convento.

Arrodilladas en coro todas las monjas capuchinas, acababan de entonar aquel canto conmovedor que parecía reanimar la vida de Rafael y en medio del cual elevaron su alma al Ser Supremo con religioso arrobamiento y beatitud.

Una parvada de palomas blancas jugueteando a la orilla de un arroyuelo o en el centro de una florida selva, no habría sido más hermosa ni más poética que aquel coro de vírgenes cuya frente medio velada por la toca, revelaba la inocencia del alma; cuyos ojos clavados en la tierra o fijos en el altar, no parecían pertenecer a este mundo y cuyos dedos adelgazados jugaban con las cuentas del rosario, mientras los labios se movían en dulce misticismo exhalando en el perfume santo de la oración toda la ternura de su corazón, toda la fe de su alma.

¡No sé qué de grandioso, qué de sublime se pretende siempre hasta de los actos más insignificantes de nuestra augusta religión que el corazón se embriaga y los sentidos se recogen para dejar al espíritu en libertad, remontarse en alas de su fe a las etéreas esferas de la inmortalidad, en cuyo centro resplandece la majestad de Dios!

Cercana a la puerta del coro yacía arrodillada una monja joven y demasiado bella, para dejar de llamar nuestra atención.

Con los ojos inclinados a la tierra, las manos transparentes a fuerza de ser pálidas, suaves y finas como dos botones de azucena sin abrir, cruzadas sobre el pecho y los labios rosados y tiernos moviéndose levemente, semejaba una de esas vírgenes angelicales de la tierra, cuya forma, cuyo ser, son exclusivamente obra de la fecunda y rica imaginación de los poetas.

Oraba y su oración era tan ferviente que deshecha en flores caía sin duda de las manos de los ángeles al trono augusto del Eterno.

Las notas argentinas de su delicada voz, se unieron a las de sus hermanas, en aquel canto que llegó a los oídos de Rafael, tiernas y vibrantes, pero impregnadas de una melodía indefinible.

Hubiérase dicho que en ellas se escapaba el alma de aquella joven profesa y cada una de sus armonías era un lamento.

Al cesar aquel canto poético y sentido, la ronca vibración de una campana tocó a muerto.

Aquel doble, lúgubre y plañidero, anunciando que la puerta de la eter-

nidad se abría para recibir a un peregrino de la tierra, hizo estremecer a la
joven monástica; palideció su frente y sus ojos dejaron correr silenciosas lágrimas que deslizándose por el tosco sayal humedecieron el pavimento.

—¡El Señor Dios nuestro dueño, le haya recibido su alma! –murmuró
con acento cortado y tierno mientras enjugaba sus ojos!

¡Esta monja era María...!

Se había cumplido el último deseo de Rafael. Su último suspiro fue re-
cogido por María y poetizado con una casta plegaria...

Al día siguiente, la huesa común recibía los retos del infortunado Rafael,
y algunos meses después, su tumba solitaria y triste, se cubría con los aromá-
ticos azahares que se desprendían de un naranjero que Juana y Francisca
habían hecho sembrar para darle sombra.

Martín había regresado al ejército. Su lealtad y valor nunca desmentidos
le granjearon la estimación y confianza de sus jefes. Así fue que mucho más
pronto de lo que pudiera imaginarse, obtuvo el ascenso de capitán.

Esto no obstante, en medio de sus triunfos, cuando la victoria coronaba
con inmortales lauros las gloriosas hazañas de los independientes de quienes
formaba parte, se le veía poseído de una vaga tristeza. Una nube de dolor parecía velar siempre su tostado rostro, oprimiéndole el corazón con más o
menos intensidad.

¡Era que María estaba grabada en su alma con el buril del amor eterno!

¡Era que el recuerdo de Rafael y su temprana muerte, le herían en mitad
del corazón!

El valiente indio se había acostumbrado al cariño de Rafael, de quien sólo
la muerte pudo separarle. Este extraño afecto, para el que hubiera considerado
como su rival, nacía de la grandeza de su amor, cuya nobleza le inclinó
siempre a querer y amar todo lo que de María era querido y amado.

Hacía el año de 1821, en una fría tarde de diciembre, ya invadida por las
sombras últimas del crepúsculo, un hombre de edad madura penetraba con
paso rápido al panteón de Belén en Guadalajara.

A juzgar por su traje, pertenecía al ejército trigarante que acababa de
hacer su triunfal entrada a la ciudad de los aztecas, a la sultana de los valles,
a la linda México, arrullada entre las flores por las brisas apacibles del
Texcoco.

Reconoció el sitio y buscando algo, fijó su vista en varias tumbas, andando
siempre hacía adelante sin detenerse.

¡Cuántos nuevos moradores han venido aquí, desde que yo sepulté los
restos de un amigo...! –murmuró contemplando algunas fosas recién abiertas.

Y siguiendo sus pesquisas se detuvo al fin, al pie de un corpulento naranjo.
Arrodillóse con religioso silencio y oró.

Largo tiempo permaneció allí y quizá hubiera pasado la noche en aquel
sitio, si el encargado del Panteón no le hubiese recordado que tenía que cerrar.

Levantóse entonces y mirando la tosca lápida de piedra que cubría aquella tumba desconocida, exclamó con acento conmovido:

—¡Duerme en paz, Rafael! Tus restos descansan por fin, en tierra libre y el aura de la libertad, aura bendita, mece los capullos que te dan sombra y riega las flores que blanquean sobre tu sepulcro!

¡En torno de los restos, no alienta más que un pueblo libre que sabrá ser grande imitando las glorias de sus mártires...!

Al terminar las últimas palabras, enjugó una lágrima con el dorso de la mano; irguió la frente con el orgullo digno del patriota y se alejó con lentitud, no sin volverse repetidas veces para mirar el sitio que dejaba y del que parecía separarse con violencia.

¡Aquel rudo soldado no era otro que Martín...!

Para terminar la narración de estos acontecimientos con que hace algunos días vengo entreteniendo la atención de mis lectores, réstame decir, que en una de las muchas revueltas o crisis políticas porque atravesó nuestro país, largos años aún después de la independencia; y precisamente en la revolución capitaneada por Montaño en 1827, Martín fue tomado prisionero con otros revolucionarios, y pasado por las armas[53]. A su muerte, dejó en manos del sacerdote que asistió sus últimos momentos, una relación circunstanciada de las riquezas existentes en el Volcán, a donde él no quiso volver nunca, sea por supersticiones, que son tan generales en la raza indígena o porque los recuerdos que guardaba aquella montaña para su corazón, le fuesen demasiado dolorosos.

A esta relación; existente, según datos verídicos, en poder de un mexicano avecindado en San Francisco, California, se han debido las muchas excursiones verificadas en los últimos tiempos al Volcán, en busca de los tesoros incalculables a que se refieren mil vulgares tradiciones que surgen en la gente del bajo pueblo y aún entre personas de buen criterio.

Sin embargo, hasta hoy nadie ha podido descubrir la existencia de esos tesoros fabulosos y por lo mismo dejo a mis lectores en la obscuridad de ese detalle importante.

«El tiempo descubre las cosas más secretas,» dice un adagio: quizá, pues, le esté reservada al tiempo, la última pincelada de esta novela.

Entre tanto me despido de mis lectores, agradeciéndoles en el alma la buena acogida que han dado a mi segunda novela.

F I N

---

53   El coronel Manuel Montaño se levanta en armas en Otumba contra el gobierno de Guadalupe Victoria. Esta sublevación se conoce como El Plan de Montaño y ocurre el 21 de diciembre de 1827. Según la Secretaría de Educación Pública Montaño exige «1° exterminaciones de reuniones secretas (encaminado a los masones yorkinos que no sobre los escoceses), 2° que los cargos públicos recayeran en personas de reconocida probidad, 3° la expulsión del representante de Estados Unidos en México, mister Poinsett, y 4° el exacto cumplimento de la Constitución y las leyes vigentes.» Ver www. afsedf. sep.gob.mx/efemerides. (06 Julio 2007) o www.eluniversal.com.mx/notas/vi_321743.html

Thank you for acquiring

La hija del bandido o los subterráneos del Nevado

from the
Stockcero collection of Spanish and Latin American significant books of the past and present.

This book is one of a large and ever-expanding list of titles Stockcero regards as classics of Spanish and Latin American literature, history, economics, and cultural studies. A series of important books are being brought back into print with modern readers and students in mind, and thus including updated footnotes, prefaces, and bibliographies.

We invite you to look for more complete information on our website, **www.stockcero.com**, where you can view a list of titles currently available, as well as those in preparation. On this website, you may register to receive desk copies, view additional information about the books, and suggest titles you would like to see brought back into print. We are most eager to receive these suggestions, and if possible, to discuss them with you. Any comments you wish to make about Stockcero books would be most helpful.

The Stockcero website will also provide access to an increasing number of links to critical articles, libraries, databanks, bibliographies and other materials relating to the texts we are publishing.

By registering on our website, you will allow us to inform you of services and connections that will enhance your reading and teaching of an expanding list of important books.

You may additionally help us improve the way we serve your needs by registering your purchase at:
http://www.stockcero.com/bookregister.htm

9781934768068